제14회 수필의 날 기념

성곽의 美
수원화성

윤재천, 정목일, 유혜자, 지연희 외 지음

초판 발행 2014년 10월 30일
지은이 윤재천, 정목일, 유혜자, 지연희 외
펴낸이 안창현 **펴낸곳** 코드미디어
북 디자인 Micky Ahn **교정 교열** 최윤성

등록 2001년 3월 7일
등록번호 제 25100-2001-5호
주소 서울시 은평구 갈현1동 419-19 1층
전화 02-6326-1402 **팩스** 02-388-1302
전자우편 codmedia@codmedia.com

ISBN 978-89-94178-97-4 03810

정가 12,000원

이 책의 판권은 지은이와 코드미디어에 있습니다.
잘못 만들어진 책은 교환해드립니다.

도서에 사용된 이미지는 수원문화재단에 사용 허가를 받아서
사용하였습니다.

제14회 수필의 날 기념

성곽의 美
수원화성

윤재천, 정목일, 유혜자, 지연희 외 지음

성곽의 美 gallery
수원화성

방화수류정

장락당

외정리소

장안문

좌익문

화홍문

봉수당

성곽의 美 gallery
수원화성

남포루

동이포루

각건대

미로한정

서북각루

서북공심돈

서남포사

성곽의 美 gallery
수원화성

화성행궁 봉수당에서 열린 혜경궁홍씨 진찬연 행사

수원화성 축제 - 혜경궁 진찬연행 재현 행사 (함께형)

수원문화제 축제 - 달의 무사

팔달문

창룡문

봉돈

연무대

찬란한 역사, 성곽의 꽃 수원화성

한국문인협회 수필분과회장
지 연 희

이제 제법 서늘한 가을바람이 옷깃을 열고 스며든다. 일주일 전만 해도 늦더위가 등줄기에 땀방울을 흘리게 하더니 절기의 절묘한 질서를 실감하게 한다. 지난 7월 제14회 수필의 날은 찌는 듯한 폭염 속에서 땀 흘리며 치른 행사였다. 행사를 진행하는 사람으로선 회원들께 어찌나 죄송하고 죄송스러웠는지 모른다. 그러나 그 무더위를 견디며 1박2일의 일정을 뜻 깊게 마무리해 주신 회원 여러분들에게 깊이 감사드리지 않을 수 없다.

수원은 정조의 효행으로 이룩한 계획도시이다. 조선성곽의 꽃이라고 불리우는 수원화성은 유네스코세계문화유산에 등재되어진 소중한 성곽문화예술로 한국인

의 자긍심을 느끼게 한다. 정조대왕은 이 수원화성을 축으로 아버지 장헌세자에 대한 효심을 구축해 냈다. 이 가슴 훈훈한 수원에 전국 각 지역을 대표하는 수필가들의 발길이 하나로 모였다는 사실 하나만으로도 감사하게 생각한다. 함께 모여 얼굴 마주하며 마음을 나누던 회원들의 모습이 아름다웠다.

수필문학은 써야 할 대상과 가슴으로 만나는 심도 깊은 언어의 표현이다. 1박2일 간 수원의 문화예술과 역사를 가슴에 품고 제14회 수필의 날 행사의 참다운 흔적으로 짚어주신 여러분들의 글을 모아 한 권의 책을 묶게 되었다. 글을 써 주신 여러분께 감사드리며 수원을 찾아온 400여명의 수필가족을 한 자리에 모일 수 있게 해주신 수원시와 시장님, 한국문인협회 수원지부 그리고 행사를 지원해 주신 모든 분들께 마음 깊은 감사를 드린다.

2014년 10월

수원의 자랑과
소중한 역사로 남을 흔적

수원시장
염 태 영

수원시장 염태영입니다. 먼저 지난 7월 11일~12일 제14회 수필의 날 「수필의 역사를 짓다」 행사를 성공적으로 개최하신 데 대하여 감사와 더불어 축하의 말씀을 드립니다. 전국에서 오신 한국을 대표하는 수필가 여러분께서 수원의 문화와 역사에 기울여 주신 관심과 애정에 대해 120만 수원시민을 대신하여 고맙게 생각합니다.

무엇보다 여러분들이 수원의 문화예술을 사랑하여 써주신 수필을 모아 한 권의 책으로 만날 수 있게 된 것에 대해 참으로 반갑고 감사하게 생각합니다. 수원화성을 비롯한 우리 지역 문화유산과 관광지의 느낌이 여러분들의 정성어린 글로 모아진 수필집으로 남는다는 점은 기쁘지 않을 수 없습니다. 또한 수원 뿐 아니라 전국 어느 곳에서나 수원의 자랑이 될 것이며 소중한 역사로 남을 것이라 생각합니다.

정조대왕의 지극한 효심과 개혁에 대한 꿈으로 축성된 세계문화유산 수원 華城과 화성행궁, 수원의 중심 팔달산, '생태교통 수원 2013'를 통해 아름답게 탈바꿈한 행궁동지역 등은 작가 여러분께 더 할 나위 없이 좋은 글감이 되지 않았을까 생각됩니다.

끝으로, 이번 행사를 준비하신 수필의 날 운영위원회 지연희 위원장님을 비롯한 관계자 여러분과 회원 여러분께 감사드리고, 언제든지 수원을 다시 방문해 주신다면 기꺼이 환영하겠습니다. 깊어가는 가을 풍성한 결실의 문운이 가득하시기 기원하며 대한민국 수필가 여러분 모두 행복과 웃음이 함께 하기를 기원합니다. 감사합니다.

2014년 10월

Contents

contents

제14회 수필세미나
미래수필문학 발전방향 모색

성곽의 美

수원화성

수원 화성에 숨은 뒷이야기　곽영호

　　수원 화성이 원형대로 복원이 되었다. 그것은 당초에 기본 설계도가 온전히 보존되어 있기에 가능했다. 하다못해 나무기둥 치수, 문루의 섬돌 크기까지 세세하다. 지금 국가문화재로 또는 세계문화유산으로 그 가치를 인정받는 것도 최초의 기록이 보존되어 있기 때문이다. 참 다행한 일이다. 축성당시에는 국가사업으로 온 나라 국력과 지혜가 총동원된 최고의 작품이다. 그것을 이루어 내기에 얼마나 많은 어려움과 얼마나 많은 백성들의 고통이 있었을까? 성공 뒤엔 아픔이 있기 마련, 화성 축성 당시 전해오는 숨은 뒷이야기도 있다.

　　수원 화성이 축성 된 연유는 영조임금의 둘째 아들이 세자로 책봉되었다가 당쟁에 휘말려 왕위에 오르지 못하고, 사도세자는 뒤주 속에서 생을 마감한다. 양주 배봉산에 있던 그의 묘소를 아들 정조가 등극하고 아버지에 대한 동경과 그리움에 옮긴다. 또한 이유는 왕자를 얻지 못해 조상에 음덕을 입자는 왕가의 염원 때문이다. 조선 최대의 명당, 수원 화산으로 천봉하고 몇 년 후 순조가 태어났다. 왕자를 얻은 정조는 아버지의 감은에 감탄하고 수원을 사랑하게 됨으로 수원에서 원대한 꿈을 꾸게 된다. 그 꿈을 체제공이 기획하여 정약용이 설계하고 조심태가 현장지휘로 이루어진 성곽이다.

나라의 명운을 걸고 국가사업으로 대형 공사가 실행될 땐 반대 이론과 불평불만이 불거져 나오게 마련이다. 그것을 이겨내는 것이 지도자의 카리스마다. 불평은 반드시 현장에서 나온다. 화성 축성 당시에도 현장감독 조심태를 지탄하는 원성이 대단하였다고 한다. '심태心泰가 태심太甚하니 수원水原이 원수怨讐로다.' 조심태의 성화가 너무 심해 수원이 원수 같다고 진두지휘하는 조심태의 대한 분노가 하늘을 찔러 백성들의 노래가 되었다. 조심태의 다그침이 너무 심해 화성은 불이 나고, 조심태만 꽃이 핀다는. 참여한 일꾼들의 악담이 드러낸 불평의 단면이다.

조심태는 원래 무인이었다고 한다. 평양平壤 조씨趙氏 가문으로 강화도 건널목 김포 사람이다. 사도세자 능침 공사 총책임자로 발탁되어 흠이나 사고 없이 정해진 기간 내에 완벽하게 마무리를 잘하였다. 중앙으로부터 인정을 받아 수원 유수에 임명되고 후일에는 판서 직위까지 제수 받은 인물이다. 후손도 없이 대를 이으려는 종족보존 본능도 무시하고 생을 마친 분이다. 세상에 태어나 맡은 일에만 전념하다 일생을 마감하는 것도 그리 쉬운 일이 아니다.

그는 무인이면서도 당시에 문인들도 범접할 수 없는 신출귀몰한 신경제 이론으로 사업을 완성한 귀재다. 종사 일꾼들에게 정확하게 품삯을 지불하였다. 기록으로 여실히 증명한다. 그러나 저녁이면 성 밖에서 관에서 주도하는 숯막거리 술집을 지금으로 따지면 전매사업처럼 운영하였다. 미모의 기생들로 하여금 아양도 떨게 하여 술판을 벌였다. 술 판 돈으로 다음에 지불할 품삯을 마련하고 일꾼들을 빈털터리로 만들었다. 그야말로 창조경제다. 술도 중독되면 끊지 못하는 법, 안 먹고는 견디지 못해 공사가 이어지는 동안 술판은 계속 이어졌다. 때문에 화성에서 품 팔아 부자된 사람은 아무도 없었다고 한다.

　조심태와 우리 집안 선대와는 피하려야 피할 수 없는 악연이 있다. 숨겨야 할 아픈 뒷이야기다. 7대조 할아버지께서 화성 축성 사업단에 초급 간부로 보임되셨다. 지금으로 따지면 계, 과장 쯤으로 짐작이 된다. 능력이 모자랐던지 아니면 조심태와 의견 충돌이었는지는 몰라도 아무튼 무슨 이유로 중간에 파직이 되었다. 지금이나 그 때나 공직에서 파직이 되면 재임용이 되지 않아 낙향을 하게 마련이다. 그 때 둥지를 튼 곳이 원망으로 화성이 내려다보이는 높은 산 아래 손바닥만한 땅, 봉담峰潭이다.

　당시에는 샘물이 솟는 논이 최고이기 때문에 깊은 산 아래를 찾았지만, 후손들에겐 정보가 없는 두메산골에 묶어놓게 되어 어리석은 사람을 만들었다. 아이러니한 결과다. 순간의 선택이 역사를 만든다. 삼대째 외손으로 명

맥만 유지하다가 고조 때 삼형제를 두시어 이제야 십여 종형제를 이룬 실락하지 못한 집안이다. 선대들은 조심태에 대한 포한지심이 더 없이 컸다. "그 집안하고는 혼인도 하지 말라고," 전해 내려오는 가법이 되었다. 그 때 그 생각은 세월이 흐르면 굴뚝에 연기처럼 모두가 사라지는 법, 당한 사람만 억울한 것이다. 그 다짐을 지켜 줄 후손은 없다. 재당숙도 평양 조씨 가문하고 혼인했다.

화성에 전해 내려오는 이야기가 많다. 정조가 아버지 능에 참배하러 올 때 묘소가 보이면 왜 이리 더디냐고 재촉하고, 참배 마치고 한양으로 돌아갈 때 이 고개 넘으면 더 이상 아버지를 볼 수 없어 지체하였다는 지지대 고개. 능 소나무를 갉아 먹는 송충이를 깨문 애기. 능 첨지가 민초들에게 횡포를 부려 처벌을 하려고 상부에 보고를 했으나 그들은 왕실 로비스트들이라 곤장 한 대만 치라는 어명에 화가 난 조심태는 하루에도 몇 번씩 형틀에 묶고 칠 듯 말 듯 피를 말려 죽게 했다는 '조심태의 곤장 한 대'가 유명하고, 암 통소바위 수 통소바위에 얽힌 애틋한 부부사랑 이야기도 오래 남을 이야기다.

지금까지 수원은 성곽만 우려먹고 살았다. 좋은 이야기를 찾아내어 스토리텔링 하여야 한다. 60년대 초반만 해도 화성은 너무나 초라했다. 성 돌은 흐트러지고 행궁은 자취도 없었다. 시민들의 입에 회자되는 말이 '남문은 남아있고, 동문은 도망가고, 북문은 불에 타고, 서문은 서있다.' 망측하게 비양거리는 말은 이제는 듣지 말아야 한다. 원형복원을 이룬 지금은 문화의 옷을 입혀야 한다. 에밀레종 이야기가 경주이고, 단종 이야기가 없으면 영월 여행은 맛이 없다. 이야기가 얽힐 때 아름답게 기억된다. 화성도 숨은 이야기를 찾아내고 새로운 이야기를 만들어내야 하지 않을까? 싶다. 영원하려면.

곽영호

경기 수원 출생, 「문파문학」 수필 부문 신인상 당선 등단

동남문학회 회원, 문파문인협회 회원

수상 : 제5회 동남문학상

저서 : 수필집 『나팔꽃 부부젤라』, 공저 『시간 속을 걸어가는 사람들』 외 다수

수필의 역사를 짓다 　공석남

수필은 머리카락에서부터 발끝까지 마음의 소리가 일어서는 몸짓이다. 온몸과 정신을 집중하여 만들어내는 복합적인 언어의 유희다. 어느 특정한 말과 동작으로만 이룰 수 없는 어휘의 만찬이다. 수원에서 개최된 제14회 수필의 날에 보고 느끼고 함께 한 감흥은 수필문학은 온몸으로 만들어내는 고유한 창작품이라는 것을 깨달았다.

수필은 전신이 부르는 노래이다. 발길 닿는 대로 짚어본 노래, 가슴 깊이를 재는 심연의 노래, 상상을 유희하는 사유와 감동의 노래, 복합적인 언어의 표현으로 나타내는 문학이다. 원로 작가의 3~4십 년 작품과 문단 활동 안에서 고매한 수필사랑을 보았다. 짧지만 말씀 안에 든 알맹이는 소설이나 드라마보다 빠른 순간에 독자로 하여금 감동을 받을 수 있었다. 그래서 나는 수필을 사랑하고 열심히 쓴다. 그분들이 한마음으로 지켜온 길을 수필가의 자긍심으로 보듬고 싶다.

내 고장 수원에서 가진 '수필의 날' 행사는 수필을 사랑하는 사람들의 모임이다. 행사를 마치고 저녁 식사 후 대절버스를 타고 광교 호수공원으로 야경을 보기 위해 회원들은 함께했다. 그날따라 야경은 조명등이 꺼진 어두움 속이었지만 더위를 식히는 데는 아주 좋았다. 주변 주민인 듯 싶은 어른에서 아이에 이르기까지 호수의 데크를 거닐며 즐거워하고 있었다.

수원이 사람 살기 좋은 도시로서의 면모를 갖추고 있음에 가슴 뿌듯함을 느꼈다. 한낮에는 분수장이 있어 아이들을 데리고 나온 엄마들의 놀이터가 되는 곳이다. 차를 타고 멀리 가지 않아도 가까이에 시민을 위한 휴식처가 있다는 것은 참으로 고마운 일이다. 맑은 물과 시원한 바람이 불고 이웃하는 사람들이, 아이들과 함께 맺어지는 이웃사랑이 싹틀 수 있을 것을 생각하니 기분이 좋았다.

수필은 사람을 낯설어하지 않는다. 누구나 사랑하려 다가가고 어디서나 만남을 귀히 여긴다. 수필의 날은 그런 느낌으로 만난 사람들이다. 제주에서 혼자 오셨다는 분은 우리가 수원 사람이라고 하자 반갑다며, 덥석 손을 잡아주었다. 그리고 명함을 건네며 수국이 예쁘게 핀 용주사 뜰에서 셔터를 눌러주었다. 수원이 처음은 아니지만 용주사에서 만날 수 있어 고맙다고 했다.

자신의 책을 건네주던 친절한 분도 만났다. 또 한 분은 광교 호수공원길을 걸으며 바른 걸음걸이에 대한 건강강의도 해 주었다. 조선 역사에 해박한 분으로 조선 왕릉에 다녀온 구수한 이야기의 시간을 보내기도 했다. 이래서 만남은 즐거운 것이고, 즐거운 삶의 의미를 수필문학 속에 담아야 한다는 생각을 한다. 건네준 명함을 보면서 훌륭한 인품을 소유한 분들을 만날 수 있는 수필의 날에 감사했다. 일원으로 참석하지 못했다면 이런 분을 가깝게 뵐 수 있었을까 생각했다.

'수필의 역사를 짓다'는 슬로건 아래 수원의 효를 자랑하는 용주사를 찾았다. 효성스런 정조가 아버지인 사도세자의 영혼을 달래기 위해 지었다고 한다. 현릉원에서 화산의 건릉(사도세자의 릉)으로 옮긴 후 부친의 명복을 빌기 위해 용주사를 세웠다. 효심의 발원인 사찰이다. 용주사에는 '불설부모은중경판'을 보관하고 있으며 호성원 옆에는 부모은중경탑이 있다.

탑 중간에 판화로 된 한글판에서 나는 그 시절 세종대왕이 만든 한글의 정교함과 아름다움에 놀랐다. 모두가 읽을 수 있는 우리의 글로 조각된 판화에서 감명을 받았고, 부모 은혜에 대한 말씀을 되새기게 했다. '자식을 낳을 때 어머니는, 서 말 서 되의 엉긴 피를 흘리고, 여덟 섬 너 말의 흰 젖을 내어 자식을 먹여 키웠다는 그 구절' 이 가슴을 헤집는다.

발길이 효자란 말이 있다. 수필의 날 행사 3부에서는 문학과 음악의 선율과 만났다. 긴장되고 고조된 문학의 틈을 비집는 성악가의 블루 빛 드레스는 굽이굽이 꿈틀거리는 물결인가 싶더니 치솟는 파고를 만들고 있었다. 어디서 그렇게 우렁찬 봇물이 솟으랴! 온몸이 들고 나는 소리다. 땅 끝에서 하늘 끝까지 일어서는 웅장한 소리, 팽팽하게 튕겨내는 소리의 몸짓은 아름다웠다. 순간 수 백 여명 수필가의 귓전을 경이롭게 했다.

'수필의 날 행사'를 다녀온 소감이다. 나를 사랑하는 마음으로 자긍심을 갖게 하는 수필의 날 행사이다. 더운 날에 수원에서의 행사는 모두가 힘들었지만 무사히 마침을 감사한다. 공기 좋고 조용했던 산골 일박도 즐거웠다. 더구나 시원한 호수공원의 밤길을 걸었던 추억은 잊을 수 없을 것이다.

공석남

경기 평택 출생. 문파문학 수필 부문 신인상 당선 등단. 문파문학 회원, 동남문학 회원.
저서 : 수필집 「내 생애 가장 기억에 남을」, 공저 「바람이 데려온 그리움」 외 다수

수필의 날을 위하여   고훈식

　　나도 수필을 좋아한다. 수필가도 아니면서 삼류수
필이라는 부제로 '때로는 질퍽녀의 불끈남처럼'이라는 수필집을 상재하고
는 스스로 뿌듯함에 들떠 있는데 마침 '수필의 날' 행사가 있어 늠름하게 참
가했다. 다들 나들이옷이 멋졌고, 여류수필가들의 품성 또한 고와서 덩달아
신이 났다.

　　제주도에도 수필가가 100명이 넘는데 제주도에선 시인인 나만 참석하
는 현상이 빚어졌다. 항공료가 부담되긴 했지만 참가비가 아주 저렴하여 불
만이 없었는데 세미나가 조금은 마음에 거슬렸다.

　　수필은 삶을 바탕으로 한다면서 진실의 문학이라고 애써 강조해서 무척
이나 지루했다. 수필도 시나 소설처럼 고민이 없는 장르이다. 다만 고민할 것
은 잘 팔리는 수필을 쓰는 것이 관건이다. 주어진 여건에서 명품수필을 쓰자
는 말이다. 실험수필 아방가르드 표현과 구성관점은 진실만을 고집해온 쇄

국 장벽에 대한 수필문학 발전 방향을 위한 모색일 수는 있다.

느낀 것을 글로 옮겨 적으면서부터 진실은 없다. 아픈 것과 아프다고 쓴 고백의 간극은 시제가 다르고, 공간이 다르고, 통증이 달라도 너무 다르다는 사실을 간과해서는 아니 된다. 그래서 소설은 가공架空의 진실이고, 수필은 진실의 가공加工이다. 그러므로 수필은 일종의 자기 확인, 사실에 입각한 인간 본연의 모습에 대한 확인이라고 독자성을 강조할수록 타 장르와 거리가 멀어진다. 어쩌면 상상력을 가미한 스토리텔링을 즐길 여유도 없게 된다는 말이다.

문학행사 참가자가 400여 명이라 분산해서 숙박하게 되었다. 서울 근교라서 더러 귀가해 버리고 여든이 넘으신 어르신과 둘이서 잠을 자게 되었다. 안방엔 어르신이 주무시고 나는 문간방에 이불을 폈다. 밤중에 글을 쓰는 습관이 있어 서둘러 잠을 청했다. 꿈결이었을까? 창 너머로 달그림자가 어른거릴 뿐 사위는 고요하다. 문득, 여의주가 있으면 좋겠다는 생각이 들었다.

아침식사를 맛있게 먹고 일정에 따라 용과 관련이 있는 사찰을 방문했다. 드넓은 산책로와 짙푸른 수풀에 마음이 넉넉해졌다. 범종에 그려진 천사를 눈여겨보았고, 지천으로 피어난 꽃을 바라보면서 대낮에도 등불을 켜고 다니는 철인처럼 어슬렁거렸는데 마침 오층석탑 앞에 아리따운 여인이 다소곳이 서서 무엇인가 열심히 들여다보고 있다.

말을 걸어볼까? 꿈같은 일이겠지만 인연이었으면 좋겠다. 별로 내세울 것이 없어 제주도에서 왔다고 했더니, 제주도를 아끼는지 무척 반겨주었다. 눈이 보석처럼 곱다고 생각하면서 지난밤에 보았던 눈부신 영상이 떠올랐다. 마주 보는 사람의 눈 속에 내 모습이 비친다고 해서 불교에서는 '눈부처'라고 한다. 내 눈 속에도 그녀의 모습이 비치고 있다. 서로 반복해서 비치는 무한대를 프랙탈의 세계라고 한다. 눈 속에, 눈 속에, 그 눈 속에 내가 있고 내 눈 속에 그대가 있으니 서로 귀한 존재일 수밖에.

이쯤에서 픽션을 이야기해도 될까? 우리는 천 년 전에 만난 적이 있었는가? 그래서 첫눈에도 절로 반겼을까? 서울서 다시 만나자고 약속했다. 다시 못 만나도 이 언약은 달빛에 물들고 햇살에 빛나면 천년이 가도 영원히 남는다고 석탑엔 돌이끼가 푸르다.

지금 내가 해드릴 수 있는 것은 사진을 찍어주는 거다. 접시꽃의 발랄함과 낡은 기와 담장의 고전미를 두루 엮어서 예술적인 배경을 정하고 사진을 찍었다. 행사를 마치고 버스로 돌아오는데 그녀와 버스가 달라서 잘 가라는 인사를 못했다. 문자를 보낼까, 말까? 제주도 바다도 선물해야 하는데 아쉽다.

고향바다를 바라보면서 황혼을 죽어가는 태양이라는 착안에 '황홀한 혼'이라고 시심을 키워온 나로서는 수평선이야말로 중용의 미덕임을 이미 갈파했다. 세상의 모든 높이의 시작이 수평이다. 늘 넘실거리고 출렁여도 넘치거나 모자라지 않는 수평선. 그래서 논어엔 상선약수上善若水라며 세상에서 가장 선한 것이 물이라는 거다.

수필을 강의를 하면서 수필 숙제로 겨울에 대하여 써오라 했더니 혹한 때문에 노루 한 쌍이 민가로 내려온 사실을 그대로 써온 회원이 있어서 웃음이 절로 났다. 200 마리로 고쳐 써 오라고 했다. 적어도 느닷없이 맞닥뜨린 노루 200마리를 구워먹든, 삶아먹든 할 수 있어야 내공이 쌓인다고 알려주었다. 사람은 하루에도 오만가지 생각을 한다고 한다. 그러니까 생각의 원천은 상상력이다.

그녀는 천 년 고찰의 아늑한 분위기에 휩싸여서 친절하게 대화를 받아주었을 뿐이었는데 제주도로 돌아온 나는 시심이 용솟음쳤다. 고마웠다. 상상력은 미래를 준비하는 힘이다. 수필의 위상이 높아진 것은 시 장점과 소설의 반전 증폭과 픽션보다는 자신의 체험을 바탕으로 한 인생의 발견과 의미를 담는 논픽션으로 대중에게 다가간 덕분이다. 아무튼 수필은 허구를 조작해서 진실을 가공해도 해가 없다. 왜냐하면 가상의 공간에서 펼쳐지는 문학작품이니까 감동이 넘칠수록 좋다.

고훈식

1947년 제주도 출생, 1991년 '표현문학' 시인 등단, 2000년 표현 문학상 외
조엽문학회 회장, 제주어 창작연구회 회장, 서귀포 평생 학습센터 문예창작 강사
저서 : 시집 『무명의 바다에 잠긴 돌』 외 16권 상재, 수필집 『때로는 질퍽녀의 불끈남처럼』 외 2권 상재,

호수 마을에 가면 첫 사랑이 있다

권남희

　　수필의 날 행사를 마치고 꿈의 도시로 거듭 태어난 광교 호수공원 야경을 보러 갔다. 원천 유원지 풍경만 기억하고 있던 나는 깜짝 놀랐다. 중소기업 행사장에서 축사를 해주던 수원시장처럼 멋진 신도시로 탈바꿈한 모습이라니…… 도시의 야경은 사람들의 꿈을 품고 있어서일까. 어둠속에 빛나는 불빛과 검푸른 하늘은 우리의 가슴을 묘하게 흔들었다.

　　호숫가에 서서 하늘을 보고 별빛이라 믿고 싶은 불빛을 바라보며 호수 건너 어디쯤 살고 있는 나의 첫사랑을 생각했다. 40년 만에 우연히 만나 점심을 먹는데 갑자기 그가 물었다. "우리 어디 갈까" 여전히 눈치 없는 나는 생각 없이 "원천유원지?" 물었다. 그때 그는 왜 원천유원지가 없어졌다고 말하지 않았을까. 참 생뚱맞다는 얼굴로 나를 보던 그의 표정을 일 년이나 지난 여름밤 광교 호수 공원다리에서 퍼뜩 깨닫는다. 원천 유원지를 마지막으로 찾았던 때가 언제인가. 10년도 넘었다.

호수 공원 어디쯤 원천유원지의 형태가 묻혀있는 것일까. 열아홉 살 그와 나의 추억이 아스라한 것처럼 안타까운 마음으로 두리번거린다. 유럽형 카페거리가 있고 천연호수공원은 다양한 생태계가 살고 있다는 팻말을 곳곳에서 만난다. 다양한 지역사람들이 모여 완성시킨 수원을 단번에 말해주는 곳, 어쩌면 수원의 또 다른 랜드마크가 될 법도 한 곳이 호수공원이다. 암벽장은 세계대회를 열 수 있는 시설을 갖추었으니 수원은 이제 한류문화의 중심도시로 태동할 것 같다. 수많은 사람들을 불러들이고 만나게 하고 생각을 이루어지게 하는 곳이다.

캠핑장 안내 현수막을 바라보니 문득 잃어 버렸던 풍경이 머리를 스치고 지나갔다. 아이들이 어렸을 때 몇 번 원천유원지를 방문했었으니……. 수원에 살고 있던 동기들과 부부모임을 하기위해 호수를 찾아왔었다. 그 때마다 수원토박이 친구는 늘 원천 유원지 자랑을 했다. 낚시를 다니기도 했다며 원래는 농업용수용도인 인공호수로 개발 되었는데 '면내'라고 하여 잉어낚시터였다는 것이다. 그러다가 우리 또래가 고등학생 때쯤 원천유원지가 만들어졌는데 당시는 호수를 지나는 케이블카도 있어 국민 관광지로 유명했다. 정말 수영장이나 수백 척 쯤으로 보이는 호수 위 보트는 대단해보였다. 호수 위에 지어진 집들도 음식점이었지만 그런 풍경도 보기 힘들었던 시대였으니 참 멋져 보였다.

우리는 호수를 바라보고 친구의 이야기를 들으며 아이들과 오리보트도 타고 수영장에 아이들을 밀어 넣고 앉아 이야기꽃을 피우기도 했다. 주변에는 농사를 짓는 곳도 있던 기억이 있다. 나무들이 우거진 곳에는 대규모 야영장이 있어 그곳에서 캠핑을 하기도 했으니 광교 호수 공원에는 나의 피서 체험과 한여름 밤 별빛을 보며 이야기를 했던 추억이 고스란히 묻혀 있는 것이다. 나의 젊음은 이곳 원천유원지에 발자국을 남겨 두었다.

　언제쯤일까. 광교호수 공원 개발이 되면서 나의 첫사랑이 호수로 찾아들었다. 이제 첫사랑은 고개 넘어 광교 호수 마을 사람이 되었다. 광교 호수는 윗 방죽과 아랫방죽이 만나 넓은 호수가 되었다는데 우리는 윗동네 아랫동네 사람으로 살게 되었다. '첫 사랑을 부탁해' 나의 마음을 이 호수에 던지고 빛나는 야경 아래 나는 터벅터벅 걸어 갈 수밖에.

권남희
1987년 월간문학 수필등단, 현재 월간 '한국수필' 편집주간, 덕성여대, MBC 아카데미 수필강의
저서 : 작품집 『육감&하이테크』, 『그대삶의 붉은 포도밭』, 『시간의 방 혼자남다』등 5권
수상 : 제 22회 한국수필 문학상, 제 8회 한국문협작가상, E-mail : stepany1218@hanmail.net

김경실

'의궤 8일 간의 축제'의 고장 화성은 역사적 유물이 많아 볼거리며 이야기가 많다. 특히 이곳은 정조임금이 건설한 곳으로 정조의 꿈이 담긴 곳이기도 하다. '원행을묘 정리의궤'는 총 63쪽으로 그려졌는데 그 내용은 어머니이자 사도세자의 부인 혜경궁 홍씨의 회갑연 8일 간의 의궤기록으로 능행도의 장관이며 그 화려함은 역사적 큰 울림을 주는 자랑거리로 남아있다. 정조가 재위 20년이 되는 해에 거창하게 행사를 치른 까닭은 그만큼 깊은 뜻이 숨어있었다. 아버지 사도세자의 능 〈현릉원〉이 있고 혜경궁 홍씨의 주갑 〈회갑〉이 있는 해 이기도 하지만 그 보다는 화성 건설의 의미를 높이고 화성을 통한 왕권강화를 효율적으로 수행하기 위한 행사로 추정된다

'첫째 날' 능행도 8일간 〈윤2/8~16〉의 축제는 서민들이 유일하게 왕의 모습을 볼 수 있는 관광이었다 말 탄 별기대가 열 명이고, 색색 깃발에 나팔,

호저, 취타를 말위에서 연주하고 국새를 실은 어부마가 지나고 좌마 〈왕의 가마〉가 등장, 왕의 행렬을 알리면 병사들이 줄줄이 늘어서 호위하여 갔다. 여기에 두 마리 말이 가마를 끄는 모습은 참으로 이채로웠다. 이들의 모습과 구름처럼 몰려나온 백성들의 모습을 궁중화원들이 그림으로 그렸다.

가까이 있는 백성들은 크게 그리는 원근법을 이용하였고 단체로 관람하는 유생들의 모습이며 싸우고 말리는 이들의 모습까지 다양하게 그려 넣었다. 통상적이 아닌 새로운 길을 선택하여 천천히 이동하여 백성들이 편히 구경할 수 있게 하였다.

정조 19년 종로에서 수원까지 가려면 한강을 만난다. 이때 도강을 위해 임시로 만든 배다리는 현재까지 남아 많은 교훈을 주고 있다 36척의 배를 맞대어 연결한 다음 그 위에 널판을 깔아 다리를 만들었다. 강가 선창다리에 난간을 세우고 깃발을 꽂았으며 다리 양끝에는 홍살문을 세워 대열을 유지 하였다. 이날의 장관은 능행도에 잘 나타나 배다리 횡단이라는 역사적 명물을 남겼다.

'넷째 날' 혜경궁 홍씨가 처음으로 남편 사도세자가 묻힌 현릉원으로 행차 했다. 피를 토하듯 울부짖는 어머니 곁에서 정조는 울지 않았다. 이날 정조는 황금갑옷으로 갈아입고 서장대에 올라 군사훈련을 시작했다. 화성주민 절반이 정조의 정예부대로 엄청난 화력시범과 전투시범이 있었고 추위와 더위도 무릎 쓰고 그간 쌓아온 실력을 맘껏 분출하였다. 그날 밤까지 군사훈련은 계속되었다.

'여섯째 날' 아버지 사도세자가 뒤주에 갇힌 지 여드레 만에 숨을 거두었다. 1789년 아버지 묘를 화성으로 이전하고 슬픔을 참지 못해 손톱에 피가 나도록 풀을 뜯었다. 그리고 그곳에 절대 무너지지 않을 첨단 요새를 건립하리라 다짐했다. 화성 장서대에서 밤에까지 군사훈련을 계속 하였던 것도 그날의 슬픔을 잊기 위한 전투시범이었으리라 추측된다.

밤마다 암살에 시달려야 했던 정조는 신하들과 맞서기 위해 날쌘 군사를 모아 18가지 무예를 익히게 했다 무예도보통지를 세워 천천히 치밀하게 조선을 개혁하였다. 18세기 들어 최첨단 요새를 만들고 48가지 공격과 방어시설도 갖추고 각종 화포로 난공불락의 요새를 만들었다. 아버지의 묘를 지키는 명분이나 강력한 왕권을 위해 33년 정조의 꿈이 담긴 화성, 미래를 위한 위대한 요람을 실천하였다.

'마지막 날' 화성에서 마지막 날, 복수가 복수를 낳는 악순환은 여기서 끝을 맺자고 결심하였다. 그 동안 막강한 권력을 업고 임금을 위협하던 신들은 식은땀을 흘렸다. 어머니 회갑잔치를 화성에서 치러야 했던 까닭도 이 순간을 위해서였다. 33년간 품어온 정조의 복수는 아버지가 숨을 거둔 8일 되는 날 끝을 맺은 것이다. 자신의 비극을 되풀이 하지 않고 모든 백성이 행복해야 한다며 복수의 종착지로 삼은 화성은 정조의 위대한 선택이 이루어진 곳이 되었다.

뒤주에서 아버지가 숨을 거둔 여드레 날을 용서하고 품은 축제의 8일로 만든 조선의 국왕 정조는 백성을 위한 백성의 어버이셨다. 축제가 끝난 후 반대파 세력을 요직에 등용하고 백성의 억울한 사연을 담은 상언과 *격쟁을 통해 정조가 해결한 민원은 무려 3500건에 이르렀다.

매일같이 아프고 슬픈 일이 터지고 있다. 대형유람선이 어린 생명들과 침몰되고 있을 때, 목숨 바쳐 구명해야 할 선장은 속옷 바람으로 구명정에 올라 구차하게 생명을 건졌다. 그 후 세월호 특별법은 이 나라의 정치며, 경제의 순환을 멎게 하고 말았다. 자신의 비극을 딛고 온 백성의 행복을 얻은 정조의 대의와 정의를, 또한 백성을 섬기는 마음을 이 시대의 모든 정치인들과 정의를 참칭하는 광화문 시위꾼들은 배워야할 것이다.

격쟁 : 정조즉위 초부터 고을 수령이나 조정관원들이 해결하지 못하는 억울한 일을 국왕에게 직접 호소할 수 있게 하는 특별한 제도를 말함

김경실

충북 진천 출생, 1982년 〈한국수필〉 추천 완료, 한국문인협회 이사, 한국수필가협회 부이사장, 한국여성문학인회, 국제펜한국본부 회원, 한국수필작가회 회장 역임, 전)KBS,CBS 방송 리포터 활동
수상 : 일간스포츠 작품공모 금상, 제1회 서울시 작품공모 장원, 한국수필문학상, 한국문인상
저서 : 수필집 〈사랑멀미〉, 〈물맑골의 나부〉, 공저 〈사람이 꽃보다 아름다워〉 외 다수

머피와 샐리를 만날 때   김동신

수필의 날 행사가 수원에서 열린다. 8시 30분까지 출발장소에 도착하려면 마음부터 바쁘다. 세 아이들을 깨워 등교시키고 오후 간식을 준비 하면서 간단한 밑 화장을 끝냈다. 아침을 먹고 난 그릇을 바삐 씻고 있는데 초인종이 "딩동 딩동" 울린다. 현관문을 열어보니 우유배달 아주머니가 웃고 서있다. 항상 오후에 배달했는데 오늘은 친절하게도 벨을 눌러 내 얼굴을 확인하고 넣어준다. 살짝 불쾌한 분위기가 나를 감싸는 순간 삑삑 메시지가 계속 들어온다. 가방에서 핸드폰을 꺼내 메시지를 확인하고 식탁에 올려놓고 안방으로 들어갔다.

안방 창문을 통해 여름 햇살이 반짝인다. 습기가 가득한 공기를 머금은 햇살이 내 몸을 휘감자 등에서 땀이 배어난다. 미리 준비해둔 청바지에 검은 브라우스를 입자 칙칙하고 무겁다. 그래서 반바지 입고 면티를 찾는데 안 보여 옷장서랍을 닫고 원피스에 가디건을 입었다. 시계바늘은 8시 15분을 지나고 있었다. 급해진 마음으로 가방만 들고 현관문을 나섰다.

　택시를 타고 행선지를 확인하려고 핸드폰을 찾아보니 없다. 행선지가 가물거린다. ㅅ으로 시작된 역이라는 것만 떠오른다. 당연히 서초역이라 생각하고 서초역으로 향했다. 약속시간 5분전이라 안도의 한숨을 쉬면서 주위를 둘러보니 아무도 없고 바쁜 행인들만 내 앞을 지나친다. 가까운 공중전화로 달려가 선배에게 전화를 했더니, 서초역이 아니라 사당역이란다.

　출근시간이라 빈 택시는 안 오고 마음만 콩닥거린다. 급하면 돌아가듯 '오늘 가게 되면 갈 것이고 못 가게 되면 그것도 하늘의 뜻이다'하면서 마음을 안정시키고 있는데 빈 택시가 내 앞을 지나친다. 택시를 타자 '시간이 늦어 다음에 가는 게 나을 것 같아'하면서 집으로 방향을 잡는 순간 '여기까지 왔는데 한 번 가보는 거야'하는 마음이 들자 유턴을 해서 사당역으로 택시를 돌렸다. 급한 마음을 아신 기사님이 두 번이나 주황 신호등 불이 깜박거리자 빠른 속력으로 교차로를 통과한다. 혹시나 해서 기사님 핸드폰을 빌려 회장님에게 전화를 했다.

　"저 여기 서울고 후문을 지나고 있는데 너무 늦었죠.""아직 출발은 안했는데, 수원으로 직접오시는 문우들과 함께 수원으로 오세요.""기사님 오늘 문학기행은 못갈 것 같네요. 다시 집으로 가야할 것 같아요.""신호위반도 감수하고 속력을 냈는데, 헛고생만 했네. 하하하" 기사님이 유턴을 하고 집으로 향하는 순간 전화벨이 울린다. "기다릴 테니 올 수 있으면 사당역으로 와요." "어, 이게 웬 상황!" "기사님 다시 길을 바꿔야겠네요." 하자 직진하던 핸들을 빠르게 오른쪽으로 돌려 예술의 전당으로 방향을 바꾸신다. 기사님과 나는 어이 없이 웃었다.

"저 태어나서 이렇게 황당한 일은 한 번도 없었는데 오늘 이상하네요." "그러게요. 신호위반에, 불법 유턴에, 스릴 있네요. 애 엄마가 어렵게 시간 내어 문학기행 가는데 보내드려야죠." 넉넉한 웃음을 지으시면서 속력을 내어 사당역으로 나를 실어다 준다. 너무 고맙고 감사한 마음으로 교통비를 서비스 보답으로 서너 배를 더 드렸다. "기사님 덕분입니다. 좋은 여행을 갈 수 있어서 감사드려요." "손님을 목적지까지 안전히 모시고 덤까지 받으니 내가 더 행복하죠." 하시면서 잘 다녀오라고 손을 흔들어 준다.

목적지에 도착해 버스에 올라타니 모두들 박수를 쳐주신다. 화끈거리는 얼굴을 손으로 가리고 맨 뒤 좌석에 앉았더니 회장님이 방긋 웃어 주신다. 마음의 여유를 찾고 버스는 수원행성으로 출발했다. 힘들게 출발한 문학 기행이었지만 많은 수필가와 대 선배님들과 함께 호흡을 할 수 있다는 것만으로 피로가 풀렸다. 수필에 대한 열정과 의욕은 수필의 밝은 미래의 자산임을 확인하고 행사 1부만 참석하고 집으로 돌아왔다

마침 아이가 영어학원에서 돌아올 시간이 되어 마중을 나갔다. 학원 버스에서 내리자마자 나를 보더니 엉엉 운다. 깜짝 놀란 나는 "무슨 일이야!" "너무 억울해! 나는 일부러 가방을 돌린 게 아닌데 알아주지 않고 야단만 맞

았어"하며 눈물을 흘린다. "많이 속상했겠구나. 괜찮아! 앞으로 조심하면 되지." "딸! 많이 배고프지. 우리 초밥 먹으러 갈까."

아이를 달래 식당으로 데려가 주문한 초밥을 먹고 있는데 부원장한테 전화가 왔다. "안녕하세요, 그런데 무슨 일 있었나요." "네, 어머님. 아이가 돌린 가방에 친구 얼굴이 맞아 코가 많이 부어오르고 코피가 멈추질 않아 힘들었어요." 소식을 듣고 친구 엄마에게 전화했더니 낼 병원에 다녀와서 꼭 연락 준다고 한다. 코뼈가 다치지 않았을까 걱정이 앞섰다.

아침 내내 허둥거리다가 오후에는 아이일로 뒤통수를 한 방 얻어맞는 느낌이다. 바짝 타들어가는 입 속으로 물만 들이키면서 생각했다. '오늘이 머피와 샐리가 엇갈리는 날이 아닌가!' '서두르고 긴장하는 날일수록 태연하게 행동하고 평상심을 유지하는 게 머피를 벗어나 샐리의 법칙으로 가는 것이라는 걸.' 그러면서 "아이에게 괜찮아 별일 없을 거야." 하고 아이를 안아주니 내 맘도 푸근해진다.

김동신

현대수필 회원
E-mail : kimindang@hanmail.net

혼자가는길　김산옥

　　살다보면 가끔씩은 어쩔 수 없는 일이 생기기도 한다. 사당역 1번 출구 앞에서 8시까지 모이라는 연락을 받았지만, 첫새벽에 나설 수 없는 사정이 있어 승용차로 행사장까지 혼자 가기로 했다. 해마다 먼 지방에서 이루어진 수필의 날 행사가 올해는 경기도 수원에서 치러진다 하기에 안양에서 30분 거리라 다행이다 싶었다.

　　나는 오랜 세월 많은 식구들과 생활해 온 탓에 언제나 혼자가 아니었다. 지인도 많아서 많은 사람들과 함께 살아간다고 생각했다. 그런 생각은 가끔씩 혼자라는 여유를 꿈꾸게도 했다. 비 오는 날에는 어느 구석진 찻집에 혼자 앉아 떨어지는 빗방울을 청승맞게 바라보고 싶었고, 복사꽃 지는 꽃나무 아래서 홀로 봄을 만나고 싶었다. 풀벌레 소리 그윽한 가을날에는 깊은 산사에 들어가 몇 날 며칠이고 혼자가 되어보고 싶기도 했으며, 눈 내리는 겨울날에는 어느 깊은 산골 오두막에서 나라는 존재를 감추고 싶기도 했다. 나에게 혼자는 사치스러운 여유고 낭만이고 행복일 것만 같으니까.

이번 수필의 행사에 버스가 아닌 승용차로 혼자서 참석한다는 것은 새로운 도전이며 즐거움이기도 했다. 나름 혼자이고 싶은 낭만의 시간을 즐기게 되었다는 기대에 마음이 먼저 길을 나섰다. 안양에서 갈 때는 한 선생님과 함께 동행했지만, 행사장에 도착하자 그녀는 서둘러 버스로 합류하고 오롯이 혼자가 되었다. 그 순간은 혼자라는 여유로 어깨가 으쓱해지기도 했다.

전국에서 온 수필가를 실은 관광버스는 나만 홀로 남겨두고 가는 곳마다 구름처럼 모였다 흩어졌다 함께 라는 의미를 여실히 보여준다. 그들은 함께 떠들고 함께 웃으며 버스로 이동을 했고, 나는 혼자서 버스를 놓칠세라 페달에 힘을 주었다. 어느 순간부터 혼자라는 여유가 동이 나기 시작했다. 멋쩍게도 누군가가 함께 해준다면 하는 기다림이 고개를 쳐들기까지 했다. 혼자가 되었으니 멋지고 여유로워야 할 마음이 휘청거렸다.

누군가는 말했다. '혼자가 되었을 때 비로소 내가 보인다고' 나는 그동안 내 곁에 많은 사람들이 함께 한다고, 그래서 나는 외롭지 않을 것이라고 믿었다. 그건 어디까지나 겉으로 보이는 내 모습뿐이라는 것을. 혼자가 되었을 때 함께 동행해주는 사람 하나 없으면서 어찌 많은 사람과 함께 살아간다고 생각했는지 부끄럽다. 그날 누군가가 함께 가자고 동행해 주었다면 어쩌면 나는 평생 내 곁에는 사람이 많다고 착각하며 살아갈지도 모른다. 아무리 많은 사람들을 안다 해도 그들은 어쩔 수 없는 타인이라는 것을, 인생은 혼자

가는 길이라는 것을 까마득 잊은 채….

수필은 함께하는 장르다. 함께 해서 더욱 빛이 나는 문학, 해서 접목이 필요하고 마당 수필도 필요하며, 웰빙이며, 디자인이 언급이 되었는가보다. 함께 어우러질 때의 즐거움, 비빔밥처럼 여러 가지 나물에 고명처럼 얹어놓는 고추장 한 숟갈의 칼칼함, 오묘한 향기를 담은 참기름 몇 방울이 비빔밥의 묘미를 더해주듯 함께하는 가운데 또 하나의 구심점으로 완성이 되는 맛깔스러운 수필. 그러나, 수필처럼 고독한 장르도 없다.

수필은 작가의 진실과 독백, 자신의 완성이므로 홀로 가는 고독한 장르다. 여기에는 거짓도 없어야 하고, 그럴 것이라는 막연한 진실도 용납되지 않는다. 아름다운 미사여구도 그 맛을 죽이며, 형용사나 접속사 남용도 수필의 그윽한 맛을 없애버린다. 혼자 가는 고독과 외로움의 결실 그것이 수필이 아닐까.

김산옥

평창 출생, 2005년 현대수필로 등단, 국제펜 한국본부 회원, 한국문인협회 회원, 현대수필문인회 회원
현대수필 편집위원, 서초수필 회장 역임. 안양문인회 이사 안양여성문인회 회원, 문향 동인
수필집:『하얀 거짓말』,『비밀 있어요』 E-mail : s2k2y@hanmail.net

함께 가면 길이 생긴다   김상미

염천 속 칠월, 수필의 역사를 짓는 작업은 고되었다. 땀으로 뒤범벅된 얼굴들은 수필 역사에 길이 되고자 하는 각오로 점멸하는 등불이었다. 전국에서 모인 수필작가들이 수원성에 모여 다짐을 하는 궐기대회는 일종의 신호 같았다. 수신호를 받고 수필 숲을 향해 함께 가는 모습들이 영혼을 뒤흔드는 수필 한 편 남기려는 진정성으로 보여 하마터면 눈물이 나올 뻔했다.

미래 수필문학의 발전 방향을 모색하는 세미나에서 임헌영 선생님의 "수필이 떴다는데 아무리 둘러봐도 글을 써서 돈을 벌었다는 수필작가는 전혀 보이지 않는다. 도대체 누가 에세이의 명의를 도용해서 치부하고 있을까"라는 물음에 나도 의식 한 켠 촉각을 세우고 돌이켜 보았다. 막연한 궁금증만 안겨 주고 떠나버린 연인을 기다리는 모습이라고 할까. 나는 답장도 오지 않는 편지를 보내면서 속절없이 세월을 버렸다.

한국수필의 과제는 '인문주의 결핍'이라는 말에 몰두하는 시간이었다. 그것은 수필작가들을 향한 푸념이었다. 푸념만으로는 수필문단을 바꿀 수 없다는 말로도 들렸다. 미래수필의 길은 목표가 아니라 수필작가들이 걸어가고 있는 길 자체에서 의미와 가치를 찾아야 한다는 말이었다.

길은 그 자체가 삶이다. 사람도 만나고 지나간 사람들의 발자국도 만나고, 길섶의 코스모스도 만난다. 여럿이 함께 걷고 있는 길, 하고 있는 일이 길이란 생각을 한다. 먼 길을 가는 사람은 길에서 동력을 얻어 지치지 않고 걸을 수 있어야 한다. 그게 길의 마음이다. 목표보다는 길 자체로부터 가치와 보람을 끌어내는 것이 수필의 날에 대한 의미가 아닐까.

우리나라 수필문단은 1960년대에 들어서 저변확대가 이뤄지기 시작하면서 수필 대중화 시대를 맞았다. 프랑스 비평가 아나톨 프랑스의 "수필이 미래의 모든 장르를 흡수해 버릴 것이다"라는 말이 기억난다. 신문을 비롯한 인쇄매체에서 수필은 대중에게 가장 인기를 얻고 있는 문학 장르로 정착되고 있다.

작가와 독자의 관계가 구분되던 시기가 지나고 수필 쓰기가 일반화됨에 따라 개인 수필집이 쏟아져 나오고 있다. 삶의 체험을 통한 진실을 형상화 한 대중적인 수필이 인기를 끌면서 매년 창간되는 수필문예지도 많아졌다. 지면이 늘어나면서 한해에 신인작가들이 약 200여 명이나 배출되고 있다. 그러나 "수필의 양적 팽창에 따라 질적 성장이 이루어졌는가." 라고 묻는다면 쉽게 대답할 수 없을 듯하다.

수필 일반화는 문학성이 결여된 문학으로 분류되어 서자문학으로 취급되고 있다. 수필문학이 문학의 본류로 자리이동 하기 위해서는 작가마다 사색적인 글쓰기가 강화되어야 한다는 생각이다. '나'를 강화하는 것은 현실을 넘어서려는 힘이 원천이다. 그러기 위해서는 수필문학의 이론과 방향모색을 위한 학문적인 연구가 뒷받침 되어야한다. 다행스러운 것은 수필문학사상을 본격적으로 연구하는 『수필학』과 비평잡지가 출간되고 있어서 수필의 길이 되고 있다.

코엘료의 『연금술사』에서 우리가 걸어가는 길, 매 순간이 순금의 순간이어야 한다는 말은 수필가들에게 들려주는 메시지가 아닐까. 함께 가는 길은 '나'의 포기가 아니라 '나'의 들림이어야 한다. 수필문단의 집단과 집단은 서로 옹호해야 한다. 새로운 창조를 북돋우고자 한다면 수필단체마다 의식을 부추길 수 있는 마당이 필요하다.

수필의 날 행사에 수필잡지 별로 행사를 맡아 진행하여 진지한 세미나가 이루어지기를 바라는 마음이다. 세미나를 통하여 타 장르와 싸울 수 있을 만큼 작가마다 전문가가 되어야 한다. '수필이 문학인가'라고 하는 사람들 사이에서 감성과 논리를 겸비한 문학이라는 목소리가 높아질 날도 그리 멀지 않았다는 생각을 해본다. 올해도 수필작가들은 문화를 창조하기 위하여 함께 길을 걸었다.

김상미

2002년 「현대수필」로 등단
2003년 박재삼 문학상 수상
저서 : 작품집 『바다가 앉은 의자』, 『유리새를 만나다』 등

김상분

효원의 성곽도시 수원 화성에서 -용릉 참배

어제 유월 유두, 보름달 밤에 호반을 거닐었다. 원천 광교호반, 달무리 진 하늘의 달과 호수에 잠긴 달을 보니 술잔에 어린 달과 그대 두 눈에 잠긴 달도 그리웠나보다. 아득한 옛날의 추억을 밟으며 거닐던 여름밤의 낭만도 잠깐, 아침 해는 어느새 불같이 달구어져 뜨겁다. 청나라 건륭황제의 칠순잔치에 사절단으로 동행하였던 연암의 『열하일기』 그 중에 '일신수필'이 쓰인 날을 기준으로 하여 제정된 수필의 날 행사 중이다. 복중 나들이의 무더위를 겪을 때 마다 애써 참으며 선인의 기행수필에 쓰인 문학적 역량은 물론 시대를 넘어선 새로운 배움과 탐구에 대한 열정을 본받으려는 마음이 된다. 효원의 성곽도시 수원 화성에서 열리는 올해의 기념행사는 그 어느 해 보다도 감회가 짙고 깊어서 오래도록 잊히지 않을 것 같다.

이백오십 년 전 음력 윤 오월 스무하루, 그 복중 더위에 비하랴. 그날, 비운의 사도세자, 뒤주 속 죽음보다 더할까. 염천폭양이 내리쪼이는 대전 앞뜰에 동그마니 서 있는 뒤주 하나. 개미 한 마리 얼씬도 못 하는 삼엄한 경비 속에 뒤주 안에 갇힌 채로 여드레만의 죽음이 보이는 듯하다. 정수리에 햇살이 꽂히는 한나절이었을 것만 같다. 다리도 뻗지 못하고 온몸을 쥐어뜯다 사지를 오그린 채 비운의 명을 끝냈을 세자의 그날을 생각하면 하루 이틀의 더위를 어찌 푸념하리. 쥐죽은 듯 고요한 뜰 한구석에 숨도 쉬지 못하며 아버지의 참혹한 죽음을 지켜보아야 했던 어린 이산의 방망이 치던 가슴은 어떠했을까. 열한 살 나이의 세손은 아버지의 참혹한 죽음을 다 보았고 들었다. 그러함에도 그 모든 사실에 대해 어떠한 말도 행위도 하지 못한 채 왕좌에 오르기까지의 신산했던 삶을 생각하면 가슴이 조여든다.

사도세자의 묘역인 융릉을 참배하는 중에 조선왕조 중기의 역사를 떠올리며 참혹했던 장면들을 그려 본다. 단일 왕조가 오백 년을 이어가는 데 어찌 순탄한 날들만 있었을까? 인의예지를 숭상하는 유교를 바탕으로 명분과 실리의 간극에서 왕의 권좌를 지키며 백성을 아끼는 군왕의 도리와 책무는 지난하기 이를 데 없었을 것이다. 자신의 아버지를 참형에 처한 친할아버지 영조의 그늘에서 그는 어떻게 하루하루를 이겨냈을까. 뒤주 속에 사랑하던 아들을 가두어 죽였지만 곧바로 후회하고 천추의 한을 남긴 애달픈 뜻을 기려 사도思悼라 명한 할아버지 영조의 비통함을 손자는 얼마만큼 이해하고 포용할 수 있었을까. 천신만고 끝에 "나는 사도세자의 아들이다"를 큰소리로 외치던 날, 그는 조선 왕조 22대 국왕으로 드디어 등극을 하게 된다. 할아버지에게 읍소하며 구한 것은 오직 승정원일기에서 아버지 사도세자에 대한 아픈 기록의 삭제였다지만 후세의 우리는 실록에 근거한 허구까지 곁들여 그 이야기들을 속속들이 알고 있지 않은가.

겨우 돌이 지났을 때 왕세자에 봉해진 사도세자는 유난히도 총명하여 임금 왕王자를 짚으면 아버지인 영조를 가리켰고 세世자를 짚으면 자신을 가리키며 재롱을 부렸다 한다. 세 살 때 해득한 한자가 이미 63자에 이르러 시문을 지을 정도여서 유년기 사도세자에 대한 영조의 사랑은 각별했다. 늦은 나이에 얻은 첫 소생을 잃어버린 다음이라 아들에 대한 집착이 유별난 터에 총명함까지 갖춘 돌잡이 어린 동궁을 일찍이 왕세자로 옹립한 것은 너무도 당연한 일이었다. 그러나 세상만사가 어디 순리대로만 흘러가던가. 오로지 군왕의 도를 가르치기 위한 아버지 영조의 지나치게 엄격한 교육은 천진하고 영특하던 왕세자를 빗나가게 만들었으며 결국은 학문마저 게을리하고 방황하게 만들었다. 경학에 나아가면 사부가 지켜보는 앞에서 힐책을 하며 상처를 주는 아버지에게 고개 숙이고 무릎 꿇는 날이 점점 더 많아진다. 계모인 정순왕후의 모함으로 부자간의 갈등 또한 돌이킬 수 없는 깊은 골을 만들었다. 온 천하를 맡기고자 했던 아버지의 지나친 기대와 강압은 오히려 그를 정신적 방황으로 내몰았고 숱한 기행을 저지르게 만들었다.

그 모든 사실을 목격하면서도 한 마디 진언도 못하고 한숨과 눈물로 세월을 보내며 일생을 살아낸 세자빈 혜경궁 홍씨, 그녀가 피눈물로 써내려간 한중록에도 차마 적을 수 없었던 일은 또 얼마나 많았을까. 구중궁궐의 비화가 어찌 이 한가지일까만 천륜을 부정한 그 끔찍한 이야기는 조선왕조의 대표적인 당쟁의 희생제물이기도 하다. 당시 영의정이자 노론의 수장이었던 홍봉한은 혜경궁 홍씨의 친정아버지였다. 아버지 영조와 홍봉한과는 반대로 소론을 지지하는 세자가 궁지에 몰리는 것은 당연한 일이었고 정신착란 증세까지 보이며 날뛰는 세자를 옹호할 사람은 아무도 없었다. 광인이 된 세자를 제거하는 일은 어쩌면 모두가 바라는 일이었을지도 모른다. 홍봉한을 비롯한 노론계의 정치적인 야욕에서 비롯되었던 음모와 희생도 한 까닭이었지만 아들에 대한 지나친 집착과 잘못된 교육이 빚어낸 비화들이 융릉의 봉분처럼 부풀어 오르는 듯하다.

조선팔도를 다 찾아서 명당 중의 명당이라는 이곳 화성에 아버지 사도세자를 이장하여 모시는 일 또한 결코 쉽지 않은 일이었을 것이다. 왕실뿐 아니라 인근 백성들이 모두 동원된 크나큰 행사로 이어진 융릉의 참배 길은 길이길이 남을 효원의 성곽도시 수원 화성의 자랑이며 화성은 세계문화유산에 등재될 만큼 인류사에 가치 있는 문화재가 되었다. 융릉 참배 행차 시 정조가 머물던 행궁에서 어머니 혜경궁 홍씨의 회갑을 차려드린 일은 얼마나 아름다운 일이던가. 한 많은 일생을 뒤돌아보며 남편인 사도세자의 능을 참배할 기회를 마련해준 아들 정조의 더없이 따뜻한 어머니 사랑은 세상의 그 어느 누구도 따르지 못할 정성이었으리라. 사후에는 자신의 몸마저 부모님

곁에 눕히기를 원하여 융릉의 오른편으로 조금 떨어진 곳에 만든 정조의 묘가 바로 건릉이다.

죽어서도 부모님을 지키려는 정조의 더없이 극진한 효의 정신이 능원의 곳곳에 새겨져 있는 듯하다. 할아버지와 아버지 그리고 아들 3대에게로 이어진 애증의 역사를 융릉에 묻으며 고통과 아픔을 저 둥그런 능의 봉우리처럼 관용으로 승화시킨 깊은 뜻이 읽힌다. 곤고한 역사의 소용돌이를 다시금 미루어 생각하며 사뭇 자세를 바로 한다. 악업이 선업으로, 기구한 업장들이 다 소멸된 듯 평화롭게 보이는 봉분이 무척이나 높고도 넓다. 결코 역린을 거스르지 않으며 참고 인내하여 많은 위업을 이루어 후대에 남긴 정조 대왕께 다시금 머리 숙여지는 마음이다.

지나온 역사를 바라보며 배워야 할 것과 버려야 할 것들을 우리들은 가려서 취해야 한다. 조선왕조의 르네상스 시대라고 일컫는 영 정조시대보다 더욱 더 훌륭하고 창조적인 미래의 도시 수원화성으로의 발전을 기원한다. 아름다운 행궁의 복원은 물론 다산 정약용의 설계로 만들어진 거중기를 이용한 성곽의 대역사를 표본으로 튼튼히 개축한, 정조가 그토록 심혈을 기울여 건설한 효원의 성곽도시가 찬란히 빛나기를 바란다. 조그만 배가 몇 척 떠 있을 뿐이었던 한가로운 유원지 원천호수의 반세기만의 변신을 보고 아무래도 어젯밤 꿈에 나는 스위스의 레만 호반이라도 거닐었던 것만 같다. 광교 호반 주위에 가득한 빌딩과 아파트의 불빛들이 물위에 어려 유월 유두의 보름달은 호수의 한 가장자리에 부끄럽게 숨어있었다. 그 옛날, 아름답던 날들의 두 눈동자처럼 아련하게.

김상분

류시원 조경 대표, 원예치료사, 수필문학 천료등단, 수필문학가협회 이사, 한국문인협회회원, 국제 PEN 이사, 선수필편집위원, 저서 : 「류시의 작은 정원」, 「류시의 겨울정원」, 수상 : 원종린수필문학상, 한국문협 서울시문학상

도깨비 콧구멍 – 수원화성 포루이야기

김선화

도깨비 이야기가 나오는데 웃지 않을 사람 있을까. 도깨비란 말만 들어도 까르르 까르륵 웃음이 터질 판이다. 그런데 그것의 콧구멍 얘기다. 등장하는 명사, 즉 이름만으로도 해학에 해학 아닌가.

봄비 부슬부슬 내리는 날에 우산 펼쳐들고, 성곽주변을 더듬는 여성을 떠올려보라. 그녀는 몇 년을 별러 도깨비 콧구멍을 확인하러 가는 거란다. 한 번 보고 온 것을 다시 보러 나선 길이라니 그 열성도 어지간하다. 전에도 비가 와서 우의를 입고 다녔었다. 인솔하신 시인 선생으로부터 포루에 대해 설명을 들었는데 빗소리에 그만 놓쳐 속이 답답했다나. 허나 당시에 재차 묻질 못하고 시일을 끌다가 전화로 조심스레 여쭌 일이 있다.

"그때 그… 거기, 화성답사 때요." 해놓고는 다음 말을 머뭇거렸다. 도깨비 콧구멍이란 말이 또 기어들어갔다. "네? 도깨비 콧구멍? 하하하." "그곳을 무어라 하나요? 망보는 데를…." 두 사람 관계가 아무리 평균 인생길의 5분의 1쯤을 함께 걸은 사제간이라 하지만, 말하기 민망하여 주저주저 물었는데 또

우물우물 들린다. 설사 또박또박 불러줬더라도 그 짓궂은 웃음소리에 지배당해 절반만 들렸을 것이다. 그러고 나서 몇 년이다.

이번엔 즉흥적으로 길을 나섰다. 직접 도깨비 콧구멍을 찾아가는 길이다. 쾌청하던 날씨가 지난번처럼 꾸물거리더니 빗발이다. 여성의 마음이 다소 급해진다. 장안문에서 서장대방향으로 거스르면서 성곽을 끼고 걷는다. 단청이 울긋불긋한 포루에 구멍이 나 있으면 죄다 그것으로 보인다. 이것도 그것 같고 저것도 그것 같다. 한 눈에 알아차릴 것 같았는데 그렇게 선연하던 것이 사람을 헷갈리게 한다.

그러기를 얼마 후, 여성도 시인 선생의 놀림처럼 파안대소한다. '북포루北鋪樓'와 '북서포루北西砲樓' 온통 도깨비얼굴이다. 동글동글한 콧구멍들이 반갑게 맞는다. 적군이 성벽에 접근하는 것을 막기 위해 치성 위에 잇대어 지은 목조건물 포루는 군사들의 휴식처이며 망을 보던 곳이라 하는데, 그것도 비상시 화포를 쏠 수 있도록 만든 시설물 아닌가. 이 기발한 물상들은 곧 병사들의 눈이 되는 곳이며, 화포火砲부리를 고정하는 자리이다. 그 동그란 공간을 문학하는 사람들이 '도깨비 콧구멍'이라 부른다.

포루의 창 격인 그 생김생김을 밖에서 살펴보면 영락없는 도깨비 얼굴이다. 안으로 굽은 두개의 뿔에 위로 송송 솟은 눈썹, 약간 치뜬 눈에다 가운데로 뻥 뚫린 코, 그리고 목젖까지 훤히 들여다뵈는 헤벌어진 입매가 그럴듯하다. 적과 대립하기 위한 성을 쌓으면서 어쩌면 이리도 해학을 끌어들일 수 있었을까. 적병이 악착같이 달려들다가도 도깨비 얼굴과 마주치는 순간, 짐짓 주춤거리며 웃음을 터트리지나 않았을는지. 물론 급박한 상황 속에서 그게 가당키나 할 일이랴마는, 여성은 처음 이곳에 대한 설명을 들을 때 이미 그 광경을 떠올렸었다. 싸움터에서 웃는다는 것은 바로 패배와 연관지어지지 않는가. 상대가 긴장이 풀린 상태라면 아군은 그 기회를 놓칠 리가 없는 일. 이 화성을 기획한 다산 정약용 선생은 진즉 이런 점들을 염두에 두고 축조하였을 것만 같다.

도깨비는 우리 사람과 떼어 생각할 수 없는 거리에 있다. 하여 민담이나 동화 속에도 자주 등장한다. 그 성격이 인간과 매우 비슷하여 먹고 노래하며 춤추는 것을 즐긴다나. 예쁜 여자를 보면 좋아하기도 하고, 심약한 사람에게는 은근슬쩍 심술도 부린다고. 착한 사람에게는 부(富)를 주고 그렇지 못한 사람에게는 괴로움을 준다는데, 정작 여성도깨비가 있었다는 말은 아직껏 들어보지 못했다.

이렇게 도깨비들의 역할이 분분하지만, 실은 그다지 실속도 차리지 못하는 헛똑똑이라 여겨진다. 하여 야무진 사람을 두고는 절대로 도깨비란 별칭조차 쓰지 않는다. 여성의 유년시절, 그녀 아버지는 툭하면 도깨비란 놈과 씨름을 하고 왔다고 했다.

"아 내가, 저기 산모롱쟁이를 돌아오는데 말이지. 그놈들이 떼거리로 나타나서 시비를 걸지 않겠어? '어이, 김서방! 씨름 한판 하고 가세!' 하면서 말이지. 그래서 내가 왼편으로 냅다 다리를 후리어 자빠뜨리고 왔지. 낼 아침에 가보면 그놈들 수두룩이 나동그라져 있을 거구먼. 도깨비란 놈은 반드시 왼편으로 다리를 걸어야 맥을 못 추거든. 암 그렇지. 너희들도 그건 꼭 알아둬야 혀. 응?"

그럴 때마다 여성은 정말로 앞산모롱이에 도깨비의 시신 떼가 득실거리는 줄 알았다. 큰살림을 짊어진 어머니만이 "으이구, 김타깨비!"를 읊어댈 뿐. 타깨비는 바로, 술기운에 젖어 도깨비와 놀고 다니는 그녀 아버지의 별호였던 것. 그 말은 곧 도깨비란 뜻인 줄을 알면서도 그 양반은 마음씨 좋게 빙긋이 웃기만 했다.

그런데 세상일은 알 수 없다고, 어느 결에 인생 중반을 보내고 있는 이 여성이 반쯤 도깨비가 되어간다. 술은 할 줄 모르나 즉흥적 행동이 점점 늘고, 잇속 따져 움직일 줄을 모르니 아예 타깨비가 되어가는 증세로 보인다. 머잖아 세간엔 '경기도 수원일대에 여성도깨비가 등장했다'고 수런거릴지도 모르겠다. 누군가 그녀의 상을 떠올리며 지레 배를 쥐고 나자빠질지도, 하여 묘한 기싸움에서의 패배를 자인하게 될지도.

도깨비 이야기는 이처럼 적과 대립해야 할 상황에서까지 반전의 묘미로 해학을 낳는다. 그러면서, 성곽에 아로새겨진 옛사람들의 정신을 곰곰 생각하게 한다.

김선화

월간문학 수필부문(1999), 청소년소설(2006) 등단
수상 : 한국수필문학상, 대표에세이문학상, 현재 대표에세이문학회 회장, 한국문학비답사회 회원
저서 : 수필집 『둥지 밖의 새』, 『눈으로 보는 소리』, 『소낙비』, 『포옹』, 『아버지의 성(城)』, 『나무속의 나무』
시집 『눈뜨고 꿈을 꾸다』, 『꽃불』, 청소년소설 『솔수펑이 사람들』(장편), 『바람의 집』(중·단편)

수원이기에 더 빛나던 수필의 날   김숙경

가을이 익어가는 소리가 들린다. 뜨겁게 울어대던 매미소리도 어느새 슬그머니 꼬리를 감춘지 오래인 듯 가을이 어느새 성큼 문 앞에 다가왔다. '수필의 역사를 짓다' 라는 그 거대한 행사가 수원에서 펼쳐진다는 사실이 설레고 인문학 도시를 추구하는 수원의 이미지와 맞아떨어진다는 사실이 상당히 고무적이었다. 사람과 사람을 이어주는 제14회 수필의 날이 수원에서 열렸기에 더 의미 깊고 자부심을 갖게 한 행사였다.

수원의 중심인 화성행궁을 시점으로 행사장인 경기중소기업센타로 모여든 수필가들의 대거 참여가 마음 든든하게 했다. 이동하기까지 행궁의 볼거리에 합류하지 못했지만 멀리 수원을 찾아주신 문우님들을 안내하는 자리에 동남문학회 식구들과 기꺼운 마음으로 동참했다.

작년 경주에서의 수필의 날과는 다르게 진행되던 미래수필문학 발전방향이라는 토론식의 대담은 수필을 쓰는 데 좋은 길잡이가 되어주었다. 누구나 읽히는 쉬운 수필, 유머러스하면서 길지 않은 수필로 독자를 사로잡는 일도 수필가의 몫이라는 생각이 들었다. 지루하지 않고 신선했다. 수필가들의 군더더기 없는 글과 같은 말씀들이었다. '먼 훗날 많은 이들의 기억 속에 이 날이 온전한 향기로 살아있고 보다 더 큰 빛으로 사람들 가슴을 안온히 감싸기를 소망하며 수필의 날을 제정한다.' 라는 목표 속에 수원의 맑은 혼과 정신이 오래도록 기억되기를 바래보던 마음 같이했다.

화성의 대표적인 유서 깊은 용주사와 융·건 능도 일정 속에 있었다. 정조 대왕의 효심을 되새겨 보는 계기도 있었지만 수원의 다채로운 행사를 접하기에는 1박2일의 일정은 짧은 것 같은 아쉬움이 든다. 시간적인 여유가 있다면 8월에서 10월 사이 음력 보름을 전후하여 뜨는 보름달 사이로 화성 화성 열차를 타고 화성행궁 및 수원화성 일대를 달빛 동행하는 일도 으뜸이라고 꼽고 싶다. 하얀 달빛아래 두 시간의 투어는 금방이다. 새로운 관광명소로 거듭날 것 같은 예감이 든다.

화장실 문화공원을 대표하는 해우재도 수원의 자랑거리다. 서양식 변기 모양으로 지어진 본관 건물의 발상이 신기하다. 또한 건물로 들어서기 전 옛날재래식 화장실을 재현한 여러 모양의 전시물은 정겹다. '똥'이라 발음하기도 민망하지만 다양한 조형물들을 보면서 천진난만한 어린시절로 돌아가게 한다. 자칫 불결하다는 발상을 먼저 할지라도 추해보이지 않는 아련한 정서로 빠져든다. 화장실 개선사업을 앞장서온 고 심재덕 시장님의 화장실

가꾸기는 다른 市에서도 벤치마킹하는 것으로 유명하다. 본관 옆 신축기념관이 오픈되면 우리나라에 명실상부한 화장실박물관이 되지 않을까 기대되는 일이다.

얼마 전, 광교호수공원이 전국에서 가장 아름다운 경관으로 선정됐다고 한다. 도심 속 힐링 공간으로 완벽하게 변화시켰다고 하는 그곳을 아들과 둘이 빗속을 뚫고 공원 주변을 차로 돌았다. 벼르고 별러 갔는데 날씨가 엉망이었다. 수필의 날에 야경을 보지 못한 일도 마음에 걸렸고 도시가 형성된 지 한참이건만 무심했다. 막연하게 상상하며 글로 담고 싶지 않았다. 수필이 사실문학이고 참여문학이듯이 건조하게 지식처럼 나열하고 싶지 않은 마음이 더 컸다.

호수공원이 생기기 이전 원천유원지는 아이들의 꿈이 있던 놀이터였다. 주말이면 가족과 함께 도시락을 싸서 돗자리 펴고 나들이하기도 하던 곳, 친구나 친지가 오면 그곳으로 안내하며 하루를 여유자적 하던 곳, 작은 놀이공원은 탈거리, 놀 거리, 볼거리, 즐길 거리로 가족들에겐 행복한 하루를 만들어 주던 곳 이었다. 그리운 공간이었기에 꼭 가보고 둘러보고 싶었다. 비 내리는 호수공원은 조용하고 적막했다. 예전 흔적을 찾아볼 수 없이 많이 변했다. 세월의 흐름은 무상했다. 한쪽 꿈과 추억은 또 다른 그리움과 희망을 만들어 내리라 생각한다.

'사람과 사람을 잇는 수필의 날'은 문화와 문화를 잇는 계기도 만들어준다. 세계적인 문화도시로 변모하는 모습들을 담아가는 일은 수필의 날이기에 접목하는 일이 가능한 일인 것 같다. 지난해 경주에서의 만남이 그랬듯 수원에서의 만남도 역사의 한 장면으로 오래오래 기억되기를 소망해본다. 수원에서 개최된 전국 수필의 날은 어떤 모습의 글이 되어 비춰질지 수원시민으로서 수필가인 나는 자못 궁금해진다. 다양한 모습, 다방면의 수원이 한권의 책으로 엮어질 것이라 생각하니 기대가 된다.

김숙경

충남공주 출생, 한국문인 수필부문 신인상 당선 등단
한국문인협회/경기 수필가 협회/문파문인협회 회원, 동서문학회/동남문학회회원
저서 : 수필집 『엄마의 바다』, 공저 『알수없는 속삭임 바람이 엿듣고 있다』 등

문화 관광의 도시 수원 탐방기　　김승환

처음 수원을 탐방하게 된 것은 수필의 날 행사로 '수원화성행궁'을 돌아보면서였다. 한 번으로는 부족하여 또 다시 수원을 찾았다. 두 번째는 지역 유지인 옛 사우社友 김갑석 회장의 도움을 받았다.

수원은 조선 제22대 정조 대왕이 실학사상을 바탕으로 백성과 더불어 살고자 '수원화성'을 건설한 계획도시다. 곳곳에는 역사 깊은 유적이 산재해 있고, 정조의 효 사상이 살아 숨 쉬는 성곽의 도시다. 예로부터 '매홀買忽' '수주水州' 라 불린 '물 고을'이다. 도심 중앙에는 팔달산이 솟아있어 아름다운 천연공원을 이루고 있으며, 북쪽에는 웅장한 광교산이 정기를 내 뿜고 있다. 서쪽에는 아담한 여기산이 병풍처럼 둘러져 있어 가히 천혜의 전원지田園地라 할 수 있겠다.

주요 유적을 보면, '화성' 화성은 서쪽으로는 팔달산을 끼고 동쪽으로는 낮은 구릉의 평지를 따라 쌓은 평산성이다. 정조는 그의 아버지 장헌세자(

사도세자)에 대한 효심에서 화성으로 수도를 옮길 계획을 세우고, 정조18년 (1794)에 성을 쌓기 시작하여 2년 뒤인 1796년에 완성하였다. 실학자인 유형원과 정약용이 설계하고, 거중기 등의 신 기재를 이용하여 과학적이고 실용적으로 쌓았다.

성벽은 서쪽의 팔달산 정상에서 길게 이어져 내려와 산세를 살려가며 쌓았는데 크게 타원을 그리면서 도시 중심부를 감싸는 형태를 띠고 있다. 성안의 부속시설로는 화성행궁, 중포 사, 내포 사, 사직단들이 있었으나, 현재는 행궁의 일부인 낙남 헌만 남아있다. 특히 다른 성곽에서 찾아볼 수 없는 창룡문, 장안문, 화서문, 팔달문의 4대문을 비롯한 각종 방어시설들과 돌과 벽돌을 섞어서 쌓은 점이 특징이라 하겠다.

정조가 주변 경치를 감상하였다는 서장대西將臺, 군사훈련장인 연무대鍊武臺, 조선시대 통신수단이었던 봉돈烽墩 등이 있다. 화성에서 제일 높은 서장대에 올라 사방을 둘러보니 수원의 전 시가지가 한눈에 들어와 경치가 장관이었다. 성곽을 쌓아올린 돌과 벽돌 한 개 한 개를 뽑아 보면서 느낀 점은 완벽한 조화와 안정감이 돋보여 감탄이 절로 나왔다.

'화성행궁' 행궁은 왕이 지방에 거둥할 때 전란, 휴양, 능원참배 등으로 지방에 별도의 궁궐을 마련하여 임시 거쳐하는 곳이다. 정조는 아버지 사도세자의 묘소를 현능원으로 이장하면서 수원 신도시를 건설하고 성곽을 축조했다. 또 1790년에서 1795년에 이르기까지 서울에서 수원에 이르는 중요

경유지에 과천행궁, 안양행궁, 사근참행궁, 시흥행궁, 안산행궁, 화성행궁 등을 설치하였다.

그 중에서도 화성행궁은 규모나 기능면에서 단연 으뜸으로 뽑히는 대표적인 행궁이라 할 수 있다. 평상시에는 화성유수가 집무하는 내아内衙로도 활용하였다. 정조는 1789년 10월에 이루어진 현능원 첨봉이후 이듬해 2월부터 1800년 1월까지 11년간 12차에 걸친 능행을 거행하였다. 이때마다 정조는 화성행궁에 머물면서 여러 가지 행사를 치렀다. 뿐만 아니라 정조가 승하한 뒤 1801년 행궁 옆에 화령전을 건립하여 정조의 진영을 봉안하였고 그 뒤 순조, 헌종, 고종 등 역대 왕들이 이곳에서 머물렀다.

주요한 볼거리로 뽑을 수 있는 곳은 '노송지대'이다. 수원의 노송지대는 프랑스 참전 기념비가 있는 지지대고개를 시작으로 옛날 경수국도를 따라 소나무들이 길 양편에 늘어서 있는 약 5km 구간을 말한다. 조선 정조(재위 1776-1800)가 아버지 장헌세자의 무덤인 현능원을 식목관에게 개인 용도의 내탕금 1,000냥을 하사하여 소나무 500그루와 능수버들 40그루를 심게 하였다고 한다. 현재는 대부분 말라죽고 38그루 정도의 노송만이 남아있으나, 아직도 긴 가지가 축축 늘어진 키가 큰 소나무가 울창한 자연경관을 이루고 있다. 수원 화성과 함께 수원시의 대표적인 상징으로 여겨지고 있으며, 정조의 지극한 효성과 사도세자의 슬픈 역사를 함축하고 있어 기념물로 지정하여 보호하고 있다.

해우재 & 화장실문화공원도 수원의 명소이다. 화장실 문화전시관 해우재는 삼국시대부터 조선시대까지 화장실의 변천사를 한 눈에 살펴 볼 수 있는 조형물과 체험공간으로 구성된 세계최초의 화장실문화공원이다. 사람과 화장실은 불가분의 관계가 아닌가. 부르는 이름도 가지가지다. 변소便所, 북수간北水間, 해우소解憂所, 측간厠間, 잿간 혹은 회간灰間, 정방淨房, 통시 등 한번쯤 찾아 볼 가치가 있는 공간이 아닐까 싶다.

'수원박물관', '수원화성박물관', '수원광교박물관' 한 지역에 박물관이 3개씩이나 있다는 것은 그만큼 역사적인 유적이 쌓여있다는 증거가 아닐까, 시간에 쫓겨 한 곳 밖에 보지 못하였는데 다음 방문 시에는 마저 보아야겠다. '광교호수공원'은 물과 숲을 테마로 조성된 공원으로 주변경관과 어울리는 자연친화적인 명품공원으로서 자랑할 만한 공원이다.

수원화성 성곽 걷기는 가파르지 않은 성곽 길을 선택에 따라 30분, 1시간, 또는 2시간에서 3시간의 코스가 마련되어 있다. 쉬엄쉬엄 걸어보면 건강관리에 최적의 운동이라고 김 회장은 몇 번 씩 추천하였다. 후일 시간을 내어 꼭 한번 걸어보리라 다짐했다. 그 외에도 수원시티투어버스, 화성열차 타보기. 국궁체험, 화성행궁 상설체험 등 다양한 즐길 거리가 준비되어 있다.

수원양념갈비하면 우선 갈비를 굽는 냄새에서부터 미식가들의 발길을 묶는다. 참기름, 마늘, 파, 빻은 통깨, 배 등 수원양념갈비만의 온갖 재료를 넣어 맛을 낸 뒤 은근한 숯불에 구워 먹는 맛은 그야말로 천하 일미다. 또 맛은 물론 그 크기에 있어서도 단연 타의 추종을 불허한다. 한마디로 한국의 맛을 대표하는 음식으로 국내 외 관광객들에게 가장 사랑받는 음식이다.

이번 탐방 시엔 김 회장의 안내로 들어선 곳이 팔달구 우만동에 위치한 '본 수원' 갈비 집으로 평일인데도 대기표를 받아 한참을 기다리다 자리가 났다. 양념갈비 2인분을 시켰는데 소문처럼 그 맛은 일품이었다. 양도 충분하여 포만감을 느끼면서 일어섰다.

탐방을 마치면서 '사람이 반갑습니다' '휴먼시티 수원' 이라는 슬로건을 보면서 첫인상이 매우 따뜻하게 느껴졌다. 가고 또 가보고 싶은 매력의 도시로 닥아 왔다. 1997년 12월 4일 성城의 독창성과 우수성이 입증되어 세계문화유산에 등록된 것이 예사로운 일이 아니다. 자연 속 전통과 현대의 멋이 어우러진 세계적 도시로 발돋움할 날도 머지않음을 보고 왔다.

이번 탐방에 안내와 갈비까지 사주신 김 회장의 호의에 감사를 드린다. 무엇보다 수원에 산다는 것에 대한 무한한 긍지와 자부심을 피력한 김 회장의 당당한 모습이 퍽이나 인상적이었다.

김승환

2011년 수필문예지 계간 『에세이포레』로 등단
현재 한국문인협회, 에세이포레 회원
E-mail : taehan@dbproy.com

서장대

혜경궁전상서　　　　　　김용대

　　　주소도 우표도 없는 편지라서 북망산천에 계시는 지체 높은 분에게 전해질리 만무하나, 옷깃을 여미고 감히 글월 올립니다. 현경왕후로 추존 되셨어도 혜경궁이라 하는 게 실감이 나서 그리 부르려니 헤아려주십시오.

　　수원은 사도세자와 혜경궁, 정조 왕을 빼놓을 수 없습니다. 의왕시에서 수원으로 넘어오는 지지대 고개는 아드님이신 정조 왕과 장헌세자(사도세자) 능의 참배 길에 함께하셨던 혜경궁이 밀려드는 회한을 감당치 못해 가마를 멈춘 장소가 아니던가요. 오죽했으면 길가 노송들조차 고개를 숙여 슬퍼하였으리요. 화성 안녕리에 모셔진 능 앞에서 솟구치는 눈물을 삼키며 절을 올리는 혜경궁의 모습이 어른거립니다.

　　사도세자는 영특하셨으나 아버지 영조와 따뜻한 정을 나누지는 못했습니다. 이에 노론과 소론은 서로 다른 편에 서서 두 분 사이를 악화시켰다지요, 틈을 이용하여 권력을 잡아 세도를 부리려는 모리배의 암투는 예나 지금이나 변함이 없습니다. 세자가 동궁 뒤뜰에 토굴을 파서 뒤주를 들여 놓고 그 안에 들어가 혼자 지내거나 낮잠을 잤던 것은 자신의 앞날을 예견하였음이 아니던가요. 옷을 입혀주는 나인들을 살해하는가하면 해괴한 행동에다 역적모의를 한다는 가당찮은 상소까지 올라온 세자를 영조는 더 이상 감쌀 수 없었을 겁니다. 진저리나는 당파싸움에서 헤쳐 나올 뿐더러 종사를 위해 뼈를 깎는 아픔으로 사도세자를 뒤주에 가두도록 명했지 않나 합니다.

보를 이을 세자일 뿐더러 하늘 같은 남편이 찌는 더위에 뒤주 속에서 살점이 찢기게 몸부림치고 목이 터져라 울부짖다 숨져가는 그 시각에 혜경궁께서는 살아있는 들 산목숨이었겠습니까? 이 때 세자와 혜경궁은 28세의 꽃다운 연령이었으니 서린 한을 어찌 다 표현하리요. 하늘이 내려앉은 가운데 자갈을 삼키고 밤송이를 가슴에 우겨 넣어 알알이 박히는 아픔으로 혼절하셨을 혜경궁의 모습이 가물거립니다.

자식을 잃으면 가슴에 묻는다 하였던가요. 장차 왕위를 물려주려던 아들을 죽음으로 내모는 영조와 세월호에서 숨은 그림 찾느라 새까맣게 타버린 숯덩이 가슴과 무엇이 다르리까. 후에나마 사도세자는 장조로, 혜경궁은 현경왕후로 추존되어 융릉에 합장되어서 서린 한을 내려놓고 정을 나누고 계시는군요. 수필의 날 행사 때 능에 이르러 묵념하던 윤재천 교수님도 경건한 자태였습니다.

혜경궁님, 바람을 본 사람은 아무도 없지만, 바람이 있다는 것은 누구나 압니다. 아드님인 영조를 뵌 이는 없으나, 그분의 자취는 곳곳에 남아있어 시민들은 다투어 보호하고 가꾸며 뜻을 새긴답니다. 수원시내 복판의 적송이 우거진 아늑한 팔달산에 올라 시내를 내려다보면 골목길을 돌아 수원성이 예쁘게 둘러쳐있고, 그 안에 주택과 사적들이 그림처럼 배열되어 함께 호흡하고 있기에 감탄하곤 합니다. 획기적인 공학기법으로 쌓은 5.7km의 수원성은 세계문화유산으로 등재되는 영광도 안았습니다.

외국 성은 높고 우람하여 거리감이 있습니다. 하지만 우리나라 성은 요란하지 않아서 자신을 감싸주는 포근한 감이 들어 좋지요. 더욱이 수원성은 주택과 어우러져 과거와 현재가 공존하는 속에서 사람들이 평화롭게 생활하기에 외국 관광객이 찬사를 아끼지 않습니다. 성 따라 산책로를 걷는 시민들은 행복이 넘칩니다. 병사들이 훈련하고 머물렀던 드넓은 연무대 또한 외국 관광객들이 국궁을 시연하며 한껏 즐기고 있습니다.

연무대에서 출발하는 청룡열차를 타고 장안문을 지나 팔달산 기슭에서 기적소리 따라 내리면 그 앞에 행궁이 도란도란 속삭이고 있습니다. 장헌세자 능에 참배하러 오시어 머무르는 동안 영조 왕으로부터 지극한 효도를 받으신 곳이지요. 임금의 처소였던 곳을 저희들은 언제든지 드나들며 효심을 새길 수 있으니 행운입니다. 한류문화의 교두보인 대장금을 촬영한 장소이기도 한 행궁에서는 매주 토요일에 당시의 수문장 교대식을 재연하여 관중을 즐겁게 해준답니다.

저는 30여 년 전 처음 수원에 와서 중심가를 지나다가 팔달문과 장안문을 보고 꿈을 꾸는가 하였습니다. 북적거리는 길 가운데에 느닷없이 숭례문을 닮은 조선시대 건물이 나타났으니 어찌 놀라지 않았겠습니까. 빼어난 그 위용에 압도되고 말았지요. 혜경궁께서 잠시 이승에 나들이 하시어 추억서린 팔달문을 휘돌아 활기찬 남문시장의 서민 틈에 끼어 빈대떡도 사 드시고 싸구려 신발도 신어보시며 함빡 웃음 짓는 모습을 그려봅니다.

정조께서 보여주신 '백성을 위한 배려'를 받들어 가로수는 청청 소나무요, 국내 최고의 멋진 광교호수공원을 비롯한 효성공원, 장안공원, 만석공원 등 크고 작은 공원과 여러 호수를 가꾸어서 125만 시민이 이용하고 있기에 이 또한 자랑이 아닐 수 없습니다.

혜경궁님과 관련된 자취는 남아있어도 200여년이 흐른 세월은 보이지 않습니다. 그 동안 겪은 숱한 행과 불행도 무심하게 묻혔습니다. 세상이, 삶이 그렇습니다. 혜경궁님, 숨을 꼴딱 삼키면 갈 수 있는 그곳은 언제나 무지개가 서고 은하수도 흐른다지요?

김용대
한국수필 등단, 경기수필문학회장, 경기헤럴드 칼럼니스트

제1 한강교를 지나다니면서 나는 가끔 정조대왕
이 수원화성을 다녀오던 병풍 그림 〈노량주교도섭도鷺梁舟橋渡涉圖〉제 8폭을 생
각한다. 작은 배들을 이쪽에서 저 쪽 강기슭까지 두 줄로 띄운 후 그 위에 판
자들을 깔아서 임금님의 행차가 지나가는 그림이다. 36척의 교배선橋排船과
240쌍의 난간, 3개의 홍살문, 그리고 수많은 상풍기相風旗와 군기軍旗가 펄럭이
는 장관을 그린 작품으로서 정조의 어머니 혜경궁 홍씨의 가마는 있지만 정
조의 가마는 보이지 않는다. 군왕을 보위하기 위해서는 그가 어디쯤에 어떤
모습으로 있는지 사실을 밝히지 않는 것이 관례였던 것 같다.

정조는 1795년 2월 9일부터 16일까지 8일간 그렇게 수원 화성에 다녀
왔다. 화성이 반 이상 완성되어 가던 무렵이다. 그때 정조가 어머니의 환갑을
맞아서 그렇게 수원에 다녀 온 것은 축성 과정도 살필 겸 수원에는 비명에
가신 아버지 사도세자의 묘가 있었기 때문이다. 창경궁에서 뒤주 속에 갇혀

수원에서 만난 정조와 다산
74

서 돌아가신 아버님을 생각하며 어머니를 모시고 그곳에 다녀오는 그림은 장엄하고 화려하기도 하지만 그것은 정조의 지극한 효심을 나타내고 그 비극적 사건을 되새기게 해서 더 가슴이 뭉클해진다.

혜경궁 홍씨는 어땠을까? 아홉 살 어린 나이에 세자빈으로 간택되고 50년간 궁궐에서만 살았으니 호의 호식도 했겠지만 60 넘어서 지난날을 회고하며 남긴 〈한중록〉에 의하면 그녀의 일생은 그야말로 한(恨) 속에서만 살아간 한중록이다. 남편만 그 지경이 된 것이 아니라 친정동생도 천주교도로 몰려서 처형된 것으로 나타나고 있다.

수원 화성은 참 아름답다. 길이로야 세계에서 가장 긴 만리장성에 비하랴! 길이가 5.4km쯤이니 만리장성과 비교할 수는 없다. 만리장성은 6300km에서 6500km라고 전해지더니 최근에는 21196km로 불어났다. 공사를 새로 한 것도 아닌데 그렇게 불어났다. 이 말대로라면 만리장성은 5만리장성이다. 그러나 성마다 축성목적과 기능이 따로 있으니 수원화성을 굳이 그런 성과 비교할 필요는 없다.

수원화성은 서원시를 내려다 보며 성곽 밑으로 유연한 곡선을 따라서 오르고 내리고 구부러지며 걷다 보면 아름다움에도 반하지만 만리장성과 달리 드문드문 불쑥 배가 나와 있어서 성곽을 기어 오르는 적군을 옆에서 감시하고 쇠뇌로 화살을 퍼부으며 아무도 함부로 접근을 못하게 만들어진 것이 재미있다. 왜군이 다시 몰려 왔었다면 임진란 때와는 달랐을 것이다.

석재와 벽돌를 섞어가며 쌓아 올린 성벽은 회화적 조형미도 뛰어나고 이를 위해서 정약용이 거중기까지 만들어가며 전체를 설계하고 지휘하며 짧은 기간에 완성했다니 정약용은 서구의 다 빈치를 연상시켜주기도 한다. 500여 권의 연구서로 치자면 다 빈치보다 윗길이다. 그런데 유네스코에 세계문화유산으로 등재된 이 성은 적을 막는 기능으로서의 역할을 해 본 일이 없다. 전쟁을 안 겪었기 때문이라면 다행이지만 일본의 사무라이들이 수원화성까지 함락시킬 필요가 없었기 때문이다. 수원화성은 행성일 뿐이었으며 일본은 그곳으로 가기 전에 한양의 궁중에 난입해서 명성황후를 죽이고 총과 칼을 휘둘러가며 일을 다 마쳐버린 것이다. 만일 정조가 더 오래 살면서 정약용 같은 인재를 데리고 국가를 개혁해 나갔다면 일제침략이라는 슬픈 역사는 없지 않았을까?

정약용은 정조의 사랑을 받으며 30대 후반이 되자 농토의 지주제를 부정하고 토지의 국유화를 구상하는 한편 당대 지배계층의 횡포와 부패를 척결하는 많은 진보적 정책을 구현해 나가려고 했었다. 그런데 정조가 죽자 그에게는 18년간의 유배생활이 기다리고 있었다. 그것은 정파 싸움 때문만이 아니었다. 당대의 지배계층은 정약용 같은 실학파들의 진보적 서구사상을 완강히 거부하고 있었다. 천주교를 통해서 들어오는 계급타파와 평등사상은 양반 특권층에 대한 무장해제나 다름없었기 때문이다.

천주교 탄압의 근원적인 이유도 이것 때문이라고 봐야 할 것이다. 그래서 정약용도 형들과 함께 체포되고 유배생활이 시작되었다. 그런데 정조가 정약용등 실학파들을 지켜 주고 서구문명을 받아들이며 세계로 문호를 개방할 수 있었다면 일본이 우리를 침략하지는 못하지 않았을까?

우리가 일본에게 먹힌 것은 그들이 우리보다 30년 앞서서 서구문명을 받아 들이고 먼저 근대화되었기 때문이다. 일본은 중국이 아편전쟁으로 형편없이 무너지는 것을 보고 재빠르게 문호를 개방하는 대신 서구와 같은 제도의 개혁과 함께 총을 든 군대를 만들었다. 대포도 만들었다. 그리고 우리를 친 것이다. 그렇다면 이것은 우리도 가능한 일이었는데 하지 못했다.

만일 정조가 더 오래 왕좌를 지키며 정약용 같은 인재를 아껴 주고 문호를 개방해 나갔다면 그는 그런 신하와 함께 이 나라에 진정한 또 하나의 수원성을 쌓았을 것이다. 근대화를 통해서 더 좋은 신식 무기를 개발하고 모든 제도를 개혁하며 든든하고 아름다운 나라를 만들었을 것이다.

김우종

1957년 〈현대문학〉 문학평론으로 등단, 1958년 한국일보 신춘문예 당선
창작산맥 발행인, 한국대학신문 주필, KBS, MBC, SBS에서 MC활동 등
수상 : 서울시 문화상, 대한민국 보관 문화훈장 등
저서 : 『김우종 에세이전집』 7권 외 『비평문학의 이론』 등 학술 저서 다수

성곽의 美 gallery
수원화성

연무대

효의 수도 수원은 생명수의 고장

김윤승

'소원을 말해봐/수원에 살고 싶다/수원에 살고 싶으면/서원을 세우라/ 사홍서원처럼/서원을 세우고/사원을 세웠다/왕실의 원찰/화산 용주사이 다/용주사의 솔바람/시원하기 그지없다.'

누구의 이야기인가. 정조황제의 이야기이다. 왜 정조 황제인가. 강재구 대위가 살신성인하여 소령으로 추서되었으므로 강재구 소령으로 부르듯이 정조는 고종황제가 정조 선황제로 추존하였으므로 정조 황제라고 불러야 한다. 정조는 황제로 추존되기 전에는 정종대왕이라고 하 였으니 왕으로 칭할 거면 정종대왕이요, 정조라고 할 것 같으면 정조황제라 고 해야지 정조대왕은 어불성설이다. 언제까지 정조대왕이라고 틀린 걸 고 집부릴 것인가.

실상 정조는 수원에 살고자 하는 소원을 이루지 못했다. 선친 능원에 가까운 곳, 천도나 양위 후 퇴거를 고려하여 축조한 수원 화성으로, 한성부에서 수원부로 이주해야 하는데 천도 문제는 쉽지 않다. 왕이라고 해도 맘대로 못한다. 대통령도 마찬가지다. 노무현 대통령도 행정수도를 옮기려다 행복도시밖에 못 만들었듯이.

광의의 수원은 화성시와 오산시를 포함한다. 청주시와 청원군이 통합하여 하나가 됨으로서 도농 분리후 도농통합의 도시 과제는 이제 둘만 남았다. 화성시와 오산시의 수원시 통합이고, 완주군의 전주시 통합이다. 화성시는 수원 화성과 헷갈리지 않게 수원시로 통합해야 한다.

통합 수원에는 세계문화유산이 세 개나 있다. 수원 화성과 융릉, 건릉이다. 모두 정조의 효심의 산물이다. 수원에는 없지만 정조와 관련된 세계기록유산도 셋이니 화성의 축조 기록물인 화성성역의궤와 정조의 세손 시절부터 일기인 일성록 및 정조실록이다.

세계문화유산인 중국 만리장성은 진시황의 정권유지용 폭정의 산물이다. 망진자호야亡秦者胡也라는 비결을 믿고 흉노족이 진나라를 망하게 할까봐 흉노족 방비용으로 백성을 학대하여 만리장성을 쌓은 것이다. 백성들의 피와 땀, 피눈물과 원성이 쌓여 만들어진 결과물이 훌륭하여 세계문화유산이 된 것이다. 같은 세계문화유산이라도 정조의 유산, 수원 화성과 융건릉은 정조의 효심에서 우러난 것이니 차원이 다르다.

정조의 부친, 비운의 세자, 사도세자, 장헌세자의 현륭원, 장조 의황제의 융릉은 정조의 효심으로 조성한 것이고 그 원찰 용주사(대웅보전은 경기도 문화재자료 제35호)도 정조의 효심으로 창건한 것이다. 정조는 무당들은 전부 강 밖으로 내쫓고 승려들은 도성 안 출입을 못하게 한 성리학 신봉자였음에도 선친을 위하여 용주사를 창건한 것이다. 융릉 옆에 묻히어 이루어진 정조의 건릉도 효성으로 탄생한 것이다.

현릉원의 배후 도시 세계문화유산인 수원 화성도, 화성의 축조 기록물로 세계기록유산인 화성성역의궤도, 용주사에서 조성하여 보관하는 경기도 유형문화재 제17호인 동판·석판·목판의 불설부모은중경판 등도 효심의 산물이다. 모두 효성, 효심의 문화유산이요 효의 보람이니 수원은 효의 고장이요 살아있는 효의 박물관이다. 용주사에 2005년 효행박물관을 건립한 것은 용주사 창건 취지에 걸맞은 것이다.

전국에 불교 삼대사찰인 삼보사찰이 있으니 불법승 삼보에 부합하는 불보사찰 양산 영축산 통도사, 법보사찰 합천 가야산 해인사, 승보사찰 순천 조계산 송광사가 그것이다. 그밖에 선종의 선지식인 만공이 주석하였던 예산 덕숭산 수덕사는 동방제일선원 선지종찰禪之宗刹로 선보사찰이라고 한다.

화성 용주사는 효의 사찰 효찰孝刹이라고 써붙였는데 효보사찰로 함이 어떨까. 승려 충신 서산대사의 의발이 전수된 표충사, 정조황제가 하사한 '표충사表忠祠' 편액과 '어서각御書閣'이란 편액이 찬란한 해남 두륜산 대흥사는 호국불교의 성지요 충의 사찰이니, 충보사찰이라 할 만하다. 불법승 삼보사찰에

선보사찰, 효보사찰, 충보사찰을 합하여 육보사찰六寶寺刹이라고 통칭하면 전국 육대사찰로 자리매김할 수 있을 것이다.

용주사에 들어가면 대웅보전에 가기 위한 문루인 천보루天保樓(경기도 문화재자료 제36호)가 돌기둥 위에 우뚝 서있다. 천보天保는 하늘이 보호한다는 뜻이니 하느님이 보우하사 우리나라 만세라는 애국가가 연상된다. 부처님의 가피를 비는 사찰에서 하느님이라니 뭔 소리인가.

이는 정조의 효심에서 나온 작명이니 천보는《시경詩經》소아小雅 천보天保편을 가리킨다. 선왕에게 제사지내는 의식용 노래이다. 정조의 원찰이라는 것을 나타내는 건물명이다. 비록 국왕이지만 효자가 귀중한 문화유산을 많이 탄생시킨 것이다. 화성시 향토유적 제2호인 최루백효자비각도 효자의 문화유산이다.

수원은 본디 고구려어로 매홀이니 매는 물이라서 물골이란 뜻이다. 고려시대는 물 고을 수주水州였다. 수원은 물 수자에 들판 원자이니 물의 들판이라는 뜻이다. 들판 원자는 근원 원자이기도 하니 물의 근원, 곧 수원지라는 뜻도 있다.

음수사원飮水思源이란 중국 고사성어가 있는데 수원이란 땅이름 뜻이 물을 마시면서 근원을 생각한다는 의미에 부합한다. 조상을 잊지 말라는 뜻이고 효자백행지원孝者百行之源, 효도는 백 가지 행실의 근원이라고 했으니 인간 행실의 근원은 효도란 것이다. 물 마시며 근원인 조상을 생각한다는 수원이란 지명이 효도의 도시란 원초적 의미를 지닌다.

물의 근원 수원水原은 효의 근원 효원孝原 도시이다. 정신문화의 수도 안동이라는 표어가 멋있지 않은가. 수원도 효의 문화유산을 강조하여 효의 수도 수원이라고 하면 정체성 확립에 도움이 될 것이다.

물은 인간에게 생명과 같은 존재이다. 빛도 마찬가지이다. 빛이 없으면 광합성을 못하여 산소를 만들지 못하고 산소가 없으면 죽는다. 물을 마시지 못해도 죽는다. 빛 자제가 생명의 빛이요, 물 자체가 생명수이다. 생명수가 따로 있는 것이 아니다.

빛 고을 광주, 물 고을 수원. 수원은 바로 생명수의 고장이다. 인간 행실의 생명수는 효도이니 효도의 근원적 도시, 효의 고장, 효의 수도 수원은 여러모로 생명수의 고장이다.

김윤숭

『한국수필』 등단, 지리산문학관장, 계간《시낭송》발행인, 한국수필가협회 부이사장, 국제펜한국본부 이사

수원에는 그녀가 산다
김지헌

　　수원과 관련된 글을 쓰려니 가장 먼저 떠오르는 게 사람이다. 이 글을 청탁하신 분은 이런 류의 글쓰기에 난감해하는 나에게 수원에 대한 역사적 사료나 관광 자원, 현존하는 유물, 유적 등 자료가 많다고 하였다. 그러나 나는 수원의 사람 이야기를 하려 한다.

　'수필의 날' 세미나에 참여하기 위해 낯선 수원으로 향했다. 고속버스를 타고 택시를 탔으나 내겐 도통 알지 못하는 도시였다. 중학교 때 방학을 이용하여 이모와 삼촌이 살고 있던 외가에 가느라 수원에 간 적이 있었으나 40년의 시간이 흐른 지금엔 초행길이나 마찬가지였다. 보편적인 세상사에서 조금 비껴 살아가다보니 다른 이들처럼 수원에 가면 왕갈비를 먹어야 하고 수원성은 꼭 둘러봐야 하고, 박물관은 빠뜨리지 말고 들러야 한다는 식의 실행을 할 염을 내지 못했다.

　사도세자의 영혼이 구천을 맴돌고 있는 것 같아 괴로워하던 정조가 스님으로부터 부모은중경 설법을 듣고 크게 감동하여 부친의 넋을 위로하기 위해 중창한 용주사는 꼭 가보고 싶었다. 그곳의 대웅보전 현판글씨는 정조의 친필이고, 대웅전 내부에 봉안되어 있는 '삼세여래후불탱화'는 단원의 그림이라기에 더욱 궁금했다. 불교경전 '부모은중경'을 그림으로 그린 '부모은중경판'을 시작하기 전에 김홍도는 정조의 명으로 일주일간 기도를 해야 했다고 하니, 그곳에 가면 아버지에 대한 그리움과 안타까움을 어찌하지 못한 정조의 지극한 효심을 읽을 수 있을 것 같지 않은가.

용주사와의 인연은 쉬이 이루어지지 않는지, 다음 날 일정이 생겨 저녁 버스를 타고 남녘으로 돌아와야 했다. 행사에 참여한 대표에세이 동인들과 식사를 하고 고속 터미널로 가기 위해 택시를 타러 정류장으로 가는 길에 동인인 그녀도 함께 있었다. 행사장은 외곽 지역인데다 퇴근 시간이 되어 지나가는 택시조차 보기 어려웠다. 어렵게 택시를 잡았는데 그녀가 얼른 앞자리로 가 앉았다. 같은 방향이려니 싶어 이런저런 이야기를 하며 터미널에 도착했는데 그녀가 먼저 요금을 지불하고 내렸다. 내리지 말고 그대로 가라느니, 요금을 서로 내겠다고 우리는 서로 실갱이를 하다가 내가 지기로 했다. 그녀의 호의를 받기로 한 것이다. 대합실로 들어와 나는 올 때 봐 두었던 대로 티켓을 사러 2층으로 올라갔는데 그녀는 어느새 1층에서 티켓을 샀다고 휴대폰으로 연락해왔다. 낯선 곳, 기동성 없는 상황에서 나는 고스란히 그녀의 행동에 뒷북을 칠 수밖에 없었다.

해가 지고 있었지만 7월의 더위가 기승을 부리는 날씨였다. 승차장으로 가서 내가 탄 버스가 출발하는 것을 보고 가겠다는 그녀의 말을 나는 더 이상 거절할 수 없었다. 동인으로 1년에 한두 번 만나면서도 늘 상대를 배려하고 챙기는 그녀의 모습을 봐왔기 때문에 이런 경우 내 말은 사족이 되어버릴 것을 알기 때문이었다. 출발지 광주, 저 후미진 곳에 있는 승차장의 낡은 의자 두어 개가 우리를 맞았다. 나를 기어이 그곳에 앉히며 출발시간을 확인하던 그녀는 잠깐만이라는 말을 남기고 어디론가 분주하게 사라졌다. 한참이 지난 후 그녀가 얼음 얼린 물병을 들고 달려왔다. 기다렸지요? 매점이 어찌나 멀리 있는지, 더운데 시원한 물이라도 마셔요 수원왕갈비라도 먹여서 보내면 내가 덜 미안할 텐데…. 세상에, 나는 할 말을 잊었다. 내 앞에 서 있는 그녀의 온 몸이 물바가지를 둘러쓴 듯 젖어 있었다. 살집이 좀 있는 그녀의 몸은 한증막 속 같은 더위만으로도 지치고 땀이 흘렀을 텐데, 나를 위해 이리저리 뛰어다니느라 온 몸이 땀범벅이 되어버린 것이다. 안타까워 이마로 흘러내린 그녀의 머리카락을 한쪽으로 올려주고 싶었지만 얼굴이라서 선뜻 그러지는 못했다.

자신이 수원에 살고 있다는 이유로, 수원에 다녀가는 나를 위해 저토록 성심성의를 다하는가 싶으니 미안하고 고맙고, 그리고 감동스러워서 목울대가 먹먹해졌다. 그녀는 결국 내가 탄 버스가 출발하고서야 발걸음을 돌렸다. 차창 밖으로 멀어지는 그녀의 모습을 보며 가슴 저 밑바닥에서 일렁이는 무엇인가가 생겨났다. 나는 다른 누군가를 위해 짧은 순간일망정 그토록 혼신을 다해줄 수 있을지…. 타인을 위해 온 몸으로 자신을 내놓을 수 있는 그녀의 몸짓은 내게 뜨겁고 아름다운 기억으로 남아, 사람이 아름다운 이유를 강한 메시지로 전해주었다.

수원에 가서 용주사에 가고 싶다던 내 생각은 이루지 못했지만 효심이 지극한 정조의 후예, 아름다운 사람, 그녀의 마음을 간직하며 돌아올 수 있었다. 나는 언제나 그녀에게 진 빚을 갚을 수 있을지, 그리고 그녀가 사는 수원은 내게 오래도록 잊지 못할 감동의 도시로 남아 있을 것이다.

김지헌

1996년 『월간문학』 수필 등단, 전북일보 신춘문예 소설 등단
문학박사, 조선대학교 초빙교수
수상 : 수필과비평 문학상, 신곡문학상, 광주문학상, 국제문화예술문학상 등
저서 : 수필집 『울 수 있는 행복』, 『표면적 줄이기』, 『그는 누구일까』 등
소설집 『새들 날아오르다』, 논문집 『현대소설의 어머니 연구』 등
E-mail : kim-ji-heon@hanmail.net

수원에 오신 손님 　김태실

　　수필의 날에는 참석한 모든 문인이 손님이다. 해마다
열리는 '수필의 날' 행사를 2014년에는 경기도 수원에서 열었다. 강릉, 여수,
경주 등으로 달려가 참석할 때 그 지역 문인들이 정성껏 맞이해준 기억을 되
살려 이곳을 찾는 문인들을 위해 정성으로 준비했다. 행사장에 일찍 가서 음
료수와 커피, 차를 준비했고 몇몇 수필가의 수필집을 선물로 마련해 놓았다.
한국문단의 어르신과 각지에서 오는 수필가들이 인문학의 도시 수원을 좋
은 기억으로 간직하길 바라는 마음이다. 작품 한 편 한 편에 녹을 귀한 자료
가 되어 더욱 감동적인 글을 생산해 낼 것을 기대한다. 손님을 대접하는 일은
매우 중요하며 문인 각자에게 소중한 추억을 안겨주는 일이다.

　　7월의 무더위에 맞서 아침부터 서둘렀을 손님들이 도착했다. 유네스코
세계문화유산에 등재된 화성 행궁을 관람하고 들이닥친 수필가들은 마치
승전의 깃발을 휘날리며 개선하는 군인 같았다. 시원한 음료를 달게 마셨고
준비한 수필집은 불티나게 나갔다. 자나 깨나 글쓰기에 가슴 태우는 문인들
의 열정이 한여름의 열기보다 더 뜨거웠다. 나이와 더위를 잊은 문학사랑은

평생을 투신해도 아깝지 않은 복된 길이라는 것을 느꼈다. 중소기업 종합지원센터 경기홀에서 지연희 수필의 날 운영위원장의 개회사를 시작으로 시작된 행사는 어느 해보다 알찼다. 가슴 숙연하게 하는 선언문과 글을 어떻게 써야하는지 제시해준 '수필문학세미나'는 전국에서 모인 수필가들의 갈증을 채워주기에 충분했다.

경기중소기업지원센터 지하식당에 저녁식사가 마련됐다. 큰일에 음식은 중요한 몫을 차지한다. 손님들이 맛있게 드시기를 바라는 것이 접대하는 마음이다. 주위를 살펴보니 시원하고 넓은 식당에 둘러 앉아 즐겁게 식사하는 모습이 화기애애하다. 더불어 대화의 꽃이 풍성하게 이뤄지고 있었다. 가지를 넓게 뻗은 느티나무 그늘아래 둘러앉아 정을 나누는 식구처럼 정겨워 보였다. 수필가, 모든 문인들은 글을 쓴다는 이유 하나만으로 한 가족이다. 남은 삶을 손잡고 함께 가야할 도반이다. 제일 끝에 식판을 들었다. 소박하지만 맛깔난 경기도 음식이다.

식사를 마쳤는데도 대낮처럼 밝은 저녁이다. 숙소를 향해 가는 길은 수원의 풍경을 감상하기에 좋은 기회가 되었다. 수도권인 수원을 자주 찾은 문인도 있지만 처음으로 방문한 손님들이 많기에 차를 타고 수원 근교를 보는 일은 새로움으로 다가오리라. 숙소가 가까워질수록 숲이 우거졌다. 용인에 있는 기흥 골드 훼밀리 콘도는 깔끔하게 단장하고 손님들을 기다리고 있었다. 숙소에 여장을 풀고 광교호수공원에 갔다. 많은 사람들이 바람처럼 흐르고 불빛과 어우러져 멋진 야경이 연출되고 있었다. 보름달이 환히 얼굴을 내밀고 수필의 날을 축하해주었다. 손님을 안내하고 대화를 나눈 공원에서의 1시간은 문학의 길을 걷는 중에 오아시스처럼 반갑고 별처럼 빛나는 시간이었다.

수필가들의 가슴을 설레게 했던 달 밝은 지난밤의 이야기를 꿈인 듯 감추고 날이 밝았다. 용주사와 융건릉을 방문하기에 손색없는 날씨다. 맑은 모습으로 아침을 연 문인들이 아침식사를 하고 대형버스에 올라 용주사로 출발하기 전 집에 가야할 분이 생겼다. 다행히 개인 승용차로 참석했기에 한국수필가협회 이사장 정목일 선생님과 선수필 편집인 김진식 선생님을 모실 수 있었다. 용인 기흥에서 수원역까지 가는 동안 손님 접대 차원을 넘어 문단의 어른을 모시는 일이 행복했다. 40년 동안 수필의 길을 걸으신 분이다. 앞으로 남은 생은 글 쓰는 일에 투신하겠다는 다짐을 하는 때이기도 했다. 두 분 손님을 수원역에 내려드리고 용주사를 향해 달렸다.

왕실원찰 용주사에 수필가들의 발길이 닿았다. 처음 와본다는 문인이 많았고, 왔었어도 일반적인 절로 생각했다는 문인도 있었다. 용주사는 뒤주에 갇혀 8일 만에 숨을 거둔 아버지 사도세자의 넋을 위로하기 위해 아들 정조가 세운 절이다. 정조의 꿈에 용이 여의주를 물고 승천했다 하여 용주사라 했다지만 무엇보다도 부모에 대한 지극한 효심이 담긴 절이다. 대웅전 옆에 부모은중경을 새긴 탑이 있다. 10가지 효도는 아기를 배서 보호해 주시는 은혜, 아기를 낳을 때 산고를 겪으시는 은혜, 자녀를 낳고 온갖 시름을 잊으시는 은혜, 쓴 것을 삼키고 단 것은 뱉어 자녀에게 먹이는 은혜, 진자리 마른자리 갈아 뉘시는 은혜, 젖을 먹여서 길러 주시는 은혜, 옷을 세탁하여 입히시는 은혜, 멀리 집을 떠나 있을 때도 앓을세라 그릇될세라 염려하시는 은혜, 자녀를 위해서라면 온갖 고생을 하시는 은혜, 자라서도 끝까지 지켜보시며 불쌍하게 여겨주시는 은혜이다. 하늘같이 높은 은혜가 아닐 수 없다.

용주사에서 융·건릉까지는 1.5km의 거리이다. 문인들은 대형버스로 이동하고 나는 승용차로 이동했다. 마치 손님들을 앞장서 안내하는 듯 했다. 사도세자와 혜경궁 홍씨를 모신 융릉, 정조와 효의왕후의 묘인 건릉이 있어 융·건릉이라 부르는 곳, 산림청이 우리나라에서 걷기 좋은 숲길 중의 하나로 선정했다. 시원한 소나무 숲길을 걸어 융릉(사적 제206호)에 도착했다. 아버지 사도세자의 능을 각별한 양식으로 만들어 19세기 이후 능 석물 양식에 많은 영향을 준 정조의 효를 이곳에서도 볼 수 있었다. 자신이 죽으면 부친인 사도세자의 발치에 묻어 달라는 효심에 찬 유언을 남겼기에 멀지 않은 곳에 조선22대 임금 정조의 능이 있다. 경기도가 효의 도시로 자리 잡을 수 있는 사실을 조선의 역사에서 발견한다.

역사의 고장 수원이 또 하나의 추억을 만들었다. 전국에서 모인 수필가들과 하룻밤을 지내며 나눈 마음의 정은 오래 남아 효로 살아나고 그리움을 꽃피워 수필로 열매 맺는다. 출발지 서울과 지방으로 떠나는 버스를 향해 손을 흔들며 배웅하는 마음은 아쉬움과 감사함이 교차했다. 2014년 수필의 날 축제를 함께 지낸 문인들이 풍성한 글에서 서로 만나자며 인사를 나눴다. 손님을 태운 버스가 멀어질 때까지 바라보며 모두 건강하기를 기원했다. 수원에 거주하는 두 명을 집 앞까지 모셔다 드리며 수필의 날 손님 접대를 마쳤다. 큰 행사에 작은 몫을 맡아 손님을 치렀다. 인문학의 도시 수원이 만들어낸 역사적인 행사다. 그 행사에서 건져 올릴 성과가 번쩍이며 꿈틀대고 있다.

김태실

「한국문인」 수필 부문 당선 등단, 「문파문학」 시 부문 당선 등단. 한국문인협회, 국제 펜 한국본부, 한국수필가협회. 가톨릭 문인회 회원, 문파문학회 상임운영이사, 동남문학회 회장 역임
수상 : 제3회 동남문학상, 제8회 한국 문인상, 2013년 한국수필 올해의 작가상
저서 : 수필집 「이 남자」 외 1권, 시집 「그가 거기에」

수원에 가서 듣는 정조대왕의 사부곡思父曲

三溪 김학

- 제14회 수필의 날에 효의 고장, 수원을 찾아서

　　성혼불진모　晟昏不盡慕　아침이나 저녁이나 사모하는 마음 다하지

못해

　　차일우화성　此日又華城　오늘 또 화성에 찾아오니

　　영목침원우　靈穆寢園雨　원침에는 가랑비 부슬부슬 내리고

　　배회재전정　徘徊齋殿情　재전에서 배회하는 그리운 마음이 깊구나

　　약위삼야숙　若爲三夜宿　만약 여기서 사흘 밤만 잘 수 있다면

　　유유칠분성　猶有七分成　더 바랄 게 없겠네

　　교수지지로　矯首遲遲路　더디고 더딘 길에 머리를 드니

　　오운망이생　梧雲望裏生　아바마마 생각하는 마음이 구름 속에 생기네

　　정조대왕이 수원에 있는 아버지의 묘소 현릉원을 참배

하고 환궁하는 도중 지지대遲遲臺에서 읊었다는 시구다. 이 시를 읽어보면 아

버지인 사도세자를 그리워하는 정조대왕의 효심이 얼마나 깊게 드러나는지 눈물겹지 않을 수 없다. 나는 수원을 생각하면 조선 제22대 임금인 정조대왕을 떠올리곤 한다. 정조대왕이 효심을 바탕으로 수원 화성이란 신도시를 설계했고, 그 도시가 발전하여 오늘날 인구 120만 명의 수원시가 탄생했다는 역사적 사실을 알기 때문이다.

수원은 운명적인 효의 고장이다. 그래서 그런지 수원에 가면 어느 곳에서나 정조대왕의 사부곡思父曲이 들리는 것 같고, 거리거리 골목골목에서도 효심을 만날 수 있을 것 같은 느낌이 든다. 나 역시 부모를 모셨던 사람이자, 또 자식을 둔 사람이니 어찌 수원을 좋아하지 않을 수 있으랴?

정조대왕의 아버지인 사도세자는 조선 제21대 영조 임금의 둘째아들이다. 그런데 맏아들이 어릴 때 죽는 바람에 그 뒤를 이어 세자로 책봉되었다. 그러나 사도세자는 당쟁에 휘말려 왕위에 오르지도 못하고 뒤주 속에서 생을 마감했다. 정조대왕은 즉위하자마자 제1성으로, "과인은 사도세자의 아들이오. 선대왕께서 종통宗統의 중요함을 위하여 나에게 효장세자를 이어 받도록 명하신 것이오." 이렇게 사도세자의 아들임을 천명했다고 한다. 효장세자가 누구인가? 일찍 세상을 뜬 사도세자의 형이다. 정조대왕의 그 이야기를 들은 신하들은 어떤 마음이었을까? 더구나 사도세자를 죽게 만든 노론 벽파 대신들은 얼마나 가슴이 철렁했을까?

정조대왕은 즉위하고서 사도세자의 능침을 양주 배봉산에서 조선 최대의 명당인 수원 화산으로 옮기고, 화산 부근에 있던 읍치邑治를 수원의 팔달산 아래로 옮기면서 수원 화성華城을 축성했다고 역사는 전하고 있다. 수원 화성은 사적 제3호로 지정되었는데 서쪽으로는 팔달산을 끼고 동쪽으로는 낮은 구릉의 평지를 따라 쌓은 산성이다. 정조대왕의 꿈은 원대했다.

아버지에 대한 효심에서 수도를 한양에서 화성으로 옮길 계획까지 세우고 정조18년(1794)에 성을 쌓기 시작하여 2년 뒤인 1796년에 완성했다. 다산 정약용이 성을 설계하고 거중기, 녹로 등 신기재를 창안하여 과학적이고 실용적으로 성을 쌓았다. 그 성 안에는 화성행궁, 중포사, 내포사, 사직단 등이 있었다. 바위덩이를 쪼고 다듬어 성을 쌓으면서 백성들은 정조대왕의 효심에 얼마나 깊은 감동을 받았을까? 산성을 쌓은 돌덩이 하나하나마다 모두 정조대왕의 효심이 아로새겨졌을 것이다.

수원 화성은 축조 이후 일제 강점기를 지나 6 · 25전쟁을 겪으면서 성곽 일부가 훼손되었으나 축성 직후 발간된 '화성성역의궤'에 따라 대부분 축성 당시의 모습대로 복원하여 지금도 관광객들의 눈길을 끌고 있다. 지금은 효가 사라져 가는 시대다. 그러니 만큼 부모들은 자녀들을 데리고 이곳 화성을 찾아와서 정조대왕의 효심을 본받도록 일깨워주면 좋을 것 같다. 또 수원시는 이곳에 효수련원孝修練院을 세워 전국의 학생들이 이곳에서 효도체험학습을 하게 한다면 얼마나 좋을까?

정조대왕은 즉위 13년에 초라했던 사도세자의 묘를 수원으로 옮기고 왕릉처럼 가꾸어 현릉원顯陵園이라 불렀다. 정조대왕은 현릉원을 참배하고 수원에서 한양으로 돌아갈 때면 고갯마루에서 아버지의 묘소를 보고보고 또 뒤돌아보며 어가를 메고 가는 어가꾼들에게 "천천히 가자! 천천히 가자!" 했다고 한다. 그래서 후세 사람들이 그 고개 이름을 더디게 더디게 넘어가는 고개란 뜻의 '지지대遲遲臺 고개'라 부르게 되었다고 한다. 비명에 세상을 뜨신 아버지의 원통함과 어머니 혜경궁 홍씨의 망부亡夫의 한恨이 마음을 짓누르는데, 어찌 정조대왕의 발걸음이 그리 쉽게 떨어질 수 있었으랴.

수원 화성은 유네스코 세계문화유산으로 지정되었다. 그 화성에는 네 개의 각루가 있다. 이들 각루 중 화홍문 옆에 있는 동북각루인 방화수류정訪花隨柳亭은 아름다운 건축양식과 섬세한 조각으로 우리나라 근세건축예술의 대표작으로 손꼽힌다. 그 정자 아래로는 버드나무가 연못인 용연으로 치렁치렁 늘어지고, 그 곁에는 수원성의 수문인 화홍문이 있다. 그 방화수류정에 올라가서 굽어보는 경치는 그야말로 천하일품이라고 한다. 우리나라에서 가장 아름다운 정자를 꼽으라면 바로 보물 제1709호인 이 방화수류정을 들수 있다지 않던가?

수원문화재단은 해마다 6월부터 10월 사이 매달 음력보름을 전후하여 16번 '수원 화성 달빛 투어'란 이색적인 야간투어를 하고 있어 관광객들의 인기를 끌고 있다. '달빛 투어'란 제목만 보더라도 얼마나 멋지고 환상적인 분위기인가? 벌써 10년 전인가? 2004년 4월 24일 행촌수필문학회 회원들과 함께 이 수원 화성으로 문학기행을 온 추억이 새롭다. 그때도 당일치기여서 지금까지도 나는 '달빛 투어'엔 참가하지 못했다. 이번 제14회 수필의 날 행사가 수원에서 열리기에 잔뜩 기대했지만 역시 '달빛 투어'와는 인연이 없어 아쉬웠다. 그러나 언젠가는 꼭 기회가 오려니 기대하고 있다.

정조대왕은 지혜로운 통치자였던 것 같다. 아버지 사도세자를 죽게 만든 이들에게 어찌 보복을 하고 싶지 않았으랴. 그러나 정조대왕은 아버지를 위한 최고의 복수는 조선을 부강한 나라로 만드는 것이라고 했다니 얼마나 위대한 군주인가? 개혁군주 정조대왕이 사랑했던 도시 수원은 누구한테나 사랑받는 도시가 되지 않을 수 없을 것 같다.

"산보다 더 높은 게 없고 바다보다 더 넓은 것이 없지만 높은 것은 끝내 포용하는 것이 있을 수 없다. 그러므로 바다는 산을 포용할 수 있어도 산은 바다를 포용하지 못하는 것이다. 사람의 마음은 진실로 넓어지지 한결같이 높은 것만 추구해서는 안 된다." 정조대왕의 많은 어록 가운데 이 한마디가 내 마음을 사로잡고 놓아주지 않는다. 정조대왕을 흠모하는 나는 정조대왕 못지않게 수원을 사랑한다.

三溪 김학

『월간문학』 등단(1980년), 전북수필문학회 회장, 대표에세이문학회 회장, 임실문인협회 회장, 전북문인협회 회장, 국제펜 한국본부 부이사장 역임, 전북대학교 평생교육원 수필창작 전담교수, 한국문협 이사,
수상 : PEN 문학상, 한국수필상, 신곡문학상 대상, 영호남수필문학상 대상, 연암문학상 대상, 전주시예술상, 목정문화상 등 다수
저서 : 수필집 『나는 행복합니다』 등 12권, 수필평론집 『수필의 길 수필가의 길』 등 2권,
E-mail : crane43@hanmail.net, 문학서재 : http://crane43.kll.co.kr

수필의 역사를 짓다　김현찬

　　　　수원 화성 사적 제3호 수원성곽에서 2014년 제14회
수필의 날 잔치가 열렸다. 한참 태양이 바람과의 경기에서 자신의 역량을 힘
껏 발휘하는 7월 11-12일이다. 정조가 아버지 정한세자(사도세자)의 능을
수원의 화산으로 옮긴 효성이 서린 장소에서 그 지극정성의 마음과 문화재
를 돌아본다. 1794년 축조되어 1796년 완공된 축성기법의 발달로 수원 화
성은 '성곽의 꽃'이라고 불릴 정도로 아름답다. 1997년 유네스코에 세계문
화유산으로 등재되었다. 우리나라의 유산은 중국의 만리장성들처럼 거대하
진 않지만 아담하고 나름 아름다운 꼼꼼하게 공들인 작품들이라고 단언할
수 있다. 거기에 효심을 겸비한 마음은 그 어떤 작품도 견줄 수 없을 것이다.
　'한국수필문학 수원문화예술의 중심에 서다'라는 슬로건을 들고 수필의
날 운영위원회 한국문인협회 수필분과가 주최하고 수원시, 한국문인협회
수원지부, 월산재단, 지리산문학관 등이 후원하여 장안에 명장인 문인협회

1만3천 명 회원 중 시인 다음으로 많은 회원을 가진 수필가 등 문인들이 대거 참석했다. 이 날은 경쟁하던 기분을 떠나 서로 만나 수원화성처럼 공들이고 효심의 마음으로 한국문인들의 중심에서 삶의 많은 이야기들을 분출할 수 있었다. 흔히 시를 그림 그리듯이 표현한다고 하지만 분야로 보면 시는 예리하고 날카로운 조각이라고 할 수 있다. 오히려 물 흐르듯 그림 그리듯 표현하는 건 수필이라고 본다. 소설은 판화나 모자이크를 연결한 분야로 나눠 지지 않을까.

2001년 12월 1일 제정된 수필의 날 선언문에서도 주장하고 있다.

'수필은 진정으로 살아있는 음성이다. 진지한 삶을 돌아봄이다. 우리는 수필을 통해 다시 태어날 수 있고 가슴에 불꽃을 피울 수 있으며 강과 바다를 찬란히 여울지게 할 수 있다.----먼 훗날 많은 이들의 기억 속에 이 날이 온전한 향기로 살아있고, 보다 더 큰 빛으로 사람들 가슴을 안온히 감싸기를 소망하며 이에 '수필의 날'을 제정한다.'

행사는 지연희 한국문인협회 수필분과회장의 개회인사 및 내빈소개로 진행되었다. 제창자이신 윤재천 현대수필학회 회장님의 낭독도 힘차다. 올해의 수필인상은 정목일 이정림 수필가에게 수여되었다. 수필의 날은 평생 수필문학에 혼신을 다한 수필가들에게 '올해의 수필인상'을 수여하는 일에 주목한다. 미래 수필문학 발전을 향한 새로운 길 찾기를 향한 모색이다.

사람과 사람을 잇는 수필, 수필문학세미나에선 미래수필문학 발전방향 모색이란 주제로 실험수필 아방가르드 표현관점- 오차숙 질의, 실험수필 아방가르드 구성관점- 김지헌 질의, 임헌영 원로선생님의 응답/ 미래수필의 주제와 소재잡기-박영수 질의, 미래수필의 문장표현 취약점-홍억선 질의, 박양근 교수님의 응답으로 실험수필과 미래지향적 관점에서 문학평론가들의 차원 높은 대화가 뜨거운 여름날 더욱 온도를 올리기도 하고 차거운 얼음을 내려주기도 하였다.

'수필은 지나간 시간의 기록이 아니라 우리를 향해 다가오고 있는 미래의 향연이고 언어의 축제이어야 한다. 모든 고뇌와 기쁨이 정제되어 수필의 품에 뿌리를 내릴 때 우리의 삶도 빛날 수 있다.' 라고 했다. 수필문학 발전을 내다볼 수 있었던 세미나였다.

'문학과 음악의 선율이 흐르고' 마음이 흐르는 시간이었다. 수필은 글만 보여 주는 게 아니다. 수화전도 할 수 있고 음악과도 가까워져야 한다. 준비된 작은 음악회는 뛰어난 테너와 소프라노 남여 솔로와 듀엣으로 시작되어 그룹기타 연주자들(소리공간)의 멋진 연주가 이어졌다. 젊음이 넘치는 즐거운 음악이 있어 모든 수필가들은 손뼉을 치며 열광했다. 흥분한 마음들이 진정되기도 전에 준비된 수필집과 명함을 나누고 기념사진도 빠질 수 없었다. 경기중소기업지원센터 강당을 꽉 채운 인파는 즐거운 식사를 나누며 바깥 날씨보다 더 뜨거운 만남의 시간을 보냈다.

장안문 앞 궁터에서 병사들의 무술묘기를 보며 요즘 사병들의 훈련을 떠올려 보기도 한다. 중식을 하러 가면서 주변의 성곽들을 둘러보고 화성의 오밀조밀하고 섬세하고도 우수한 기능을 갖춘 조선시대의 성곽임을 재삼 감탄하였다. 석식 후 숙소로 자리를 옮겨 각 문학회들이 모여 수필발전 토론과 대화의 시간이 계속되었다.

수원 화성은 조선 후기의 개혁 군주인 정조의 명에 의해 만들어진 기획도시이다. 아버지에 대한 애절한 사랑이 깃들어 있는 성곽으로 정조의 아버지인 사도 세자는 정조가 어렸을 때, 영조 임금의 명령으로 뒤주 속에 갇혀 세상을 떠난 비운의 왕자였다. 정조는 아버지의 사랑을 받지 못하고 성장했으며, 아버지에게 효도를 하고 싶어도 할 수가 없어 죽은 아버지에게나마 효성을 다하고 싶었다는 이야기가 전해진다. 어머니 혜경궁 홍씨와 아버지 사도세자에 대한 효행의 고장임을 전하는 수원은 수필인들에게 새로운 시선으로 다가서는 곳이었다.

김현찬
한국문인협회 회원, 계간문파문인협회 회원, 현대수필문학회 회원, 신시문학회 회원

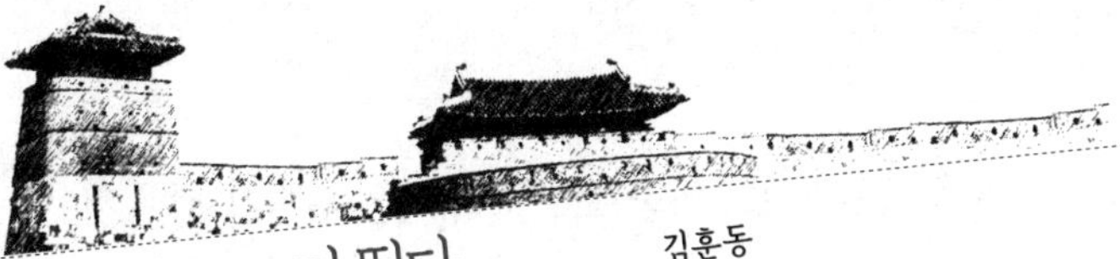

발가벗고 80리 뛴다

김훈동

나만큼 고향에 엎어져 사는 이도 드물 듯하다. 여기서 태어나 초, 중, 고를 마치고 대학마저도 이곳에서 졸업했다. 그 후 직장이 서울이었지만 줄곧 통근을 했다. "무엇이 나를 그렇게 동여 맸을까"라고 묻는다면 나는 우문愚問 같지만 "고향이니까"라고 대답할 것이다. 한마디로 수원은 생명의 동아줄 같은 곳이다. 수원사람을 "발가벗고 30리 뛴다."고 말한다. 이제껏 살아오면서 고향 이야기를 나누는 자리면 으레 알밤 터지듯 나오는 말이다. 인색하고 셈을 하는데 너무 지독히 따진다는 등 나쁜 뜻으로 알고 있는 이들이 많다. 사실은 남에게 폐 끼치는 일 안하고 경우가 밝다는 뜻이다. 사리에 맞게 행동한다는 말도 된다. 나를 두고 하는 말 같아 늘 그 내력을 말하곤 했다.

옛날에 수원도성에서 30리 떨어진 곳에 살던 양반이 행화촌杏花村 꽃향기에 취해 일배盃 일배 부일배하다 선친 제삿날인 것을 깜박했다. 앞이 캄캄했다. 앞뒤 생각할 여념 없이 뛰어나왔다. 물론 의복을 제대로 엉겁결에 행장

차릴 새 없이 양반이 바지저고리 바람으로 30리 길을 뛰어가게 된 것이다. 점잖은 양반이 제삿날 외출한 것부터가 예절이 아니었거늘 의관衣冠도 정제치 않고 발가벗고 30리를 뛴 셈이 됐다. 말이 꼬리를 물고 보태고 늘려 요즘은 '80리 뛰었다'라고 굳어버렸다.

그 누군가 "신은 전원田園을 만들고 사람은 도시를 만들었다."고 했다. 수원은 조선 22대 정조대왕이 만든 최초의 개혁도시다. 5.74km에 걸쳐 있는 수원화성은 유네스코 세계문화유산으로 등록되었다. 중국 만리장성보다 앞선 쾌거다. 수원화성이 완벽한 복원이 가능하고 세계문화유산으로 지정될 수 있었던 이유는 공사보고서인 화성성역의궤華城城役儀軌 때문이다. 이 역시 세계기록문화유산으로 등록되었다.

'이끼 푸른 옛 성에 역사도 깊어 어딜 가나 그윽한 고장의 향기~~~' 수원의 노래다. 학창시절 성곽을 거닐며 자주 불렀다. 지금 생각해보니 그 당시 수원의 랜드마크가 바로 수원화성이었던 듯하다. 나는 성곽 주변에 살았다. 어릴 적부터 성곽을 산책하며 역사에 흠뻑 젖어들었다. 고향을 글로 노래했다. 문학의 길로 발을 디딘 것도 화성을 노래하면서 연유가 된 듯하다. 학창시절 백일장 대회마다 화성과 수원을 소재로 한 글로 입상하였기에 그렇다. 고향은 사람을 낳고 키운다.

수원은 과거를 딛고 미래를 꿈꾸는 도시다. 220여 년 전 신도시로 건설된 화성은 한국동란 때 많이 훼손되었다. 학창시절 "북문은 부서지고 남문은 남아있고 동문은 도망가고 서문은 서있다."고 노래했던 기억이 생생하다. 전란으로 파괴된 4대문을 일컫던 말이다. 지금은 완벽하게 복원되고 잘 정비되어 세계적인 역사문화도시로서 자랑할 만하다. 못다 이룬 정조대왕의 뜻을 펼쳐 보이려는 듯 6천여 평의 화성행궁 광장도 조성되었다. 각종 예술과 문화마당이 펼쳐진다. 여민각與民閣인 종각도 세워져 옛 종로의 모습으로 탈바꿈 되었다.

수원은 이 나라 농업과학의 심장부 역할을 독특히 해 낸 도시다. 18세기 실학을 토대로 농업진흥을 위해 만석거萬石渠, 축만제祝萬堤, 만년제萬年堤, 대유평大有坪 등 대규모 인공저수지를 만들어 농업용수로 사용케 했다. 국영농장인 둔전屯田이 조성되어 오늘날 농업과학의 메카로 자리 잡는 계기가 되었다. 쌀다수확 품종으로 농업혁명을 일으킨 본산지인 농촌진흥청과 서울대 농대가 자리했던 문화유적 터이다. 원예육종학자 우장춘 묘소도 농촌진흥청이 있던 뒷산 여기산에 자리하고 있다. 지금은 서울대 관악캠퍼스로 옮겨갔지만 나는 서울대 농대 재학 중에 유달영 교수의 지도를 받아 문학습작에 빠져들었다. 대학신문, 학보 등에 작품을 발표하고 개인시화전도 자주 열었다.

재학 중 시문학으로 등단도 하고 첫 시집 '우심'도 발간했다. 캠퍼스 주변의 경관은 문학세계에 빠져들기에 안성마춤이었다. 수채화 같은 향과 색이 펼쳐진 푸른지대 딸기밭, 다양한 수종樹種들이 다투듯 사는 연습림練習林 숲속, 사계절 철새들이 물놀이하듯 노는 서호西湖와 항미정 등이 언제나 나를 시심詩心에 젖어들게 만들었다. 대학전공과목보다는 주변경관에 취해 문학 서적을 동무삼아 지냈던 시절이었다.

지난 달 300여 통 가까운 친필 어찰御札이 새롭게 발견되어 화제가 된 정조대왕을 빼고는 수원의 역사를 펼쳐 보일 수가 없다. 정조는 화성 주민을 위해 농가에 한우를 무상 보급하여 증식한 후 다시 보급하는 방식으로 수원 일대에 농사짓는 소를 늘려 나가 전국에서 제일 유명했던 우시장의 효시를 마련했다. 이후 유명세를 탄 수원갈비와의 인연도 이렇게 시작된 셈이다. 이렇듯 내 고장 수원의 맛과 향과 색은 다채롭다. 입으로 느끼는 맛뿐이 아니다. 구순한 인정의 맛도 있다.

주산인 팔달산과 고려태조 왕건(928년)이 광교산이라 명명해 준 명산을 품고 있는 수원에는 예술문화가 흐른다. 우리나라 최초의 여류서양화가인 나혜석이 있고 '나는 왕이로소이다'를 읊은 홍사용 시인, 나의 살던 고향을 노래한 홍난파의 음악이 흐르는 곳이 바로 수원이다. 수원시민의 명예와 긍지를 높여준 2002년 월드컵 경기를 개최한 도시요, 남아공월드컵국가대표 주장이자 영국 맨유에서 뛰었던 세계적 선수인 박지성을 낳은 도시다.

수원은 경기도 수부도시다. 울산광역시보다 더 많은 210만 명의 인구를 가진 전국 기초자치단체 가운데 가장 큰 도시다. 세계적 기업 삼성전자와 삼성SDI, SKC와 SK케미컬 등이 자리하고 있는 첨단 IT, BT의 도시로 발전하는 과거와 현재와 그리고 미래가 있는 도시다.

더불어 사는 행복한 도시를 표방하던 '해피 수원'을 뜨겁게 사랑한다. 사람이 반갑습니다. '휴먼시티 human city'를 슬로건을 내건 인문학도시-수원을 사랑한다. 난 예술문화단체의 장으로서 활동하고 있다. "발가벗고 더 멀리 뛰더라"도 예술인들의 보금자리인 제대로 된 아담한 예총회관을 세우고 싶다. 그게 고향에서 마지막 내가 할 꿈이자 소망이고 현실이기에 그렇다. 자기 고향에서는 소도 강하다는 말이 있듯이 고향은 그 꿈을 현실로 만들어 줄 수 있다고 나는 굳게 믿는다. 그것이 고향의 맛이고 힘이 아닐까.

김훈동

수원출생, 서울대 농대, 중앙대 대학원 졸업
시인, 수필가, 칼럼니스트
한국문인협회 제도개선위원, 문협수원지부장 역임
현재 수원예총 회장

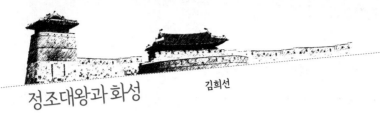

정조대왕과 화성

김희선

왕이 되기 전, 세자빈으로 가례를 올린 정비들은 성정이 부드럽다. 영조의 정비인 정성왕후 서씨도 1704년 13세에 가례를 올렸다. 궁중생활 20년이 흐른 뒤, 왕비의 자리에서 33년. 그러니까 가례를 올린 때부터, 53년을 미소 짓는 모습으로 살았다고 한다. 시어머니 되는 숙빈 최씨(영조의 친모)의 신위까지도 정성으로 모셨다. 서씨는 영조와 첫날밤에 고생을 모르고 자란 부드러운 손이라고 말하는 바람에, 영조가 멀리 하였으니 인내심으로 견딘 것 같다. 13세의 어린 손이니 당연히 부드러웠을 터인데, 어머니의 거친 손을 떠올리게끔 영조의 열등감을 자극했다 하여, 영조는 2년 연상인 정비 서씨를 가까이 하지 않았다고 한다. 정비인 서씨는 자식도 없이 1757년 66세에 눈을 감는다.

서오릉에 정성왕후 서씨가 묻힐 때, 영조께서는 자신의 릉터를 옆자리에 나란히 준비한다. 그러나, 동구릉이 길지라며 정조께서 갑자기 바꾸는 바람에, 훗날 발칙했던 계비 정순왕후 김씨가 영조 곁에 나란히 묻히게 된다. 지금도 빈터로 남아있는 서오릉. 여전히 마음에 안 들지만 어쩔 것인가. 세상 이치가 다른 방향으로 돌아가기도 하는 것을. 아무래도 영조가 묻힌 동구릉은 길지가 아닌 듯하다.

문제는 계비가 들어오면 다양한 종류의 비극이 시작된다. 1759년 정순왕후 김씨가 계비로 뽑힐 때, 목화가 제일 귀한 꽃이라느니, 아버지의 이름이 새겨진 방석에 앉을 수 없다느니, 똑똑한 대답을 했던 계비의 마음에 살인귀가 숨어 있었다. 사도세자인 아들과 며느리인 혜경궁 홍씨보다 열 살이나 적은 정순왕후는 15세 나이에 66세 영조에게 계비가 되어 들어왔다. 51년의 나이 차이는 이해가 안 되는 대목이다.

정순왕후 김씨는 계모가 된 지 3년, 18세가 되던 해 1762년이다. 영빈 이씨의 아들이며 28세인 사도세자를 죽이는데 지대한 역할을 한다. 28세의 사도세자가 어미가 되는 자기를 10년이 어리다고 업신여긴다면서 영조에게 이간질 한다. 정순왕후의 친정아버지는 사도세자의 비행을 10조목으로 만들어 사람(나경언)을 사주하여 상소를 시키며 모함을 한다. 김씨의 친정아버지는 오흥부원군 김한구이다. 숙위 문씨도 곁에서 불을 지른다. 사도세자가 요즘 늙은 아비가 죽어야 자기가 왕이 된다며 개인적인 군대까지 만들어 아버지(영조)를 밀어낼 궁리를 하며 다닌다고 모함을 보탠다. 영조는 성격이 급하고 과격한 편이다.

사도세자는 3세 때에 효경을 외우고, 7세에 동몽선습을 독파하고, 서예를 좋아하고 시를 짓기 좋아했다. 10세에 신임옥사를 비판하며 15세에 정사를 대리할 정도로 명석했건만, 이때부터 모함과 꾸짖음이 자주 번복되는 생활에 결국 조울증에 걸린 사도세자는 사춘기인 15세부터 28세에 죽는 날까지. 13년간 심하게 닦달한 영조의 잘못과, 파당 지으며 권력을 잡으려는 잔인한 신하들의 입김이 가세하고, 3년 동안 계속되는 발칙한 계모의 모함으로 닥쳐온 비극이다. 잔인하게 내리쬐는 음력 6월의 태양볕에서, 뒤주에 들어가 8일 만에 창경궁 문정전 앞마당에서 물 한모금 못 마시고 질식사 당하는 사도세자. 18세 계모 정순왕후 김씨는 쾌재의 개운한 미소를 지으며 간덩이가 부풀기 시작했다.

11세였던 세손(정조)은 아버지인 사도세자를 살려달라고 울면서 애걸을 했건만, 할바마마인 영조는 들어주지 않았다. 사도세자가 죽은 다음에야 뉘우치는 영조. 어린 세손(정조)에게 사도세자를 그리는 마음이 있을까 걱정이 되었나보다. 책을 읽어도 〈시전〉의 (요아)는 읽지 말라는 할바마마(영조)에게, 세손(정조)이 그곳을 읽고 있다고 고해바치는 노론의 환관. 책을 가져오라는 불호령이 떨어진다. 마침 세손을 보좌하는 홍국영의 기지로 그곳을 칼로 오려내었기에 세손은 가슴을 쓸어내려야 했다. 요아편은 '아버지 나를 낳으시고 어머니 나를 기르시니, 그 은혜를 갚고자 할 때 하늘이 끝이 없음과 같이 다함이 끝이 없도다' 아비를 잃은 세손에게 염려되는 대목이다.

사도세자를 죽일 때, 일조를 한 화완옹주는 임금자리에 오른 조카 정조를 미워하며 괴롭힌다. 고모의 도리는 모르고 시새움만 강하다. 정조의 정비인 조카며느리 효의왕후 김씨까지도 몹시 괴롭힌다. 효의왕후는 10세에 세손비가 되어 25세에 왕비가 된 분이다. 자식이 없었으나 슬기롭게 덕을 베푸는 고매한 인품으로, 왕가의 자식들을 골고루 보살핀다. 시어머니 홍씨를 지성으로 모시면서 69세까지 사셨다. 정실부인답게 칭찬을 받으며 살았던 정비 김씨는 정조와 함께 수원 건릉에 묻혔다.

정조는 25세에 즉위할 때, 자신이 사도세자의 아들임을 강조했다. 즉위 열흘 후, 사도세자의 존호를 장헌이라 올리고, 묘호는 영우원이라 하고, 사당은 경모궁이라 했다. 통곡을 했을 경모궁에서 효심으로 가슴을 달래는 정조대왕. 동궁시절에 무엇이든 알 필요가 없다고 말했던 어머니의 숙부 홍인한. 노론이니 소론이니 알 필요가 없고, 이조판서니 병조판서니 조정의 일은 알 필요가 없다고, 정조를 무시하는 말로 영조에게 속살거리던 인물이다. 홍씨의 아버지 홍봉한도, 사위인 사도세자를 죽이는데 찬동을 했었다. 정조는 숙부 홍인한과 정후겸을 유배시킨다. 정후겸의 양어미인 화완옹주는 아버지인 사도세자를 죽이는 데 앞장선 사람이기에, 정치달의 부인 '정처'라는 이름으로 강등시켰다.

노론의 득세 속에서 외로웠던 정조를 죽이려고 자객 홍상범이 궁궐을 침범하는 사태까지 있었다. 아버지 사도세자를 죽이는 데 일조를 했던 사람들이 여전히 포진을 하고 호시탐탐 정조를 노려보고 있다. 어릴 때부터 도움을 주었던 홍국영에게 정사를 맡기고, 학문을 연구하며 인재양성에 힘쓰는 정조. 왕실의 도서관인 규장각(창덕궁 주합루 주변)에서 국가정책을 연구하고 왕의 비서실처럼 국정을 운영한다. 학식과 실력을 갖춘 인재를 양성하느라 3년을 보내면서, 새로운 활자를 만들었으며 2,400여 권의 책을 편찬한다. 춘당대에서 50발의 화살을 쏘면, 49발이 명중을 한다. 일부러 1발은 쏘지 않으며 모두 명중하지 않으려 남겨둔다는 정조대왕의 여유, 문무를 겸한 지혜가 탄탄하다.

홍국영을 도승지로, 왕궁을 호위하는 군대 숙위대장까지 맡긴다. 권한이 넘치다 보니 홍국영은 자신의 동생을 후궁자리에 앉혔으나, 얼마 되지 않아 병으로 죽게 된다. 죽은 동생을 원빈으로 만들고 양아들을 올리면 왕통을 이으리라 계획까지 세운다. 이런 일은 모반의 시작이다. 정조께서 홍국영에게 말한다. 힘이 있을 때 도가 지나치면 어찌될지 모르는 일이오, 아직 경에게 정이 남아 있으니 알아서 처신하기를 바란다고 말한다. 스스로 은퇴를 하는 홍국영은 일 년 뒤 병으로 죽는다. 권력을 잡으면 평생 누릴 줄 알았을 것이다. 사사로운 욕심이 넘쳐 허무하게 끝나는 홍국영.

화평옹주의 남편 박명원은 정조에게 고모부가 된다. 1789년 사도세자의 묘를 다녀와서 상소를 올린다. 주변이 어지럽고 뱀이 많아 발에 밟히니 상서롭지 못하다는 내용이다. 그로부터 석달 뒤, 평소에 생각하던 수원 화성으로 이장을 한다. 아버지의 묘에 행차할 때는 행궁으로 머무는 곳이 필요하다. 정약용의 도움으로 거중기를 이용하여 성을 쌓으며, 한강을 건널 때도 정약용이 설계한 배다리를 이용한다. 정조께서는 곤룡포 대신 군복으로 무장한다. 행궁에 동원되는 6,000명의 인원과 1,400여 필의 말, 115명의 기마 악대, 웅장한 연주소리가 사도세자의 한을 풀며 백성의 마음까지도 감격하게 만든다.

2014년 7월11일 무더위와 함께 수필의 날 행사를 한다. 연암의 열하일기에서 음력 6월24일에 압록강을 건넜다 해서 양력으로 날짜를 짜맞춘 것이다. 2000년도 처음으로 수필의 날을 제정하신 윤선생님께선 11월 1일이었으나, 연암일기에 맞추느라 날짜를 변경했다. 명분을 고수하는 벽파냐? 편리함의 시파냐? 양보를 하기 싫은 정치판이 아니기에 날짜는 바꿀 수 있을 것이다. 북경으로 다시금 돌아오던 날짜, 음력 8월 20일로 바꾸면 추석이 끝나는 날씨라 무더위는 비켜갈 것이다. 어디를 가든 아름드리 나무그늘이 부족한 우리나라. 쨍쨍 내리쬐는 햇빛에 발을 맞추며 걷다가, 조선생의 권유로 방화수류정 마루에 오르니 이게 웬일! 시원한 바람에 근심걱정 모두 날아간다. 다정한 웃음과 함께 탁 트인 전망이 시원하다. 대여섯 살 어린아이들도 '엄마 아빠 너무 시원해' 하면서 바람을 즐긴다. 우리도 신을 벗고 마루에 앉아 바람을 반긴다.

행궁의 뒷마당 화령전을 돌아보던 중, 아직 장마가 오지 않았음에도 제정(우물)에선 맑은 물이 넘치고 있다. 발아래에서 넘쳐흐르는 물줄기, 넌출 거리는 초록색 이끼를 닦아내고 싶다. 아쉬움의 물빛이 반짝인다. 일제강점 기에 화성행궁의 전각들을 모조리 없앴다고 한다. 600여 칸의 건물 중 '낙담 헌' 한 곳만 겨우 남았다고 한다. 일제가 우리의 역사를 싹싹 지우고 있었다. 1794부터 1796년에 정조대왕의 효심과 정성으로 지었던 튼튼한 기둥이며 목재와 재료를 분명 저네들 나라로 가져갔을 것이다. 사람도 마구잡이로 잡 아갔는데, 문화재 건물쯤이야. 이리저리 생각해봐도 양심이 실종된 몹쓸 나 라이다. 일본은 나무가 무성해도 습기와 무더위에서 자란 소나무를 기둥으 로 쓸 수 없다고 한다. 깊은 산속 지리산을 비롯하여 아름드리가 모두 잘려 져 철도를 타고, 일본으로 옮겨간다. 고궁의 건물들이 무너지고 쓰러지면서 일본으로, 일본으로 배를 타고 건너갔다.

　1980년대에 와서야 지역 시민들이 마음을 모아 추진위원을 구성, 1996 년부터 화성행궁 복원공사를 하여, 2003년에야 일반에게 공개하게 되었다. 어쩐지 행궁의 건물들이 고색창연하지 못했음을, 행궁 마당에서 허전한 느 낌이 왜 들었는지! 뼈저린 역사를 수원에서도 절실하게 느낀다. 화성행궁의 정문 신풍루 앞에서 정조시대 '장용영'의 실전무예를 구경했다. 느티나무 두 그루의 큰 그늘에서 그나마 답답한 마음을 위로받고 있었다.

김희선

한국문인협회 이사, 경희대총동문회 이사, 국제펜 한국본부 회원, 에세이 문학 이사, 한국문협종로지부 부회장 겸 편집위원장, 한국수필가협회 이사, 한국수필작가회 회장 역임, 청하백일장 심사위원 역임, 사임당문학(시문 회) 회장 역임, 문학의 향기 회장 역임
저서 : 『모음이 피는 웃음꽃』

봉수당 진찬도

도월화

행궁의 돌길을 걸어본다. 정조임금의 효심이 어려 있는 듯하다. 화성 행궁의 정전인 봉수당 현판이 보인다. 정조가 어머니의 장수를 빈다는 뜻으로 지었다. 방 안을 들여다본다. 해와 달을 소재로 그린 일월도를 배경으로 정면 중앙에 용상이 놓여있다. 옆쪽에 가보니 혜경궁 홍씨의 회갑연을 모형으로 재현해 놓았다. 곤룡포 대신 간편한 융복을 갖춘 정조가 예복 차림의 어머니 앞에서 예를 올리려는 모습이다. 〈봉수당 진찬도〉에는 이 온돌방 안은 휘장 아래 발이 쳐져 있어서 나타나지 않는다.

왕은 어머니께 절을 올리며 무엇을 떠올렸을까. 어머니, '만년의 수'를 누리소서. 정조 대왕은 마음으로 축원한다. 혜경궁 홍씨도 극진하게 예를 받으며 부디 성군이 되기를 빈다. '임금인 아드님을 둔 보람이 있나봅니다.'라고 생각하며 흐뭇해한다. 28세에 청상이 되어 삶을 견디게 한 것은 오직 자식생각이었다. '간신히' 길러 14년 후에 왕위에 올랐고, 어느덧 정조 19년이 되었다. 생애 최고의 날, 혜경궁은 하늘을 우러러 감사하고 감사한다.

여관女官이 술을 따라 꿇어앉아 왕에게 전하니, 정조임금이 어머니께 가서 무릎을 꿇고 그 술잔을 여관에게 주고, 건네받은 여관이 잔을 혜경궁 앞에 올린다. 휘장 밖 봉수당 넓은 마당에서 궁중 무희들이 혜경궁의 만수무강을 비는 춤을 춘다. 찬탁은 가화(꽃)로 장식돼 있고, 백여 명이 축하연을 즐기고 있다. 『원행을묘정리의궤』에도 〈봉수당 진찬도〉가 나온다. 정리의궤에 의하면 돈화문을 출발한 참가인원 1800여명의 행렬이 이틀 만에 화성에 도착했고, 익일 아침 낙남헌에서 문무과 별시를 실시하고, 그 다음 날 새벽 사도세자의 묘에 참배했다. 을묘년 윤2월 13일 회갑연이 거행되었다. 음식은 70가지, 초대받은 친인척이 82명이었다. 여섯째 날은 정조가 신풍루에 가서 몸소 죽을 시식하고, 소외된 주민에게 쌀, 소금, 죽을 나누어 준다. 진찬례는 정조의 효행일 뿐만이 아니라, 백성과 함께 하는 잔치였다.

혜경궁은 계속 속으로 발원을 품는다. 주상의 건강이 늘 걱정입니다. 밤 늦도록 나랏일에 몰두하고 새벽이 오도록 책을 읽으며 너무 무리하시니 먼저 옥체 보존하세요. 곱게 피어나는 꽃은 손발이 달려 봉사하는 것이 아니라 해도, 그 자체로 아름다움과 행복감을 전해주는 것을 보십시오. 우선 자신을 잘 돌봐야 주위와 나라를 돌볼 수 있지 않겠습니까. 행궁으로 오는 길에서도 어미가 탄 가마에 신경 쓰느라 주상의 가마는 비워둔 채 말을 타고 오셨지요. 한강에는 직접 고안한 배다리를 놓아 주셨구요. 지난달부터 창덕궁 후원에서 가마 타는 연습을 하게 하신 효성이 은혜로울 따름입니다.

절을 올린 후 정조는 어릴 적을 회상한다. 제 나이 열 살 때 아버지께서 차마 말 못할 슬픔 속에 돌아가셨습니다. 그 후 '세손을 경희궁으로 데려가 셔서 가르침을 주시면 좋겠습니다.'라고 선대왕께 청해 올린 것은 어머니의 지혜였습니다. 다시는 임오화변(壬吾禍變, 1762년 윤 5월 13일 사도세자가 뒤주에 갇혀 8일 만에 죽은 사건) 같은 비극이 없어야 하므로 조손간이 가까 이 지내기를 바라신 거지요. 궁중의 암투 속에서 제가 살아남는 길이기도 했 지요. 할아버님께로 옮겨간 후 요절한 큰아버지의 양자로 입적됐지만, 늘 어 머니를 그리워했습니다. 떨어져 살던 3년간 새벽이면 편지를 써서 보냈어요. 수업 중에라도 어머니의 회신을 전해 받고서야 마음이 놓였지요.

한번은 선대왕마마 따라 창경궁에 들린 적이 있습니다. 제가 어머니를 뵙고 눈물을 흘리자 할바마마께서 세손이 저러니 두고 가랴, 하셨지요. 여 기 두고 가시면 또 위를 그리니 그냥 데려 가옵소서, 라고 어머니가 말씀을 올렸습니다. 할바마마께서는 저를 불쌍히 여겨 자애롭기 그지없이 대해 주 셨어요. 그래도 저로서는 당연히 어머니 보다는 할아버님이 조심스러울 수 밖에 없었지요.

무릎을 꿇고 앉는 것에 익숙해진 것도 그래서였나 봐요. 연로하신 할바 마마께서 편찮으시기라도 하면 저는 밤새 옷도 끄르지 않고 간병에 임하는 것에 마음을 붙였습니다. 제가 성장해갈수록 선대왕께오서도 늘 저를 찾으

셨어요. 다른 이가 부축을 하게 되면 내 손자는 어디 있느냐. 내 몸에는 세손만큼 맞는 이가 없노라고 하시니 기뻤습니다.

혜경궁도 옛 기억이 떠오른다. 열 살에 동갑나기인 사도세자와 결혼하여 열 여덟에 아들을 얻었다. 그 무렵은 스스로 혜경궁 자신의 팔자를 부러워하지 않을 이가 누가 있겠는가, 싶을 만큼 행복했다. 모든 불행의 시작은 정조가 태어난 직후에 남편에게 드러나 '의대병衣帶病'이라는 정신적 문제 때문이 아니었던가. 오늘날 학자들 나름대로 분분하게 진단내리는 병 탓이었고, 당쟁이 그 틈 사이로 파고든 것이었다.

정조와 혜경궁은 마주보며 회포에 잠긴다. 동서고금에 유례없는 충격에 상처 입은 모자는 동병상련하는 끈끈한 연민의 정을 금할 수가 없었을 것이다. 또한 둘만 아는 아픔을 딛고 인간으로서의 의미 있는 가치를 회복하는 도정에서 서로 의지하는 사이는 두 모자간뿐이었다. 어머니, 무엇이 지혜일까요. 할아버지를 따르면 아버지가, 아버지를 따르면 할아버지께 역모가 되니 이 갈등을 어떻게 풀지 몰랐습니다. 어머니께서는 모두 다 마음으로 포용하는 논리를 세워 주셨어요. '선대왕의 처분도 애통망극한 가운데 부득이 하신 일이요, 경모궁(景慕宮 사도세자)께서도 병환으로 어쩔 수 없이 불행을 당하셨다.'고 하셨지요.

정조 즉위 초, 정적들은 왕이 연산군처럼 복수에 눈멀게 될까봐 여러 차례 자객을 들여 제거하려 했다. 학문을 좋아하는 정조가 밤늦게까지 책을 읽느라 깨어있어서 암살계획이 수포로 돌아간 적도 많았다. 활을 잘 쏘고 무예에 능한 정조는 장용영이라는 국왕 호위부대를 키운다. 내가 왕이란 생각도 없이 밤낮 백성만을 위하는 군주인 정조는 민첩하면서도 인자한 임금이었다. 정조실록을 보면 정조대왕은 역모자의 처벌도 최소한에 그쳤다. 최후의 적은 결코 밖이 아니라 내 안에 있다는 것을 깨닫기까지, 그리하여 자신과의 싸움을 극복할 때까지 가시밭길은 끝이 없지 않았겠는가.

2014년 수필의 날 행사로 수원에 와서 〈봉수당 진찬도奉壽堂進饌圖〉를 떠올린다. 봉수당 진찬도는 봉수당에서 베푼 혜경궁 홍씨의 회갑연 장면을 그린 것이다. 〈화성능행도병〉 병풍 중의 봉수당 진찬도는 더욱 묘사가 생생하다. 을묘년(1795) 윤2월 9일부터 16일까지 8일간의 화성 행궁 나들이는 혜경궁에게는 남편의 묘를 처음 찾는 일이기도 했다. 진찬례 후, 정조는 1804년 갑자년에 혜경궁의 칠순연도 봉수당에서 열 것이니 사용한 비품을 잘 보관하라고 분부했으나, 그 4년을 앞둔 1800년에 49세로 승하하고 말았다. 사도세자와 혜경궁은 훗날 『한중록』을 읽은 고종황제에 의해 장조와 헌경황후로 추존된다. 정조대왕과 그 어머니의 지혜를 향한 전심전력을 다한 삶의 길은 오래도록 빛난다. 또한 그 처절하고 치열한 길은 오늘을 사는 이들에게까지 등댓불로 밝혀져 이어진다고 느끼며 행궁의 돌길을 거닌다.

〈참고문헌〉정조실록 (국사편찬위원회)/한중록 (문학동네 2010년 출간)

도월화

2000년 『창작수필』등단. 수필집 : 『여월여화 (如月如花)』, 『달처럼 꽃처럼』출간. 한국수필 문학상 수상. 선(選) 수필 편집위원, 에세이아카데미아 sysop, 한국문협 회원, 창수문인회 회원, 한국수필가협회 회원, 이화여자대학교 법학과 졸업. 前중등교사(사회과). supil@paran.com

수필, 날개를 달다　류성남

마음이 설레인다. 초등학교 원적 가는 날처럼 잠자리를 설쳤다. 뿌듯한 행렬이었다. 금년 수필의 날은 수원에서 개최되었다. 주최 측에서는 수원에서 개최한 것에 큰 의미를 두었다. 뜻 깊은 행사였다. 수원하면 솔밭이 연상된다. 수원화성은 정조 대왕 숨결을 엿볼 수 있는 유서 깊은 곳이다.

60년대에는 열악한 환경에서 수필가 14명이 수필의 발판이 되었다. 50년이 지난 지금은 우리문화의 중추적인 위치에서 수필인의 자긍심을 갖게 되었다.

수필을 쓴다는 것은 외로운 아픔이다. 어느 작가는 그것을 망초 꽃에 비유했다. 망초 꽃은 6.25 전쟁 당시 남미에서 배로 묻혀와 6~8 월에 피는 꽃이다. 꽃말은 '외롭게 모여 있는 모습이 눈물 나 보인다'는 뜻이다.

파스칼은 수필을 자기표현이라 했다. 인생은 고해인가 보다. 정종명 문인협회 이사장님은 후회와 불안한 미래 뿐이라고 했다. 삶은 아프니까 청춘이고 고통 속에서 승리 할 수 있기에 가치가 있다. 정호승시의 수선화도 한 예다.

인생은 늘 고통 속에 살진 않는다. 고통 속엔 지혜가 동반되고 언젠가는 감사로 승화된다. 달고 새콤하고 쓰고 아린 것이 밑거름이 되어 아름다운 꽃으로 핀다. 태양은 매일 뜨지만 어제의 태양은 아니다.

내 생에 오늘은 단 한번이다. 내일 종말이 온다 해도 후회 없이 살라는 선인들의 말을 교훈삼아 수필을 읽는다. 남의 말소리와 발자국소리, 숨결을 듣는다. 글이란 멀리 아주 멀리 있는 사람도 만날 수 있다. 글로 통해 마음을 엿볼 수 있어 더욱 정감이 나고 만나고 싶고 그리워진다.

나는 망초 같은 마음으로 많은 것을 향류하고 돌아왔다. 사람들은 한 우물을 파며 수필가의 대열에 있다. 집념으로 하나의 깃발을 세우며 신앙처럼 수필의 길을 걸어온 윤재천 교수님은 수필의 대명사이므로 존경스럽다.

나는 왜 진득하지 못 한지, 늘 두세 가지를 한꺼번에 잡으려 한다. 놓친 세월을 생각하면 후회와 뻥 뚫린 가슴구멍 뿐이다. 오늘은 놓치지 않고 수필에 날개를 달고 싶은 날이다.

류성남
현대수필 회원

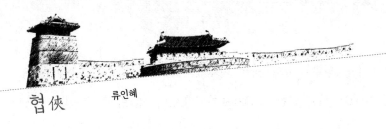

협 侠
류인혜

　　　　　수원화성행궁 신풍루 앞 광장에 사람들이 모였다. 전승된 무예 24기 기술을 보기 위해서 눈을 반짝이며 기다리면 울긋불긋 무예복장을 한 '전통무예시연단'이 등장한다. 매일 오전 11시와 오후 3시 두 차례 항오를 지어 달려 나와 단창의 깃발을 흔들며 먼저 기선을 제압한다.

　　당파를 찌르고 월도를 휘둘러 짚으로 만든 적을 벤다. 휘몰아치는 칼의 선을 따라 햇살도 갈라진다. 삼복에 겹겹의 옷 속에서 무예 시연의 힘찬 움직임에 박수로 흡족한 마음을 보낸다. 무더운 날, 수원에서 가졌던 '수필의 날' 행사 중 한부분이다.

　　옛날이야기 속에 등장하는 주인공들은 뼛속 깊이까지 사무치는 원한을 다스리기 위해서 검을 들었다. 대부분의 경우 부모의 원수를 갚기 위해 부들부들 이를 갈며 같이 칼을 갈았다. 결국은 무예를 연마하는 것은 원수를 갚는 일과는 상관이 없다는 것을 원수가 죽고 자신도 상처를 받은 후가 된다.

칼은 스스로 생명이 있어 진정의 마음으로 접근해야만 그것을 유용하게 사용할 수 있다.

큰 힘이 없던 우리는, 우리보다 큰 힘이 없으면서도 힘을 쓸 수 있는 나라들의 침략을 받았다. 임진왜란과 병자호란을 겪으면서 말할 수 없는 수모를 겪었다. 뜻있는 임금들은 백성과 함께 칼을 갈기를 원했다. 전쟁으로 인해 가진 것을 잃었던 신하들은 임금과 백성의 뜻에 따를 수 없었다. 그저 머리를 조아리는 방법밖에 아는 바가 없었다. 고개를 숙여 발길의 좌우를 살피며 조심조심 걸어가는 일만이 현명하게 사는 일이라고 여겼다. 살아남는 방법을 모색하기 위해서 신중했던 신하들은 임금의 큰 뜻을 헤아리지 못했다.

빼앗겼던 땅과 힘을 찾을 것이라 생각했던 효종은 북벌을 생각하며 화살을 만들기 위해 나무를 심었다. 정조는 칼을 쓰기 위해서는 무예를 길러야 했기에 병장무예를 체계화하여 《무예도보통지》를 발간하게 된다. 아쉽게도 효종과 정조는 뜻을 제대로 펴지 못하고 일찍 붕어했다.

우연한 기회에 박지원과 친분이 있던 이덕무와 그 주변인들을 알게 되고, 그 중에서 백동수를 만났다. 어떤 사람인가 궁금하여 그에 대한 책《조선의 협객 백동수》를 구해서 읽었다. 조선의 무예를 완성했던 무사, 백동수는 연암의 친구로 함께 연암골을 찾아낸 사람이다. '야뇌野餒'라는 호를 가진 그에게 협객이라는 말이 잘 어울린다. 책을 소개하는 글이다.

"協俠이라는 글자 하나에 온 생을 걸었던 조선 사내.《무예도보통지》편찬과 북학파 탄생의 숨은 산파. 정조 대왕이 아끼고, 박지원과 이덕무가 사랑한 선비 백동수. 사라진 전통 무예의 맥을 되살린 무예가"

이렇게 간단하면서도 함축 있는 내용이 있을까, 싶을 정도로 인간 백동수에 대한 핵심을 뽑았다. 그 중에서 '협이라는 글자 하나에 온 생을 걸었던'에 주목했다. 백동수는 권력에 얽매여 비굴해지지 말며 굶주리더라도 타고난 대로 거침없이 살고자 했다. 서얼 출신으로 앞으로 나갈 수 없는 자신의 처지를 생각하며 한동안 강원도 산골, 기린협에 들어가 농사짓고 살았다. 고집이 세고 불같은 성격과 행동 탓에 '고삐로 묶어두고 싶다'는 이야기를 듣기도 했지만 스스로 '인제'라는 호를 다시 지어 포용성 있는 삶을 살겠다고 선언하는 결단도 했다.

어려서부터 무예에 대해 관심이 많았던 백동수는, 몰래 왜관으로 들어가 왜인들의 검술을 배우기까지 했던 김체건의 아들 김광택을 찾아 무술을 배웠다. 백동수는 검보를 익히고 검의 원리를 깨닫게 된다. 10대의 백동수와 여든이 가까운, 검선이라고 일컫는 김광택이 만나 장차 조선 무예의 체계가 완성되는 것이다. 정조의 명으로 이덕무·박제가와 함께 《무예도보통지》를 편찬할 때 백동수의 희망은 전통 무예의 맥을 되살려 후대까지 올바로 전수되게 하고, 외적의 침략을 막는 데 기여하는 것으로만 기대할 정도로 마음이 자유로운 무인이었다.

1790년 음력 4월 29일, 백동수는 이덕무, 박제가와 함께 어전으로 나가 4권 1책 목판본《무예도보통지》와 24기를 한글로 풀이하여 만든 1권 1책의《무예도보통지 언해본》을 정조에게 바쳤다. 1598년(선조 31) 한교韓嶠가 편찬한〈무예제보武藝諸譜〉와 1759년(영조 35)에 나온〈무예신보武藝新譜〉를 증수하여 조선의 무예를 집대성하였다.〈무예통지武藝通志〉·〈무예도보〉·〈무예보〉라고도 한다.

책 속에는 백동수가 무사들과 실기를 통해 검증하고 정리한 스물네 가지 무예가 고스란히 녹아 스며있었다. 이덕무의 엄밀한 고증, 박제가의 힘차고 단정한 글씨와 화원들의 섬세한 그림, 판각을 맡은 각수들의 노련한 끌질이 담긴 결과물이었다.

정조가 서거한 뒤에는 장용영이 혁파되고, 개혁에 관련되었던 인사들이 탄압 받는다. 백동수도 벼슬에서 쫓겨나 유배를 가기도 했다. 말년에 백동수는 젊은 청년들과 어울리며 끝까지 희망을 버리지 않았다.

백동수의 일생과 조선의 무예를 정리한《무예도보통지》발간에 얽힌 내용이 잘 설명된 책,《조선의 협객 백동수》에는 2001년 6월 수원 화성에서 열린「정조시대 전통무예전」화보를 실어서《무예도보통지》속의 무예 장면과 비교해볼 수 있도록 했다. 이를 통해 백동수가 그 맥을 잇기 위해 애쓴 우리 전통 무예의 과거와 현재, 미래까지도 그려볼 수 있다.

평생의 원한이 가슴에 숨겨있는 사람은 수원 화성의 신풍루 앞으로 갈 것이다. 수원문화재단에 속한 이들의 전통무예 시연을 보며 가슴이 확 뚫려, 보이지 않은 공기까지 가르는 마음의 날카로움을 다스릴 수 있다.

류인혜

『한국수필』추천완료. 한국수필 자문위원, 국제 PEN 한국본부, 한국문인협회, 한국여성문학인회 이사. 수필집 『풀처럼 이슬처럼』, 『움직이는 미술관』, 『순환』, 『나무이야기』, 시집 : 『은총』, 인문서 『 류인혜의 책읽기 아름다운 책』. 제18회 한국수필문학상, 제23회 펜문학상(수필부문) 수상.

성곽의 美 gallery
수원화성

방화수류정

문광섭

방화수류정訪花隨柳亭에서
수필의 의미를 찾다

경주에서 열렸던 '제13회 수필의 날' 행사에 참가했던 추억이 아련한데 올해는 수원에서 열리게 되었다. 갈 형편이 아닌데 어렵사리 버스에 탑승하고 보니 마음이 가볍다. 꽃밭정이 수필 반은 작년에 11명이 참가했었는데 올해는 가까스로 6명이 행촌수필 회원 27명과 함께 가고 있다. 2시간 남짓 지나니 버스는 벌써 수원 IC를 벗어나 수원 시내로 들어가고 있다.

'연포 갈비'는 수원에서 이름난 갈빗집이다. 화성華城 성곽 중 가장 아름다운 곳, 방화수류정에서 가까운 곳에 자리하고 있었다. 12시도 안 된 이른 시간에 식당으로 들어섰다. 먼저 온 손님들이 방마다 가득했다. 사전에 예약한 까닭에 100석 정도 되는 큰방으로 안내를 받았다. 한 뼘쯤은 되어 보이는 갈비와 고기가 듬뿍 든 갈비탕이 나왔다. 소문대로 다들 놀라는 눈치고 맛있게 먹었다. 나는 시원한 국물에 밥을 말아 땀을 흘리며 맛있게 먹었다. 혼자 먹을 때보다 함께 먹으면 맛이 더 있는 것은, 아마 분위기 때문일 것이다. '제14회 수필의 날' 개막식까지는 2시간가량 여유가 있으니 성곽 길을 걸으며 사적답사와 수필 감을 얻자고 했다. '금강산도 식후경'이라 했던가? 배가 부르니 눈앞의 경치가 시선을 사로잡았다.

화홍문華虹門이다. 수원천의 물길이 성을 관통하며 화성 안으로 들어오는데 무지개 형상의 일곱 개 수문을 두고 그 위에 누각을 축성한 것이다. 우리나라에서 가장 아름다운 수문인 듯싶다. 화홍문 오른편으로 큰 누각이 나를 내려다보는데, "방화수류정訪花隨柳亭이자 동북각루東北角樓"라 했다. 성 밖 주변을 잘 감시하면서 군사들을 지휘하는 지휘소로 쓰거나 휴식공간으로 활용했던 것 같다. 정자 아래에는 용연龍淵이 있고 연못가에는 버드나무가 줄지어 있다. 방화수류란 "꽃을 찾고 버들을 따라 노닌다."라는 의미의 송나라 시인 정명도의 시에서 유래한다고 했다. 독특한 평면과 지붕 형태가 돋보이는 독창적인 건축물로서 화성에서 가장 아름답다고 했다. '방화수류정'이라는 자귀를 되뇌다 보니 문득, 수류隨柳에서의 수隨자가 따를 수, 연沿 하다(물 흐르다), 좇다(따라가다)로 수필의 수와도 같다. 그러니 수필도 버드나무가 부드럽게 바람을 흘리는 것처럼 물 흐르듯이 써야 한다는 생각이 스쳤다. 나 혼자 누각 현판에 매료된 동안, 일행들은 벌써 북암문을 지나고 있었다.

성 안쪽의 가파른 성곽 길을 오르니 수원시 남쪽 시가지가 한눈에 들어왔다. 수원 화성은 임진왜란과 병자호란을 겪은 경험을 살려 적의 공격이 어렇게 축조된 실용적인 성곽으로 정조 대왕 때인 1794년에 시작하여 1796년에 축성되었다. 6·25 전란에 소실되고 훼손된 것을 1975년부터 5년에 걸쳐 보수하여 1997에 유네스코 세계 문화유산에 등재되었다고 한다. 원형에 가깝게 복원할 수 있었던 것은 "화성성역의궤華城城役儀軌" 전 10권에 축성 관련 기록이 잘 보존된 까닭이라고 했다. 특이 사항은 건축가이자 학자인 다산 정약용이 화성 전체를 설계하였으며, 그가 고안한 거중기擧重機로 거대한 바윗돌을 운반하고 유상노역으로 신속하게 축조했는데 여기에는 과학적인 지식과 신기술이 응용되었다. 정조시대의 문화와 기술, 문예중흥의 기상이 높았음을 증명한다. 이때가 천주교를 통하여 서양의 신문명과 문물이 들어온 계기였으나 1801년 신유박해가 시작되어 다시 쇄국의 시대로 환원하는 역사가 가슴 아플 뿐이다.

동북포루를 지나니 연무대(동장대)와 연병장이 있고, 널따란 궁터에서 활쏘기 체험을 하는 무리가 보였다. 그 옆으로 남북으로 관통하는 큰 도로가 있고 동쪽 언덕에 큰 관문이 버티고 서 있었다. 앞서 간 일행들이 청룡문으로 가는 길을 찾지 못하고 있었다. 안내소는 점심을 먹으러 갔는지 비어 있고, 행인에게 물어보니 언덕 위의 관문을 가리켰다. 관문 가까이 가보니 성 밖쪽 현판에 "창룡문蒼龍門"이라고 쓰여 있었다. 다시 돌아와서 상점 주인에게 청룡문으로 가는 길을 물었더니 역시 창룡문을 가리켰다. 그때야 우리 일행은 창룡문을 청룡문으로 잘못 들었다는 사실을 깨달았다. 일상생활에서 '청룡'이라는 이미지에 너무 젖은 탓에 누구도 의심하지 않은 것이다. 또한, 일행 대부분이 70대인 탓도 있으리라.

창룡문은 옹성의 출입문이 장안문(북문)이나 팔달문(남문)과 달리 한쪽 구석에 있었다. 특히 성문 앞에 반원형의 옹성을 만들었다. 이는 적이 직접 성문을 공격하지 못하게 하고 옹성 위에서 적을 공격하기 위한 수비형 구조물로 축성한 것이다. 창룡문 안쪽에는 축성에 참여한 사람의 이름이 새겨져 있었다. 1795년(정조 19년) 5월 8일에 터 닦기를 시작하여 10월 17일에 완공했으며, 당시 축조비로 13,335냥이 들었다 한다. 220여 년 전, 건축물 실명제와 더불어 '화성성역의궤'라는 훌륭한 역사서를 남겨둔 조상들의 지혜가 슬기로웠다. 세계적으로 역사 가치가 높은 토목 공사의 표본'으로 소개되고 있다는 사실에 고무되어 상쾌한 발걸음으로 창룡문을 나섰다.

성 밖 주차장에는 우리가 타고 왔던 버스가 대기하고 있었다. 하지만 예정시간도 남았고 도착하지 않은 일행이 있어 성곽을 배경으로 사진을 찍는 등 여유를 부렸다. 무더위가 기승을 부리는 때고, 한낮인 오후 2~3시 사이여서 나무그늘조차 더위를 탔다. 자연스레 에어컨이 켜진 버스 안으로 들어갔다. 꽃밭정이수필문학회 문우 두 사람이 보이지 않아서 동문까지 가서 확인하는 숨바꼭질이 있었다. 하지만 미안하다는 말에 오히려 내가 서둘렀구나 싶었다.

행사장으로 가는 버스 안에서 언덕 위에 떡 버티고 서서 위엄을 부리는 '

황룡문'을 다시 바라보았다. 수원을 여러 차례 다녀갔어도 제대로 성곽 일주를 못 하고서 '화성'을 말한다는 사실이 언어도단言語道斷이라는 자책감이 머리를 짓눌렀다. 우리는 흔히 "장님 코끼리 만지는 격"으로 일부분만 보고서 전체를 본 양 말하는 경우를 종종 본다. 또는 "나무만 보고 숲을 보지 못하거나, 숲만 보고 나무는 생각지 않는 우"를 범하는 사례도 허다하다. 하여, 화홍문에서 황룡문까지의 부분적인 유적만 보고 말하기에는 무척이나 조심스럽다. 우리의 문화나 문물, 사적들이 속속 '유네스코 세계문화유산'에 등재되고 있음은 매우 기쁘고 자랑스럽다. 하지만, 이를 보존, 보호, 유지, 관리하는 실태와 국민의 의식 수준은 아직도 미흡하여 걱정스럽다. 오늘도 그 아쉬움을 떨치지 못하는 부문을 여러 곳에서 보았다. 화성의 경우, 도심에 자리한 데다, 사통오달로 열려 있고 시민의 생활과 연계되어 있다. 시민의 힘만으로는 불가능하다. 여기를 찾는 관광객 중에서도 내국인 바로 우리의 관심과 노력이 절대 필요하리라는 생각이 들었다.

　'2014년 수필의 날'에 유서 깊은 '수원 화성'을 돌아보며 우리 문화의 찬란함을 다시 깨닫는 동안, '정조대왕의 효심'과 '실학자 정약용의 지혜'에 최상의 경의를 바치고 싶었다.

문광섭
종합문예지 대한문학으로 등단
전주꽃밭정이 수필문학회장, 행촌 수필문학회, 영호남 수필문학회 회원

방화수류정, 그리고 호수공원까지   문육자

방화수류정(동북각루)에 오르기 위해 따가운 볕살을 머리에 얹는다. 수원 화성의 아름다운 경관을 한눈에 볼 수 있는 관광열차가 느린 속도로 동행한다. 관광열차의 앞부분은 정조대왕을 상징하듯 용머리를 하고, 객차는 가마처럼 생긴 것이 임금을 받들고 가는 것 같다. 수원의 문화를 한눈에 담으려는 듯 사방으로 눈을 돌리는 사람들로 자리를 메웠다. 그들에게도 손을 흔들며 미소를 보낸다. 효심의 고장인 때문일까. 건네는 따뜻한 마음들이 햇살 아래 용광로 같다.

방화수류정訪花隨柳亭! 주변을 감시하고 군사를 지휘하기 위한 지휘소의 구실은 물론이며 주변의 환경과 조화를 이룬 아름다운 정자로 가는 이들의 발길을 잡고 쉬어 가게 한다. 신을 벗고 설레는 마음으로 올라보았다. 거침없는 바람이 계절을 무색하게 했다. 아래로 내려다보니 용머리 바위가 있는 연못에는 연꽃이 벙글 준비를 하고 열병식을 하는 버드나무가 물 오른 청년 같다. 이름 그대로 '꽃을 찾고 버들을 따라 노닌다.'는 말 그대로다. 독특한 지붕 형태는 위치에 따라 전혀 다른 모습을 보여 줄 뿐만 아니라 다른 성곽에서는 볼 수 없는 독창적인 건축물로 화성에서 가장 뛰어난 정자라고 했다.

다시 눈을 돌려보니 멀지 않은 곳에 수원천의 범람을 막기 위한 화성의 수문, 화홍문華虹門이 일곱 개의 무지개 문으로 물을 쏟아 내고 있었다. 비 온 뒤라 그런지 제법 콸콸거리며 흘러가는 수원천에 비말飛沫이 되어 떨어지는 물보라 위에 무지개가 섰다. 수문이 일곱인 이유도 거기에 있는지 모를 일이었다.

이미 유네스코 세계문화유산에 등재되어 그 아름다움이 널리 알려진 수원 화성. 화성은 조선 22대 왕인 정조대왕이 아버지 장헌세자(사도세자)에 대한 효심으로 부친의 원침(산소)을 수원 화산으로 옮긴 후 2년 9개월에 걸쳐 완공하였으니 아버지에 대한 애절한 마음이 숨 쉬고 있는 곳이라고 해도 전혀 틀린 말이 아니다. 뿐만 아니라 조선후기의 문예부흥의 결과라고 말할 수 있을 것 같다. 실학자인 유형원과 정약용이 설계하고 거중기 등의 신기재를 이용하여 실용적이며 과학적으로 축조되어 성곽의 꽃이 되고 독보적인 건축물이 되었으니 획기적인 문화운동이라 할 수 있으리라. 둘러보니 성의 모양도 예사롭지 않다. 날렵한 것 같기도 하고 굽어진 곡선의 아름다움이며 그러면서도 중후함이 우리나라와 일본, 중국의 건축의 특색을 아우르는 것 같아 세계문화의 중심이 되고자 한 정조의 자신감과 포용력을 그대로 드러낸 것 같다.

사방으로 트인 방화수류정은 역사의 흐름처럼 바람을 모았다가 흘러 보내곤 했다. 돌이켜보면 제14회 '수필의 날' 행사를 갖게 된 수원은 뛰어난 문화유산과 그것을 뒷받침한 자연경관으로 이미 유려한 문장이 녹아 흐르는 한 편의 수필 같이 느껴지기도 했다. 정조가 부친 장헌세자의 원침인 융릉을 찾을 때마다 유숙하던 화성행궁, 조선의 무과 과거 시험으로 선정되어 무사들이 반드시 익혔다는 전통 24기 무예의 공연, 성곽 중의 성곽인 화성, 바라보이던 팔달산의 푸르름이 자수를 놓듯 내 몸에 땀땀이 배어들고 있었다.

문화유산만이 아니었다. 어스름을 지나 밤바람에 거닐어 보았던 광교 호수공원은 또 하나의 새로운 경관이었다. 호수공원은 두 개의 저수지를 최대한 그대로 살리면서 생태계의 보존에 역점을 두고 있었다. 또한 위락시설 등으로 난립해 있던 지역을 힐링의 장소로, 시민이 바라던 쉼터로 탈바꿈 시켰으니 현재의 노력도 간과할 수 없는 것이었다. 물결을 따라 일렁이던 야경의 눈부심, 불빛 아래 평화롭게 그네를 타던 사람들, 쏟아진 별빛인 양 반짝이는 호수를 따라 한없이 걸어갈 수 있었던 목책의 난간 길, 함께 할 캠핑장, 이곳저곳 고개 내민 계절의 꽃들, 자연스런 몸놀림 같이 흐르던 음률. 이러한 것들로 광교 호수공원은 올해 대한민국 자연경관의 최고에 올랐다고 한다. 세계문화유산을 갈고 닦아 후세에 길이 전하기 위한 끊임없는 노력 위에 또 하나를 보탠 것이다. 그러기에 면면한 역사와 현재의 노력으로 이루어진 조화로운 교감이 이곳을 찾는 이들을 더욱 감탄하게 했다.

이러한 수원에서 '수필의 역사를 짓는' '수필의 날' 행사가 열리게 된 것은 다른 곳에 못지않게 무척 뜻 깊게 느껴졌다. 또한 행사의 마무리에 들려주었던 작은 음악회는 찾아온 수필가들의 가슴을 따뜻하게 맞아준 인사였으며 탄탄한 역사를 바탕으로 문화도시로 성장하기 위한 끊임없는 노력을 짐작하게 했다. '사람이 반갑습니다.'"휴먼시티 수원'이라는 글귀 위에 언어의 조탁과 새로운 사고의 모색을 위한 나의 바람을 얹어 보았다.

문육자

「한국수필」 등단
동아대학교 국어국문학과 졸업, 서울 언주 중학교 등에서 국어교사 정년 퇴임
저서 : 수필집 『끝나는 길에서 다시 떠나며』, 『바다 기억의 저편』

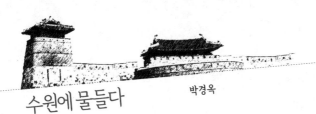

수원에 물들다

박경옥

'잠시 후면 열차가 수원, 수원역에 도착하겠습니다' 방송 안내 멘트가 나오자 사람들이 웅성거리며 소지품들을 챙기며 내릴 준비들을 하기 시작 했다. 열차가 수원역에 도착하니 많은 사람들이 한꺼번에 빠져나갔다. 종착역인 서울역에 도착하기도 전에 열차 안이 텅 빈 듯 썰렁해졌다. 고향에서 서울을 오갈 때마다 매번, 수원역에서 내리는 많은 사람들을 보며 수원이라는 도시가 궁금했다. 그런데 내가 결혼과 함께 수원에 살게 된 지 어언 24년이다.

서울을 오갈때 마다 지나쳤던 도시여서인지 크게 낯설지는 않았지만 북적이며 살던 가족과 떨어져 생소한 곳에서 뿌리를 내리게 된다는 게 두렵기도 했다. 그러나 신혼집 근처에 살고 있던 친구가 있어서 빨리 적응을 했다. 울산에서 이사와 살고 있는 친구는 수원에 살아보니 여러 가지 참 좋다고 했다. 그땐 잘 몰랐는데 살다보니 수원이라는 도시가 서서히 정이 들기 시작했다. 마치 가을바람에 물이 드는 고운 단풍잎처럼 나도 수원이라는 도시에 서서히 물이 들기 시작했다.

서울에 살고 있는 언니나 대전의 동생 집 가기도 편리했고 시댁이나 친정도 그리 먼 거리는 아니어서 마음이 편안했다. 무엇보다 조용하고 공기 좋은 것도 마음에 든다. 어쩌다 볼일이 있거나 모임이 있어 서울에 가게 되면 시끄럽고 매연이 짙은 그곳에서 빨리 빠져나오고 싶어진다. 수원에 도착하면 안도의 한숨이 나온다. 서울로 통학하는 딸은 서울로 이사 가자고 한다. 설령 여건이 된다 해도 나는 수원을 떠나고 싶지 않다. 물론 어디든지 정 붙이고 살면 고향이 된다는 말도 있지만 나는 수원이라는 도시에 뿌리를 내린 게 참 다행이라는 생각이 든다.

집 가까운 곳에 남양성지가 있어 마음이 울적할 때면 그곳으로 가서 세파에 시달려 찌들어지고 편협해진 마음을 씻어내고 온다. 타인에게 상처를 주고 상처를 받은 내 자신을 묵상할 수 있는 곳이 근처에 있다는 사실에 늘 감사한다. 남양성지는 천주교 성지이지만 종교를 떠나 많은 사람들이 찾는 마음을 내려놓고 나를 돌아볼 수 있는 곳이다.

수원은 사통팔달 교통도 편리할 뿐더러 세계에 자랑할 만한 문화유산이 있어 자랑스럽다. 유네스코 세계유산인 수원 화성은 조선 정조 대왕이 다산 정약용을 기용하여 첨단 기술로 쌓은 당시로서는 새로운 개념의 성이다. 총 길이 5.7킬로미터에 달하는 성곽은 우리나라 성곽에서는 보기 드물게 많은 방어시설을 갖추어놓은 것을 볼 수 있다.

팔달산 기슭의 행궁과 화성 유수부 앞에서 정면으로 이어지는 십자로는 주변에 상가와 시장을 배치하여 상업 도시로서의 성격을 명확히 했다. 정조는 화성을 물류 경제와 국제무역의 새로운 중심지로 부상시키는 데 모든 힘을 쏟았다고 한다. 군사적인 기능만큼이나 백성의 삶도 중시한 도시가 바로 화성이고 수원인 셈이다. 수원을 처음 오는 사람들에게 가장 먼저 보여주는 자랑스런 곳이 행궁이다.

집에서 10분 거리엔 내가 자주 찾는 융건릉이 있다. 우리가 잘 알고 있는 사도세자의 묘가 있는 융릉과 정조의 묘가 있는 건릉을 합쳐 부르는 곳이다. 역사와 자연이 살아 숨 쉬는 곳, 아버지를 생각하는 아들의 애끓는 사랑과 연민이 느껴지는 이곳은 소나무와 참나무 등 다양한 나무들로 이루어진 숲길이 걷는 묘미를 준다. 한여름 땡볕에도 울창한 나무 그늘이 있어 모자나 양산이 필요 없다. 얼마나 울창한지 숲속 산책로를 한 바퀴 돌고 나면 온몸에 초록빛 물이 흠뻑 들 것 같다.

곳곳에 보랏빛 붓꽃과 노랑 애기똥풀이 어우러져 피어있고 이름 모를 들꽃들이 바람결에 고개를 흔들며 웃고 있어 사람들의 발걸음을 멈추게 한다. 모든 나무들이 물들어 가는 가을이나 함박눈 펑펑 내리는 겨울에도 융건릉의 숲길은 걷는 이에게 마음의 휴식을 준다.

주사의 은행나무도 빼놓을 수 없는 곳이라 나는 가을이면 빠지지 않고

박경옥

139

용주사의 노랗게 물든 은행나무를 만나러 간다. 사도세자와 정조의 위패가 모셔진 용주사는 정조가 아버지 사도세자의 혼을 달래기 위해 지었던 절이다. 정조는 아버지 사도세자의 능인 융릉을 참배하고 어김없이 용주사에 들러 아버지의 명복을 빌며 제를 올렸다고 한다. 가을이면 용주사 입구는 아름드리 은행나무가 노란 잎을 떨어뜨려 절 마당을 가득 채운다. 가을빛이 물드는 용주사에서 정조의 효심을 가슴으로 느끼며 이 시대의 진정한 효에 대해 생각해 본다.

얼마 전 전국 수필의 날 행사가 수원 화성에서 있었다. 전국에서 모여 든 수 백 명의 수필가들이 화성 행궁과 융건릉을 돌아보았다. 정조가 세운 계획도시 수원에서 유네스코 세계문화유산인 화성행궁을 보며 앞을 내다보는 정조의 마음을 읽었을까 그리고 용주사와 융건릉을 보며 효심을 품어 안고 지지대 고개를 넘어 가던 애절한 역사의 흔적을 보았을까 문득 궁금해진다. 또 다른 다양한 문화행사로 시민들의 문화적 욕구를 채워주는, 자랑거리가 많은 수원에서 수원만이 가진 독특한 문화적 향기가 나에게서도 배어나왔으면 좋겠다. 수원물이 흠뻑 든 내 발걸음에서도.

박경옥

전북 군산 출생, 「문파문학」 수필 부문 신인상 당선 등단. 독서논술 교사
한국문인협회 회원, 문파문인협회 회원. 경기시인협회 회원, 동남문학회 회장, 문파문학회 부회장
수상 : 제9회 동남 문학상
저서 : 공저 「하늘 닮은 눈빛 속을 걷다」 외 다수

박용덕

과인은 사도세자의 아들이다

　　수원에서의 수필인 잔칫날! 손꼽아 기다리니 드디어 그 날이 왔다. 내가 이처럼 들뜬 것은 오래간만에 문우들과의 반가운 만남이 있고, 정조대왕이 원대한 정치적 야망과 포부를 구상한 중심지로서 수원화성이 있기 때문이다. 세계문화유산인 수원화성은 정조의 아버지 사도세자의 묘를 옮기기 위한 계획도시다. 그 수원화성은 능과 행궁 호위를 위해 축조했다고 하지만, 왕권을 확립하고 애민정신으로 걱정 없이 백성들이 살 수 있도록 하기 위한 목적이 더 크다고 할 수 있다. 그밖에도 화성행궁, 박물관, 융건릉도 빼놓을 수 없는 볼거리다. 그리고 혜경궁 홍씨의 회고록인 한중록이 아니더라도 애틋한 사연과 한과 효를 느낄 수 있는 곳이 수원이기도 하다.

　　수원을 효의 도시, 농업을 대표하는 도시, 세계적인 기업의 공장이 있는 도시, 화장실 문화를 선도한 도시라는 등 수원은 유명한 것이 많은 도시다. 인구는 약 120만 명으로 광역도시를 제외하고는 가장 큰 도시다.

점심을 먹은 식당이 수원화성 인근에 있어 바로 관광길에 나섰다. 돌로 쌓은 성곽의 그 큰 돌을 거중기를 사용했다지만 도르래를 장착한 수준에 불과한 장비로 이토록 정밀시공을 할 수 있었을까? 건설업에 종사한 나로서도 놀라움을 금할 수 없다. 돌을 두부 자르듯 반듯하게 깎고 다듬어 틈새도 없이 한 사람 솜씨로 쌓은 것처럼 석축 공사를 했다. 이렇게 쌓은 성벽길이가 5.7㎞다. 이러한 대 역사를 1794년 1월부터 2년 9개월 동안에 마친 것도 놀라운 일이다. 가히 우리나라의 대표적인 성곽으로 조선 후기 토목 및 건축문화의 꽃이라고 할 만하다.

문은 총 11개로 장안문을 비롯한 4대문과, 군사 목적을 위한 5개의 암문이 있으며, 2개의 수문이 있는데 저마다 특징이 있다. 흡사 건축물의 향연장 같은 느낌이다. 또 하나 빼놓을 수 없는 것은 방화수류정이다. 송나라 정명도의 시에서 인용한 방화수류정은 원형의 섬 주위를 용연이라는 연못이 감싸 흐르고 늘어진 버드나무와 꽃들이 어우러져 한 폭의 그림 같은 아름다움의 극치였다. 명칭 그대로 꽃을 찾고 버들을 따라 노닐고 싶은 생각이 저절로 났다. 이러한 화성을 설계하고 시공 장비 고안과 기록 등을 남긴 정약용의 위업도 대단하다.

화성 중앙에 위치한 행궁이 눈에 띈다. 행궁은 왕이 휴양, 전란, 참배 등으로 지방 행차 시 임시로 거처하는 시설이다. 화성행궁도 아버지 묘 참배와 양위 후 노후를 보내기 위한 목적으로 지었다 한다. 1795년에 어머니 혜경궁홍씨의 회갑연을 베풀었다는 봉수당에는 기뻐했을 모자母子의 모습이 상상되기도 했다. 정조는 고립무원의 어린 시절을 보내고 왕이 되어 진정한 백성의 나라가 되기를 바랐던 조선의 개혁군주였다. 파벌을 초월하여 포용력 있게 인재를 등용하고, 규장각을 설치하여 학문연구에도 힘썼다. 이러한 문화재 건립, 탕평책 실시, 효의 실천, 등 얼이 배어있는 수원은 '정조의 도시'라 해도 손색이 없을 것이다.

1965년경은 가난에 허덕이고 굶주림으로 시달리던 우리네 생활에 어떻게 하면 주식이라도 해결할 수 있을까 고심하던 때, 녹색혁명이라는 통일벼가 수원 땅에서 탄생했다. 통일벼는 일반 벼보다 40% 증산 효과가 있어 굶주림을 해결하는 획기적인 발명이었다. 당시 박정희 대통령이 흡족해서 해마다 권농일이면 수원을 방문했다. 그 밖에도 여러 가지 시험재배와 연구를 주도한 관계기관이 수원에 소재함으로써 농업의 도시가 되었다. 구전에 의하면 박 대통령이 수원에서 모내기 행사를 마치고 갈비를 먹었는데 맛이 좋다고 칭찬한 뒤부터 수원갈비가 유명해졌다 한다. 그런 사례는 부산 동래의 산성막걸리나 해운대의 보리새우가 유명한 것도 비슷한 유래다.

아직도 볼 것이 많은데 행사 일정 때문에 나중으로 미루고 안내 책자를 살펴보았다. 수원 화성 박물관에 가면 축성 과정과 역사성 및 의미를 더 상세히 알 수 있을 텐데 싶었다. 수원 화성 달빛 동행 야간 관광을 가면 황금색 성곽을 따라 달빛 아래 걷는 것도 낭만적일 것이고, 조선시대 연회 공연도

박용덕

재미있을 것이다. 그리고 아버지와 아들이 누워있는 융건릉과, 아버지를 기리기 위하여 세웠다는 용주사를 보고 효의 도시라는 것을 재인식할 수 있겠지만 아쉬운 발길을 돌려야 했다.

가장 화려하다는 정문인 장안문을 빠져나오면서 성곽이나 행궁 보수 공사를 한 흔적이 거의 없도록 하는 방안은 없을까 생각하니, 무슨 소리가 난 듯하여 자꾸 뒤 돌아 보았다. 정조대왕은 스스로 무명옷과 헤진 옷을 기워 입었으며, 궁녀 수를 줄인 검소한 왕이었다. 개혁정치를 하고자 했으나 내부 갈등으로 꿈을 펼치지 못하고 승하하신 비운의 정조대왕을 선왕께서 역적의 아들을 면하도록 사도세자의 형님(효장세자 - 10세에 사망) 아들로 입적시켰음에도 즉위할 때 첫마디는 "과인은 사도세자의 아들이다." 라고 했다는 말이 귀에 들리는 듯했다. 그 한마디에 정조대왕의 효심孝心이 듬뿍 담겨 있었다.

박용덕

『대한문학』 38호 신인상 수필부문 등단, 대한문학작가회 이사, 향촌수필문학회 회원, 산동산수유문학회 사무국장, 대학원 졸 (공학석사), 국토교통부 익산청 도로시설국장 역임, 현 연우건설 (주) 회장

팔달산 박영보

이 사람과 만난 지가 사십 년을 훌쩍 넘어선지도 몇 해가 더 되었다. 이곳에 직접 오지 않을 때에도 수시로 그 때 그 시절의 자잘한 일들이 떠오르기도 하지만 그 후로도 이곳을 지나쳐야 할 일들이 자주 생긴다. 아마 앞으로도 한국에 올 때마다 계속 생기게 될 것이다. 용인에 살고 계시는 형님이 다른 곳으로 이사를 가지 않는 한 피해 갈 수 없는 곳이 되었다. 올 때마다 이 형님 댁에 머물게 되니 이곳이 수원과 보령을 오가는 베이스 캠프로 삼고 지내기에 안성맞춤이다.

나의 출생지이기도 하며 선산이 있는 충남 보령에 가게 될 때 용인에서 가까운 수원역을 이용하게 된다. 거리도 멀고 복잡한 서울역이나 용산역까지 가지 않아도 되니 훨씬 편리해서 좋다. 한국에서 살 때만 해도 서울에서 수원까지 가자면 여러 곳의 녹지대를 지나치게 되고 그 초록 벌판을 내다보는 즐거움도 있었던 기억이 새로워진다. 지금은 전 국토가 하나의 거대한 도시로 탈바꿈되어 시멘트 건물로 계속 이어져 있어 삭막함 같은 것을 느끼게 되지만 버스를 타고 가다 보면 이런 저런 지난날들의 추억들이 떠오르기도 하니 지루하지도 않다.

나에게 있어 수원이라는 곳은 단지 이곳 저곳 드나드는 길목, 교통상의 편리함뿐 만이 아닌 또 다른 의미를 두고 있는 곳이기도 하다. 나의 졸작 '촌닭 같은 당신을 사랑하는 이유'라는 수필집을 쓰게 된 연유가 되기도 했던 곳이다. 오늘 같은 행복의 씨앗을 움트게 해준 곳이기도 하다. 삼십 대 후반이나 사십 대를 넘기고 있는 아이들과 며느리, 손주녀석들에게도 들려주고 싶은 러브스토리가 있는 그런 곳이기도 하다.

팔달산. 그녀를 만난 후 처음으로 입맞춤을 가졌던 곳, 가끔 임업시험장에서나 호숫가의 마른 풀섶에서도 있었던 일이지만 유독 그때의 일이 떠오르는 것은 둘이 엉켜있는 우리 곁을 스쳐 지나가며 흘리는 듯한 사람들의 말들이 떠올라서 일까.

"아, 그림 좋다."라거나 "경치 한번 끝내준다"라는 말들. 꼴 같지 않다거나 비아냥 같이 들리기도 하겠지만 그런 일에 도둑질을 하다가 들키거나 한 것처럼 당황해 하거나 어색해 하며 쩔쩔매는 내가 아니었던 것 같다. 철면피 같은 뻔뻔스러움이 있었던가 보다. 그분들이 흘리듯 내던진 말, '좋은 그림', '끝내주는 경치'를 간직하고 싶다. 이를 위해 나름대로의 덧칠을 해가며 모양새를 꾸미기 위한 노력도 내가 감당해야 할 몫이라는 생각을 해 본다.

유신고속였던가. 지금의 이 복덩이를 만나기 위해 주말이 되면 수시로 드나들던 곳. 지금도 그때의 그 고속버스 회사가 있는지 모르겠다. 아내는 삼 년여 동안 독일에서 간호사로 일을 하다가 귀국하여 몇 달간의 휴식기간을 거친 후 수원에 있는 성 빈센트 병원에서 일을 하게 되었다. 토요일 밤시간이 왜 그렇게나 길게만 느껴지던지~. 당시에는 주 6일을 근무해야 했으니 일요일밖에는 만날 수 있는 시간을 낼 수가 없었다. 주말이라고 해서 매주 만날 수 있는 것은 아니었다.

병원에서의 근무일정이 매 주말마다 노는 것이 아니다. 근무 일정이 주 중에 노는 날과 주말에 노는 날을 로테이션 형식으로 돌아가며 근무 배정을 하게 되니 한 달에 두 번 정도 만나게 된다. 이 사람과는 그 당시에도 아주 촌스러운 만남으로 시작되었다. 우리 집안엔 8남매가 있는데 내 위로는 80대 초나 중반의 형님 세 분과 두 누님이 있고 60대의 두 동생이 있는데 이들 모두가 연애결혼으로 가정을 꾸미고 있다. 유독 나 혼자만 중매를 통한 결혼을 하게 된 것이다. 어쩌면 내 능력의 한계 정도로 생각들을 하게 될지도 모르겠다.

같은 지방에서 공무원생활을 하고 있는 터에 두 집안이 서로 알고 지내고 있는 사이였다. 양가에 결혼 적령기의 자녀끼리의 만남이 이루어진 것이었다. 요즈음 같이 이런 저런 조건 같은 것을 따지는 정략결혼 같은 모양새와는 판 자체가 다르다. 두 집안의 어른끼리 잘 알고 그 집안의 화목하고 검소한 가정 분위기를 서로 알고 있으니 다른 무엇을 더 보겠느냐 하는 게 조건이라면 조건이었을까.

때묻지 않아서 좋았다. 백치 같은 어리숙함. 어느 앞에서도, 백만장자나 고관대작 앞이라고 하여 주눅이 들거나 머뭇거리지 않으며 자기 자신의 작은 모습을 부끄러워하지도 않는다. 떳떳하면서도 건방지거나 교만하지도 않으며 자기 스스로의 내면을 존중하고 있는 것을 교만으로 생각하고 있지도 않는다. 자기 존중은 남에게 내보이기 위한 것이 아니고 스스로 간직하며 행하기 위함이라며 내가 나 자신을 존중Self Esteem하는 것처럼 남을 존중하겠다는 의지가 포함된다고도 한다. 나는 이런 촌스러움을 사랑하지 않을 수가 없다. 다음에 올 때는 아내와 함께 와서, 그 때의 그 성 빈센트 병원, 수원호, 임업시험장과 팔달산을 꼭 가보고 싶다. 둘이서 손을 꼭 잡고.

박영보

창조문예〈시〉, 문학세계미국〈수필〉, 한국수필〈수필〉, 재외동포문학상〈수필〉, 현대시조〈시조〉
저서 : 수필집「촌닭 같은 당신을 사랑하는 이유」, 시집「오늘따라」

박하영

수원 화성 행궁을 돌아보다

수원 하면 바로 떠오르는 영상 하나가 있다. 수원의 중심에 우뚝 자리하고 있는 화성 행궁이다. 몇 년 전 화성 행궁 열차를 타고 행궁을 따라 성곽을 한 바퀴 돈 적이 있다. 그 정교함과 웅장함은 물론 아름답게 구축해 놓은 섬세한 손길 하나하나가 그 옛날에도 새로운 장비를 개발하여 저렇게 멋진 성곽을 쌓았다고 생각하니 우리 조상들의 뛰어난 건축기술에 저절로 입이 쩍 벌어질 수밖에 없었다. 이는 나라를 굳건히 지키려는 정조 대왕의 국방정책과 사도 세자인 아버지에 대한 효행심의 본보기라 할 수 있다.

정조 대왕은 사도세자의 묘소를 제일 좋은 명당자리인 화성에 자리 잡고 있는 현릉원으로 이장했다. 자주 들릴 수 있도록 수원 신도시를 건설하고 성곽을 축조했다. 서울에서 이르는 중요 경유지인 과천 안양, 사근, 시흥, 안산, 화성에 행궁을 설치하였다. 행궁은 왕이 거동 할 때 임시로 머물거나 전란, 휴양, 능원에 참배할 때 별도로 지방에 궁궐은 마련 임시 거처하는 곳으로 중 으뜸이 화성행궁으로 단연 화려하고 튼튼한 성곽이었다고 한다. 어느 나라에서도 찾아볼 수 없는 진한 효심과 국방의 튼튼함을 보여준 감동을 자아내는 행궁이라 할 수 있다.

행궁 열차는 정조 대왕을 떠올리게 제작되어 있다. 끄는 앞머리는 정조의 가마를 본떠서 용머리로 만들어져 있다. 행궁열차를 타고 가노라면 가슴이 방방 뛸 듯이 부풀어 오른다. 어쩌면 저렇게 정교하게 돌을 깎아 아름답고 우아한 성곽을 만들 수 있었을까 철통같이 단단한 방어벽을 쌓기 위해 그 당시 기술자들의 땀과 피를 얼마나 흘렸을까 생각하면 저절로 눈시울이 뜨거워 온다.

열차를 타고 가다보면 화홍문을 볼 수 있다. 그때 당시 광교 언덕을 가로지르는 곳에 큰 하천이 흐르고 있었다. 장마 때마다 범람하는 환란을 막기 위해 성을 쌓기 전 7간으로 된 홍예로 돌다리를 걸쳐 만든 아름다운 문이 화홍문이다. 화서문은 성의 서쪽으로 자리를 잡고 좌우 돌계단을 꺾어지게 층을 만들었다. 창룡문은 동문으로 행궁과 1040보 떨어져 있고 안팎으로 홍예가 설치되어 있다.

장안문은 북문으로 동쪽으로 780보 되는 곳에 있으며 이문 또한 안과 밖이 홍예로 되어있다. 팔달문은 남문이다. 사방팔방으로 길이 열린다는 뜻으로 크고 화려하게 무지개 모양의 돌을 쌓아 만들었으며 왕의 행차 시 가마가 드나들 수 있는 크기였다고 한다. 이렇게 성곽 사방에 문을 만들어 행궁의 위용을 당당하게 세웠으니 수원 시민들은 보기만 해도 든든하고 자랑스러울 것이다.

행궁 열차를 타고 한 바퀴 빙 둘러보면 수원의 옛 정취를 느낄 수 있어서 좋다. 열차를 타고 동쪽 창룡문(연무대)에서 출발하면 남문인 팔달문을 지나 서문인 화서문을 지나게 되고 북문인 장안공원을 지나 장안문에 이르게 된다. 깨끗한 수원시의 풍광도 좋지만 내가 마치 조선시대의 한 사람이 된 양 감개무량해 진다.

화성 행궁은 얼마 전 유네스코에 등재된 세계문화유산이 되어 더욱 돋보이는 우리나라의 관광명소로 남게 되었다. 요즈음은 많은 외국인이 이곳을 찾는다고 한다. 일본 중국은 물론 미국이나 유럽인들까지 이곳의 유서 깊은 사적지를 둘러보고 정조의 효심과 외세의 침략을 방어하려는 숭고한 정신을 되새긴다고 한다.

수도권 가까운 곳에 이렇게 빛나는 유적지가 있음을 모르고 사는 경우가 많을 듯싶다. 아직 화성행궁을 못가 봤다면 꼭 기회를 잡아 온 가족이 함께 행궁 열차를 타고 이곳 수원화성 행궁을 돌아본다면 위대한 조상의 숨결을 가까이서 느낄 수 있을 것이다.

박하영

창조문학 신인상 수상 등단, 문파문학 회장 역임, 창시문학회 회원, 현대수필 회원, 분당수필 회원
저서 : 시집 『바람의 말』 『직박구리 연주회』

창룡문

취하지 않고서 어찌 돌아갈고? 밝덩굴

나는 수원을 말할 때, 세 낱말 이음三言三結으로 말한다. 정조대왕, 수원화성華城, 팔달문시장八達門市場으로의 '수원 있음'이 그것이다. 서울에서 오산 방향으로 안양을 지나 *지지대遲遲臺고개를 넘으면 수원 관문인 장안문長安門이 나타난다. 이 문을 들어서면 수원화성의 둘레 안에 화려한 고성古城이 보이는 남쪽 맨 끝에 팔달문이 우뚝 서 있다. 이 문이 오늘 이야기의 중심지이다.

정조대왕은 아버지가 못 다 한 꿈을 이룰 무대를 수원으로 주목했다. 나라를 지키는 관문의 성을 쌓고, 상업 기반을 위한 수원천에 버드나무를 심어*南堤長柳 둑이 무너지지 않게 하고, 정경유착의 고리를 끊고, 기득권을 버리고, 새로운 상인이 등장하여 상업 질서를 갖추게 하는 개혁을 이루니, 이른바 신해통공辛亥通共이었다. 이 시장은 왕이 만든 최초의 시장이 되었다. 그래서 이곳 수원 상인들은 임금의 뜻이 담긴 버들노래柳商頌를 불렀다.

꾀꼬리여 노래하라/버드나무여 춤춰라.//수원천이 다시 하늘을 만나고/이제 사랑이 반가운 세상이다.//이 아름다운 날/팔달문이여/세상이여 중심에 서라.

- 시 柳商頌의 「버들노래」전문

팔달문 시장에 떡 들어서면 상인과 구매자와 관광객이 뒤섞여 장사진을 이룬다. 유상박물관柳商博物館 바로 앞, 너른 광장이 시작되는 문턱, 한 평 남짓한 자리에 정조대왕의 조형물이 보인다. 술병을 들고 백성들에게 술을 권하는 손길이 걸음을 멈추게 한다.

'상에는 술잔 두 개, 거친 안주 한 접시가 고작인데/시장 사람들은 예 앉아서 임금과 막걸리 대작을 마다하지 않는다. 어허/그런데, 앉은 좌대 벽에 시 한 구가 쓰였으되 '不醉無歸'라 했다./취하지 않고 어찌 돌아갈고?/왕의 풍류가 한껏 담긴 애민愛民의 술잔이다.'

이 시구詩句 하나가 '수원 있음'의 모두를 말하지 않을까? - 하나의 소리, 하나의 이야기, 하나의 마음이 보인다.- 유생들이여! 이제 당쟁의 끝을 보세. 나라사랑이 무엇인가? 이 술 한 잔 나누세. 성을 쌓느라 얼마나 애썼나. 한 잔 꿀꺽함세. 장사하느라 땀을 많이 흘렸네. 이 술 한 잔 받음세.- 이 불취무귀는 백성들의 애씀에 대한 미안한 마음, 효심에 대한 간곡한 부탁, 생활이 나아져 잘살게 되었다는 풍요의 기쁨을 술에 취하고 싶을 정도로 표현하고 싶은 마음이리라.

수원은 정조대왕이 꿈을 실현한 도시이다. 수원을 유경柳京이라 한 것은 버드나무가 있는 서울이라는 뜻이다. 팔달산 밑에 화성행궁行宮을 설치하고, 아버지 사도세자와 어머니 혜경궁 홍씨의 묘를 수원 *화산花山으로 옮기고, 성묘를 할 때나 나라의 정사를 볼 때에 이곳에서 머물렀다. 이른바 이동하는 궁이다.

수원은 그냥 수원이 아니다. 수원은 단순히 성곽도시가 아니다. 호국무예의 성지이다. 부모를 생각하는 지극한 효심, 국방과 경제에 기반을 둔 축성과 시장 개척, 오직 백성만을 위해 평생을 산 꿈의 산지이다.

오늘, 수원은 120만 명의 거대 도시다. 유네스코가 지정한 세계문화유산의 화려한 수원화성이 자랑스럽다. 아홉 개 시장으로 통합되는 팔달문시장으로의 전국 3대유통시장이다. 전국 어디든지 연결되는 사통팔달의 교통중심 도시이다. 문화예술이 높은 인문학 도시이다. 광교호반이 있는 아름다운 전원도시이다.

바로 팔달문 시장 입구에 정조대왕은 오는 사람 가는 사람들을 다 잡고서 술 한 잔을 권한다. 어느 곳에 왕이 술 권하는 도시가 있을까?-'이태백李太

_台의 술 석 잔이 대도_{大道}라면 정조대왕의 술 한 잔은 민도_{民道}이다. 어찌 취하

지 않고서 돌아갈고?'

---

*遲遲臺고개 : 정조대왕이 수원에 왔다가 서울로 환궁할 때, 부모님 묘를 생각하며 이곳에서 자주 지체
했다는 데서 붙여진 이름
*南堤長柳 : 화홍문에서 세류동 유천교의 남제에 이르기까지 수원천의 제방 양편으로 늘어선 장관의 버
드나무(수원8경의 제1경)
*花山 : 융·건릉과 용주사가 있는 곳
*華虹觀漲 : 화홍문 일곱 수문에서 생기는 일곱 무지갯빛(수원8경의 제8경)

밝덩굴

한국문인협회경기도지부장 역임, 경기한국수필가협회 회장 역임, 경인시조시인협회 회장 역임, 경기중등교장
교육부 7차교육과정 국어(문학)편찬 심의위원 지냄, 법무연수원, 한경대학, 협성대학 강사 지냄
현재 한글학회 회원, 기전향토문화연구회 부회장

서명언

효심의 원찰 용주사

언젠가 문우들과 수원 화성에서 성곽을 걸어보고 융 건릉을 참배하던 중에 용주사 답사를 미루어 아쉬웠던 적이 있다. 나중에 방문하기로 했지만 실행하지 못했다. 그런데 '수필의 날' 행사로 해서 문우들과 용주사를 돌아보게 되니 즐거웠다. 용주사는 추존 장조 왕을 융릉에 모시고 그 넋을 위로하고자, 다음 해인 1790년 고려 때 병란으로 소실된 갈양사 터에 새로 창건했다고 한다. 입구에 서있는 홍살문이 릉사陵寺임을 일러 준다.

대웅보전 뒤편 호성전에는 장조 왕과 정조 왕, 그리고 두 분 왕후의 위패를 모시고 있다. 앞뜰에는 '부모은중경' 돌탑이 서있다. 탑에는 많은 사람들이 두루 읽고 실천하도록 십대은十大恩이 오석 판에 새겨있다. 그리고 옆의 지장전 벽 윗면에도 글을 모르는 이들을 위해 십대은이 그림으로 그려 있어, 효심의 원찰임을 알게 한다.

내가 초등학교에 입학하던 해에 조카가 태어났다. 귀여움을 독점한 조카가 잠투정을 할 때면 할머니는 손자의 등을 긁어주며 자장가를 불렀다. "금자

동아 은자동아. 주유천하 무쌍동아. 금을 준들 너를 사며, 은을 준들 너를 살까. 자장자장 우리 아가 잘두잘두 자는 구나…" 이내 아기는 쌔근쌔근 천사가 되곤 한다. 글을 모르는 어머니지만 총기가 밝아 아버지가 읽던 심청전을 듣고 문장을 외웠을 것이다. 이에 더하여 나름의 자장가를 만든 것이다. 나의 뇌리에서 가사가 선명히 떠오르는 것을 보면 나도 유아기 시절 그 자장가를 듣고 자라 무의식 속에 각인된 상 싶다.

세상 무엇과도 바꿀 수 없다는 자식, 금이야 옥이야 길러놨더니 자기 잘났다고 그 어머니를 경시한다. 또 퉁명스런 말투로 상처를 주고, 더하여 외롭고 슬프게 한다. 물론 나도 그런 자식임을 부정할 수 없다. 대학을 중퇴했던 60년대 초, 낙오자가 된다는 분함과 초조함은 가뜩이나 마음 아파하는 어머니에게 "이 고생을 시킬 거면 왜 나를 낳았느냐"며 바득바득 볼멘소리를 내질러 힘들게 했다.

어머니의 각고정려 속에 태어나 세상 빛을 보게 된 자식, 그런대도 그 은혜를 모르고, 또는 당연시 여겨 어머니께 무심하게 대한다. 또 어머니로 해서 얻은 무한한 혜택도 마땅한 것인 양 여기며 무감각하게 간주하며 살아 온 이 몹쓸 자식.

어머니가 94세의 일기로 세상을 떠나셨다. 회기동 모 병원 영안실로 모셨다. 영안실 직원이 상주인 나를 시체실로 오라고 한다. 시신이 바뀌는 일이 잦아 확인 시켜야 한다는 것이다. 냉동실에서 시신을 꺼내 철재 침대로 옮겨

놓고 확인을 시킨 후 다시 제자리로 옮기는 것이다.

난 놀랐다. 그렇게나 무쇠이던 어머니. 큰아들 군에 입대하자 6식구 굶길까 행상으로 나서시고, 가을걷이 때면 들로 나가 낙과를 추려 식량에 보태며, 식구들 먹이는 일이라면 무슨 일이든 해내시던 강한 어머니. 그런 어머니의 육신이, 아니 시신이 솜뭉치처럼 가붓했다. 살아 생전 어머니의 쇠잔한 기력을 알아차리지 못한 죄책감, 난 그때 가슴을 저미는 통증을 느꼈다.

얼마 전, 아내가 절에 갔더니 스님께서 주셨다며 책 한 권을 가져왔다. 표지에는 『대보부모은중경은선사』라고 쓰인 '부모은중경'이다. 책장을 펼쳐가며 읽다가 다음 구절에서는 눈에 먹물이 괴어 더는 볼 수가 없었다. 어머니가 생각나서 책을 덮고 말았다.

"一廻生簡孩兒(일회생개해아)에, 流出三斗三勝凝血(유출삼두삼승응혈)하고, 飮孃八斛四斗白乳(음양팔곡사두백유)하나니,   所以骨頭黑了又輕(소이골두흑료우경)이니라"

한 번 아이를 낳을 때마다, 서 말 서 되나 되는 엉긴 피를 흘리고, 여덟 섬너 말이나 되는 흰 젖을 먹이는 까닭에 뼈가 검고 가벼우니라.

부모은중경의 십대은이야, 어린 날 목청 높여 부르던 양주동 박사 작사의 '어머니의 은혜' 노래로 대신 새겨들으면 될 터이다. 하지만 위의 글은 가슴에 담아두지 않을 수 없다. 나는 이 글을 읊조리며 어머니를 회상하곤 한다. 경내를 돌아본다. 왕릉에 심은 소나무에 송충이가 들끓자 그것을 잡아 씹었다는 정조 왕의 야사도 뇌어 본다. 그 효심에 만분의 일이라도 따를 수가 있었다면…. 나는 용주사를 어머니에 대한 참회의 전당으로 마음에 새긴다.

서명언

『창작수필』등단(1993년)
한국문인협회 제도개선위원, 국제펜 한국본부, 한국수필가협회, 창작수필문인회 회원
저서 : 수필집 『풀망태 걸머지고 』

수원행 1호선 성균관대 전철역에서 내려 1번 출구로 나와 길을 건너 동성고행東星高行 버스를 타고 가다 학교 앞에 내리니 '해우재 500m/10분' 라는 이정표가 길 안내를 하고 있다. 벚꽃, 목련과 개나리가 활짝 핀 꽃길을 따라 가다 보니 변기 모양의 흰 건물 옥상에 만국기가 펄럭이고 있다. 해우재解憂齋였다. 이곳은 신재덕 씨가 수원시장이었던 시절 세계인에게 화장실의 중요성을 알리고자 '세계화장실협회'를 창립하고 이를 기념하고자 30여 년간 살던 자신의 집을 2009년 변기 모양으로 새롭게 지어 그의 사후에 유언에 따라 수원시에 기증하였다는 해우재解憂齋는 '화장실 문화공원'이었다.

해우재 건물은 2층으로, 1층은 상설전시 홀이요, 2층은 기획전시 홀로 해우재를 건설한 심재덕 생애와 활동으로 꾸며 놓은 것인데 정작 볼거리는 그 뒤뜰의 똥에 대한 시대적 갖가지를 모형을 만들어 놓은 야외 전시물들이었다. 해우재 들어가는 문은 둘이 있다. 그 중에 건물 앞 정문을 통하여 둥근 원형의 '똥통문'을 지난다. 거기 해우재의 로고 '토리ivilet'가 이를 설명하고 있다. '토리ivilet'는 화장실의 영어인 'Toilet'에서 따온 이름이다.

- 똥은 그 노란 빛깔 때문에 재물을 상징하기도 한대요. 부자가 되고 싶은 사람은 똥꿈을 꿔 보세요. 이 똥통문을 지나면 재물이 넝쿨째 굴러 들어온답니다!

다음에 보이는 것이 남성용, 여성용 휴대 변기다. 남성용 휴대용 변기를 호자虎子라 한다. 소변기가 호랑이 모양이어서 생긴 말로 '子(자)'는 아들이란 뜻이 아니라 물건을 뜻하는 접미사다. 여성용 변기는 앞부분이 높고 뒷부분이 낮아 걸터앉기 편안하고, 밭에 거름으로 붓기에도 편리하게 디자인되었다. '좌변기 쉼터'도 변기[화변기] 모양으로 만들었고 그 속에 노랗게 말린 똥이 뱀이 서린 모양을 하고 있다. 거기를 지나니 똥지게를 멘 두 사람이 마주 보고 서 있다. 우리들의 옛날 어렸을 때 도시의 산동네나 농촌에서 늘 보던 풍경이다. 한 여인이 노둣돌을 디디고 앉아 변을 보고 있다. 노둣돌이란 대변 시 발을 딛도록 놓아둔 돌을 말한다.

불국사에 신라 시대에 귀족 부인이 사용하던 수세식 화장실, 돌로 보이는 노둣돌 모형은 일산 호수공원 화장실문화전시관에서고 보던 모양이다.

전북 익산의 왕궁리 유적에서 발굴된 화장실은 7세기인 백제 무왕 무렵에 만들어진 우리나라 최초의 공중화장실로 고고학적으로도 유명한 유적이다. 이 발굴과 함께 나무젓가락 모양의 나뭇조각이 나왔는데 학자들의 연구에 의하면 밑을 씻던 도구라고 한다. 둥근 돌도 같은 용도였다.

아이들이 오줌을 싸서 이불에 지도를 그리면 부모들은 오줌싸개 아이들에게 키를 씌워 이웃에 가서 소금을 얻어 오게 하였다. 창피를 주어 오줌 싸는 것을 주의하도록 한 것이다. 수세식 변기를 보니 나의 회갑 기념 지중해 여행 시 그리스의 아트로 폴리스 부근 고린도산이 우러러 보이는 곳의 그리스 유적지에 갔을 때 본 모형이 저 모습이었다. 그 밑에 흐르는 물을 통하여 대소변의 오물을 흘러내리게 한 것을 보고 놀랐던 기억이 새롭다. 당시에 귀족들은 개방된 곳에서 함께 용변을 보며 담소를 나누었던 모양이다. 일산 화장실 전시관에는 여기처럼 돌이 아닌 목제로 만든 의자도 있다. 좌변식이라서 의자 중앙에 구멍이 뚫려 있고 그 아래 소대변 받이 항아리가 있었다.

궁중에서 나라님이 쓰시던 변기 매화틀과 매화 그릇도 있다. 나라님의 대변을 매화꽃에 비유하여 이름 지은 것이다. 어의御醫는 매화틀의 대소변의 빛깔, 냄새, 그리고 맛으로 임금님의 건강을 체크하였다. 이 매화틀의 이름은 매우틀梅雨이라고도 하였다. '매梅'는 대변을 '우雨'는 소변을 말하는 것이다.

옛날 우리들의 조상들은 밑을 씻을 때 귀한 종이 대신에 볏짚으로 뒤처리를 하였지만 볏짚이 귀한 산골 같은 곳에서는 변소에 새끼줄을 매달아 놓고 다리를 벌려 '쓰윽' 닦으며 지나가는 것으로 뒤처리를 대신하기도 하였다. 뒤처리를 강아지를 통하여 하는 모형도 있다. 그래서 자기에게 필요할 때만 찾는다는 속뜻으로 "뒷간에 앉아서 개 부르듯 한다."라는 속담이 생겨난 듯하다.

똥장군은 변소의 배설물을 담아 똥지게로 나르기 위한 용기이다. 중앙이 불룩한 생김새로 인하여 똥장군으로 불리었다. 지붕이 없는 변소는 머슴들이 사용하던 변소다. 요강은 우리들이 중 고등학교 다닐 때까지만 해도 없어서는 안 될 당시에는 우리들의 생활필수품이었다. 재래 화장실은 불결하고 멀어서 방안에서 쉽게 해결할 수 있는 게 요강이었기 때문이다. 요강 중에는 놋그릇, 사기그릇, 알루미늄 등의 요강이 있었다. 옛날에는 용도에 따라서 신부용, 영기 요강, 어린이용 등도 있었다. 가마를 탄 새색시의 오줌소리를 줄이기 위해서 요강 안에 목화씨를 깔아 놓기도 하였다.

옛날에는 의술이 발달하지 않아서 낳아서 죽는 아기가 많았다. 그래서 '영기 요강'이란 것이 있어 죽은 아기가 저승에서도 현세와 같은 삶을 누리라는 부모의 기원의 의미를 담아 무덤에 함께 매장하던 요강이다.

성철용

아호 ilman
시조문학, 한국수필로 등단한 여행작가
홈페이지: http://blog.chosun.com/ilman031

수원에서 수필의 역사를 짓다　　오차숙

수필의 역사를 지은 후

7월이 되면 그 행사에 참여하기 위해 전국에서 500여 명 작가들이 모이게 된다. '제14회 수필의 날'도 한국문인협회 수필분과 주관으로 경기중소기업지원센터 경기 홀에서 행사가 개최, 여러 가지 상황들과 접할 수 있었다. 오전에는 유적지 '화성행궁'을 둘러보는가 하면, 365일 동안 뵙고 싶었던 문우와도 마주하며 땀을 닦아내기에 분주했다.

누군가의 수고로움에 의해 이루어진 행사지만 나는 버스에 무임승차한 후 창밖을 내다보며 생각에 잠겨 있던 시간이다. 이번 행사에선 좀 더 발전적인 수필을 쓰기 위해 세미나를 개최한 것이 다르다고 할 수 있어, 주최 측의 노력이 많았음을 알 수 있다. 4명의 질의자에 이어, 임헌영 평론가께선 실험수필 – '아방가르드적 표현관점과 구성관점'에 관해 종합적으로 강의해 주셨고, 박양근 평론가께선 '미래수필의 표현관점과 구성관점'에 대해 전반적으로 제시해 주셨다.

오고 가는 과정에서 여러 가지 일이 있었지만 수필발전을 위한 세미나는 처음으로 개최되어 진행 프로그램이 신선하게 다가왔다. 아카데믹한 정서들이 나름대로 드러나고 있어 의미가 있었다. 윤재천 교수님께서 '수필의 날'을 선포했기에 현대수필에서도 간접적으로 신경이 쓰이는 것은 사실이다. 그러나 문협수필분과에서 그 행사를 8년째 치러가고 있어 부담 없이 여행하면 된다.

이제 '수필의 날'은 자리를 굳혀가고 있다. 행사장에는 이상문 국제펜 한국본부 이사장, 정종명 한국문인협회 이사장, 신세훈 전 문인협회 이사장, 문효치 전 국제펜 이사장, 김우종 평론가와 유혜자 선생님, 이경희 선생님, 염태영 수원 시장과 수원 예총회장, 그리고 그 날의 수상자인 정목일 선생님과 이정림 선생님이 참석해 자리를 빛내 주었으니 지연희 분과회장님께서 고생한 흔적들이 역력했다.

아쉬운 것은 몇 년 전에 비해, 나는 물론 여러 선생님 모습에서 세월을 느끼지 않을 수 없어 가슴이 서늘했으나, 원숙하고도 온화한 모습들이 작가로서의 모습을 유감없이 발휘하고 있어 한 분 한 분 특유의 이미지로 다가왔다. 무더위가 온 몸을 탈수시켰으나 '수필의 날' 행사는 우리에겐 수필가로서 정체성을 찾을 수 있는 시간임이 분명했다.

사도세자의 혈육을 유랑하다

행사 프로그램을 통해, 조선시대 왕족이 잠들어 있는 '융릉'과 '건릉'을 둘러 볼 수 있었다. 노론과 소론의 당파싸움 틈에 끼어 죽어간 영조(조선 21대)의 아들, 사도세자가 환영幻影처럼 떠올랐다. 비운의 세자지만 경기도 화성시에 부인 헌경왕후 '홍씨'와 합장해 '융릉'이라 하였으니, 그것보다 '완전한' 것이 무엇이 있겠는가.

사도세자(영조 11년, 1735년)는 창경궁에서 탄생해 영조에게 기쁨을 주었기에 그 이듬해 세자로 책봉됐지만, 출신성분에서 콤플렉스를 갖고 있던 아버지와의 불화, 또는 노론의 모함으로 28세(1762년) 나이에 창경궁에서 희생당한 왕족이다. 정치에서 "권력은 부자父子간에도 나눌 수 없다"는 말이 있듯, 조선시대만 해도 태조와 태종, 선조와 광해군, 인조와 소현세자, 대원군과 고종이 있었으며, 비극적이고 잔인한 사례로는 뒤주 속에서 죽어간 사도세자와 그 아버지, 영조와의 관계이다.

세자는 어릴 때는 영특했으나, 자라면서 학문보다는 무인적 기질로 변한 것이 아버지에겐 눈에 거슬리는 '장벽'으로 비춰졌다. 세자는 국왕을 대신하는 자리에서 대리청정으로 정무에 관여했지만, 영조는 자신과 어긋나는 아들의 생각과 성격 탓에 불만을 갖고 있던 터라 거리감을 두게 되었고, 그 거리감은 세자에게 불안한 마음을 유발시켰으며, 결국 임호화변을 계기로 세자를 서인으로 폐하여 비극적인 죽음을 초래하게 했다.

조선시대에서 가장 장수하여 52년간 왕위를 지킨 영조(1694~1776)는 출신성분에 콤플렉스를 느끼며 불안해했지만 여러 가지 상황으로 세자를 죽이고 나자 곧 후회가 되어 세자를 '사도'라 칭하였다. 그리고 아들에 대해 보상이라도 하려는 듯 손자에게 정성을 쏟으며 성군으로서의 기반을 닦아 주었다.

원인 없는 결과란 존재할 수 없다. 정치적 이념의 갈등 속에서 3대가 얽혀진 조선 후반기의 역사, 한 왕족의 역사가 거센 파도처럼 몰아치는 18세기였으니, 예나 지금이나 정치적 소용돌이는 주변의 상황에 휘둘리며 잔인할 만큼 무자비하다. 그러나, 열한 살 때 '아버지를 살려 달라'고 할아버지에게 매달려 울부짖던 정조(조선시대 22대왕)는 1776년 25세 때 왕이 된 후, 1899년에는 아버지 사도세자 무덤을 수원으로 옮기고 생전에 쌓은 공덕을 찾아내 '장조'라 추존해 한을 풀어 드렸으니, 밤하늘의 북극성인들 그 효성만큼 반짝일까.

그뿐 아니라, 정조도 같은 울타리에 '건릉'이라는 집을 지어 효의왕후 김씨와 합장된 채 '융릉'에 계신 부모님을 지척에서 보위하고 있었으니, 그 이상 적막하면서도 아름다운 풍경이 무엇이 있겠는가. 어쨌든 나는 행사 둘째 날, 폭염 속에서의 유랑이지만 '융릉'과 '건릉'을 둘러보는 순간 영육靈肉의 체감온도가 영하로 내려가면서 사도세자의 처절함과 정조의 속 깊음, 영조의 고통을 헤아리다 보니, 멘붕이 올 수밖에 없었다.

오차숙

2남 12녀 중, 형이 어릴 때 죽어 영조의 외아들로 남았던 사도세자 - 그 비운의 왕자가 묻힌 곳이 경기도 '수원'이니, 그곳은 분명 나에겐 쓸쓸한 날이면 달려가야 할 목표지가 되었으므로 감사했다. 영조는 개인사적으로는 여러 가지 콤플렉스와 구설수에 시달린 왕이지만, 정치적으로 불어오는 광풍에는 전혀 휘둘리지 않고 '탕평책'을 채택하여 민생을 안정시킨 임금으로 정조와 함께 18세기 조선을 중흥기로 이끈 왕이 아니던가.

숙종의 아들이지만 무수리의 아들로 태어난 영조, 이복형 경종과의 투쟁에서도 노론이 영조를 밀어주자 온갖 루머에 시달리면서도 어려움을 극복하며 조선시대의 성왕이 되지 않았는가. 지금 영조는 수원 '효행로'가 아닌 경기도 구리시에 묻혔지만, 영조와 사도세자, 정조는 시공을 초월해 늘 함께 있는 왕족이라, 융. 건릉이 있는 그곳은 숙연한 기운으로 가득 차 있었다.

삶의 모든 것은 내 안에 숨어있다. 이 순간 영화 '명량'에서 이순신 장군의 정신적 무기였던 '명대사'가 생각난다. "독버섯 같은 '두려움'도 그것을 극복해 '용기'로 바꾼다면 무한대의 용기, 무한대의 저력이 된다." 두려움 속에서도 자신과의 싸움에서 이긴 '영조'의 저력이 빛이 나는 순간이다.

오차숙

「현대수필」평론, 수필 등단, 국제펜한국본부, 한국문인협회 회원, 현대수필 편집장
수상 : 구름카페 문학상
저서 : 수필집『음음음음 음음음』, 『실험수필 코드 읽기』등
E-mail : sokook21@naver.com

광교 호수공원 둘레길을 걸으며 유민지

개망초꽃 백성의 함성처럼 피었다가 마르는 칠월도 다 지나 갔다. 광교산이 잡힐 듯 지척에 앉아 있고 그 계곡에서 흘러내린 물들이 모여 광교호수공원 저수지에 고인다. 이렇게 물이 흘러들어 고이듯 이곳 광교 '에일린의 뜰' 원천호수 마을로 이사를 온 지도 벌써 한 해가 훌쩍 지나갔다. 나와 저수지와는 특별한 인연이 있는 모양이다. 지난 번 십 수 년 동안 살았던 아파트도 '일월저수지'변이어서 자연스럽게 호수의 산책길을 즐길 수 있었는데 우연찮게 이 호수마을로 흘러들 수 있었다.

그러고 보니 수원水原은 그 이름이 말하는 '물의 근원'처럼 유난히 호수가 많다. 아마 대부분이 저수지의 물을 이용하여 농업용수 목적으로 만들어진 인공저수지일 것이다. 일제 강점기 때 농업용수를 위하여 인공저수지를 조성하였다고 하는데 아마도 일제의 미곡 수탈 작업의 일환으로 조성되었으리라. 물, 그래 물이다. 생명의 근원인 물과 더불어 일어나고 있는 삶의 풍경이다. 수원의 원천저수지도 유래를 보면 '먼 내'를 한자로 표기하면 원천遠川이 된다.

이제는 수원의 아름다운 명소가 된 광교호수공원 둘레길 걸어 본다. 광교호수공원은 도시문화가 만들어 낸 자연과 예술이 어우러진 또 하나의 걸작이자 수원의 자랑거리이다. 아름다움은 자연만이 빚을 수 있는 독점은 아니다. 가장 자연스러움이 자연스러운 아름다움이라지만 자연을 조금 변형하고 인공의 가미로 새로운 아름다움을 만들어내는 인간의 창의력 또한 새로운 아름다움으로 오래 머무르게 한다. 머무름에는 휴식이 따르고 휴식은 우리의 삶에 동력을 제공한다.

광교산을 중심으로 서쪽에 위치한 원천호와 동쪽에 자리 잡은 신대호를 합하여 광교호수공원이 되었다. 이 호수공원을 배경으로 조망권을 다투며 아파트 벨트라인이 형성되어 호수 주변을 감싸고 있다. 도시문화의 자연친화적인 조화이다. 풍수에서 사람의 주거환경의 으뜸이 배산임수라 하였던가! 그럼 물을 앞에 두고 산을 뒤에 두고 있는 이 마을은 자연스럽게 사람이 사는 명당의 기본요건을 갖춘 격이 아닐까 잠시 생각 해 본다.

'광교光敎'라는 지명 유래도 고려 태조 왕건이 산자락의 빛을 보고 깨달음을 얻었다고 해서 명명되었다고 한다. 태조 왕건과 같이 나라를 세울 정도의 큰 깨달음은 아니지만 나 또한 이 고적하고 수려한 호수 변을 걸으며 작은 깨우침 하나 얻고 싶다는 마음의 욕심을 내며 걷는데 수변의 보라색 칡

꽃이 고운 손을 흔든다.

호수 둘레 길을 따라 붙여진 이름 또한 범상치 않다. 어느 시인이 붙였는지 아니면 공모를 하였는지 그 자리, 풍광, 보여지는 아름다움의 자리매김에 걸 맞는 이름을 걸고 있다. 이르자면, 큰 나무 정원, 하늘 전망대, 자작나무 쉼터, 정다운 다리, 향긋한 꽃섬, 거울 못, 먼 산 숲, 나비잠자리 다리, 물 보석 분수, 무지개다리, 갈참나무다리……

두 호수를 아우르는 둘레길 거리가 무려 7킬로미터라 하니 아마도 느리게 걷는 나의 보폭으로는 산책을 위해 서너 시간은 족히 즐길 수 있으리라. 길을 따라 계속 물을 따라 어울려 늪지대가 나타나고 갈참나무 숲을 지나 소나무 숲과도 마주친다. 가는 길 요소요소에 지루하지 않게 쉼터가 있고 부들 같은 수생식물과 야생화들도 제 철에 맞게 조화롭게 피고 또 지고 있다. 햇볕이 내리쬐여 더운 날씨이지만 모퉁이 돌아 갈 때마다 새로운 이름의 쉼터가 나타나고 새로운 변화가 기다리고 있어 경이롭고 지루하지 않다.

자작나무 숲을 지나고 박달나무 비스듬히 누운 자연스런 모습도 그대로 머무르고 있어 좋다. 물가 왜가리들도 갈대 섶에서 졸고, 꾀 많은 왜가리 한 놈 저수지로 흘러드는 길목에 서서 뛰어 오르는 고기를 긴 부리로 줍고 있다. 도시로 끌어들인 자연의 진풍경이다. 숲이 있는 그늘 따라 널찍한 큰길도 나있고 사람들 삼삼오오 어울리며 호수에 함몰되어 하나의 풍경이 된다. 호수수변 공원 영역이 이백만평 이상 되다 보니 많은 사람들이 이 둘레길 걷고 있어도 어디에 묻혔는지 한적하고 고즈넉하다.

더운 날인데도 인공암벽에 거꾸로 매달려 스스로 땀 흘리는 사람들도 있다. 한 쪽 손으로 자신의 몸무게를 지탱하고 버티는 의지, 사람이란 과연 합리적인 동물인가? 즐기는 것과 노동의 차이는 무엇인가? 위험도 불사하고 그 위험을 즐기는 스릴, 인간의 정복욕인가 성취감인가. 나 또한 이렇게 산책길에 나와 물과 나무와 풀들이 빚어내는 공간을 즐기고 있지 않는가.

옛 전국시대 초나라 시자尸子가 이르기를 물은 4가지 덕목을 가졌다고 했다. 그 첫 번째가 만물을 뚫고 흐르는 어진 인仁이고, 맑음으로 탁함을 없애고 더러움을 휩쓸어 버리는 의로움 의義가 둘째라 했다. 또한 부드럽지만 함부로 범하기 어렵고 능히 이겨내는 무서움이 있으니 용勇이요, 강江으로 흐르되 내川를 거쳐 가득함을 피하고 경계하며 흐르는 슬기로움 지智를 4가지 덕목으로 꼽았다.

정조의 숨결이 살아있는 수원화성이 세계문화유산으로 등재되어 수원의 자랑거리이지만, 현대문명과 사람과 자연이 공감하는 광교호수공원 또한 새로운 수원의 명소이다. 한번 고즈넉하게 여유로운 시간을 가지고 광교호수공원 둘레길 걸어 보시라. 호수에 빠진 하늘 구름을 마주할 수 있고 숲에서 건너오는 산들 바람에 마음을 씻기일 수도 있다. 새의 우지짐을 지척에서 들을 수 있고 호수 외곽을 병풍 친 아파트 콘크리트 구조물마저 호수에 젖어 정겨울 수 있으리라.

유민지

충남 홍성 출생, 아주대학교 교육대학원 졸업. 한국예총 『예술세계』 수필 등단. 한국문인협회 남북 문학 교류위원, 예술시대작가회 수석부회장, 사무국장 역임, 수원영화예술협회 부회장, 현재 문화예술기관에 출강, 경기수필가협회 회원, 수원문인협회 회원, 국제펜 한국본부 경기지역 운영위원

마지막 한 발의 겸손   유혜자

　　D대학교 박물관에서 정조(正祖 1752-1800)가 그
린 국화도菊花圖와 파초도芭蕉圖를 보았었다. 백성들의 윤택한 삶을 위해 개혁
에 힘쓴 정조가 조선왕 중 학문과 예술이 으뜸이었다는 것이 짐작될 만큼 품
위와 재능이 느껴지는 그림이었다.

　　잘 알려진 바와 같이, 정조는 영조 38년 11세 때(1762년) 아버지 사도
세자(장조 : 고종 때 추존)가 당쟁으로 인해 뒤주 속에 갇혀서 숨지는 슬픔
을 겪었다. 즉위 13년에 배봉산(현 서울의 전농동)에 있던 부친 묘를 수원 화
산華山으로 옮기고, 수원부府를 이상으로 꿈꾸는 신도시로 건설했다. 실학자
다산 정약용茶山 丁若鏞에게 화성 축조를 맡겨서 이뤄낸(즉위 18년 정월부터 20
년 9월까지) 화성은 단순한 '성'이 아니었다. 수도를 옮겨서 경제력과 권력
을 장악한 노론벽파들에 변화를 주고 왕권을 강화하기 위해 세운 도시였다.

　　지난 7월 수필의 날 행사가 수원에서 있었던 날, 화성 행궁華城行宮을 둘러

보았다. 정당正堂인 봉수당奉壽堂을 먼저 참관했는데, 13년 전 〈혜경궁홍씨 회갑잔치〉(궁중연례악「왕조의 꿈, 태평서곡」국립국악원 예악당) 공연 때 세트로나마 보았었기에 떠들썩한 일행에서 벗어나 행궁의 오른 쪽으로 돌아가 보았다. 그곳엔 인파가 몰려 있지 않아 조용했다. 'ㄱ' 자 로 지은 팔작 기와집 한 채가 있었는데 현판엔 노래당老來堂이라고 쓰여 있었다. 노래당老來堂은 정조가 행궁 안의 낙남헌洛南軒과 득중정得中亭에서 펼쳐지는 각종 행사 중간에 잠시 쉬는 공간으로 마련한 건물인데, 정조가 퇴위한 후의 노후생활을 꿈꾸어 지었다고 한다. 북쪽으로 낙남헌과 'ㄱ'자를 이루며 이어져 있고, 남쪽 뒷물림으로는 득중정과 통하게 되어 있었다. 정조18년(1794)에 행궁을 대대적으로 증축할 때 5량 7칸의 규모로 새로 지었으며, 영의정 채제공蔡濟恭이 쓴 편액扁額이 있었는데 건물이 그때 지은 것이 아니고 편액도 없었다. 일제의 문화말살정책으로 낙남헌을 제외한 시설이 사라졌다. 지금 건물은 1996년 복원공사 때 지은 것이었다.

노래당이라는 이름에는 어머니 혜경궁惠慶宮에 대한 정조의 지극한 효심을 담았다. 일흔이 넘어서도 부모님께 즐겁게 해드리려고 색동옷 차림으로 재롱을 부렸다는 초楚나라 노래자老萊子의 고사에서 유래한 것이라고 한다. 또 하나 "늙는 것老來은 운명에 맡기고 편안히 거처하면 그곳이 고향이다."라는 당唐나라 시인 백거이白居易의 시에서 따온 것이라고도 한다.

1795년 봉수당에서 혜경궁 홍씨의 회갑연을 치른 날 저녁, 정조는 아버지처럼 의지하던 영의정 채제공과 함께 노래당에 앉아 있었다. 불꽃 터지는 소리와 백성들이 먹고 마시며 춤추고 노는 함성이 울려올 때 정조는 기쁜 마음으로 노래당의 편액을 써준 채제공에게 글씨가 너무 좋다고 말했다. 속 마음으로는 9년 후면 아들에게 왕위를 물려주고, 노래당에서 어머니를 모시고 살 모습을 그려보고 있었을 텐데. 계속 빈집일 수밖에 없었던 노래당. 49세에 돌연사한 정조의 꿈이 이뤄지지 못했기에 허무한 생각이 들었었다.

사도세자가 뒤주에 갇힐 때 어린 정조는 현장을 보았고 할아버지(영조)에게 아버지를 살려달라고 울며 부르짖었다. 노론의 음모여서 어머니조차 구명론을 펴지 못했기에 비명횡사한 아버지 생각에 고통스러운 시간을 보내야 했다. 그러나 연산군과 같은 복수를 하지 않았다.

할아버지 영조께서 사도세자를 죽인 것을 후회하면서 "너에게 충성을 바칠 사람은 채제공뿐이라."한 당부를 잊지 않고 화성 축성사업의 총 책임을 채제공에게 맡겼었다.

고통스러운 과거에 매달리기보다 독서와 정사, 무예 단련으로 분노의 마음을 다스렸다는 정조의 아픈 세월을 생각하며, 정조가 화성행차 때 활쏘기를 하던 득중정得中亭앞으로 가보았다. 끊임없이 암살위협을 받은 정조는 왕실호위를 위하여 장용영을 설치해서 전투력을 높이고 자신도 무예를 닦았다.

무예 중에 그는 백발백중 과녁을 명중시키는 활의 명수였다. 득중정은 정조가 활 4발을 쏘아 4발 모두 맞히자 이를 기념하여 '득중정得中亭'이라고 하였다고 한다. 득중정 현판은 명필인 정조의 글씨여서 친근감이 들었고, 득중정 앞에는 정조가 활을 쏘았다는 어사대御射臺가 남아있었다. 아버지를 죽인 신하들을 세워놓고 그 앞에서 출중한 활솜씨를 선보이기도 했다는데 그 신하들은 간담이 서늘하지 않았을까.

정조가 심혈을 기울인 화성궁은 왕조중흥을 위한 왕국으로서의 면모를 갖추었었다고 한다. 그리고 성곽 중 장안문, 팔달문, 화서문, 서북공심돈 등 성문을 잠깐 둘러보며 기존의 성곽이 가진 단점을 보완하여 최고의 방위와 최선의 방위능력, 전투력까지 완비했던 현장임을 느낄 수 있었다. 그렇게 화성천도를 준비하고, 절대왕권을 통한 부국강병이 달성될 날을 기다리던 정조의 갑작스러운 죽음은 너무 애석한 일이다.

정조는 늘 50대의 화살에서 마지막 한 대는 쏘지 않은 채 활쏘기를 마치고, 쏘더라도 빗나가게 쏘았다는 사실이 생각났다. 제왕으로서 겸양의 미덕을 보이기 위해서였다고도 하고, 50발을 쏠 때 49발을 명중시키고 마지막 한 발을 남겨놓고 이런 말을 했다고도 한다. "활쏘기는 진실로 군자의 다툼이니 군자는 남보다 더 위에 서려하지 않으며 또한 사물을 모조리 취하는 것에도 마음을 두지 않는다."면서 한 발은 꼭 빗나가게 쏘았다는 사실. 이것을 『주역』에서 말하는 "겸손은 더함을 받고, 교만은 덜어냄을 부른다. 謙受益, 滿招損"는 뜻으로 보아야할까.

학문과 예술분야에서 뛰어나고 백성 사랑에, 부모에 대한 효심이 극진한 정조의 인품과 실력은 주지의 사실이었는데, 겸양의 미덕까지 갖춘 분이었음을 득중정에서 또 알게 되었다. 경쟁사회에서 야비하게 많은 것을 손에 쥐려하고 남의 앞에 나서려고 서두르지는 않았는지, 득중정에서 발길을 돌려 나오는 마음이 편안치가 않았었다.

유혜자

1972년 『수필문학』으로 등단, MBC라디오프로듀서, 방송위원회 심의위원, 사)한국수필가협회 이사장 역임
수상 : 한국문학상(1992), 한국펜문학상(2002), 조경희수필문학상(2011), 흑구문학상, 올해의 수필인상 수상
외 다수
저서 : 수필 『사막의 장미』, 『스마트한 선택』 등 8권, 음악에세이 『음악의 에스프레시보』 등 4권

성곽의 美 **gallery**
수원화성

미로한정에서 바라본 화성행궁

윤재천

기원전 37년 주몽朱蒙 - 동명성왕이 주축이 되어 뜻을 같이하는 동료와 그 휘하의 무리가 힘을 합쳐 압록강 지류인 동가강 유역에 터전을 닦아 세운 나라가 고구려다. 이때 고구려의 기세는 그 어떤 것에도 두려움이 없을 만큼 막강했다.

부국강병을 이룰 농토가 부족하여 국토의 전역이 산악지대였지만 농사를 지어 백성의 시름을 덜어주었고, 기존에 구축해놓은 강력한 위세를 무기로 해서 남하정책을 수립했다.

최악의 상황에서 하늘만 보며 산속을 헤매는 것이 일상이던 고구려인이 한반도의 중류지역을 차지하게 된 후부터 국력이 더욱 번창했다. 한강유역의 옥토를 비롯해 수원지역을 편입시켜 막강한 위력을 보유한 국가로 우뚝 설 수 있었다. 졸지에 영토를 빼앗겨 낙심한 백제百濟사람의 안타까움은 어떠했을까. 당시 수원은 한반도 안에 뿌리를 내리던 시기이다.

삶을 꾸려가던 사람들에겐 어머니와 같은 존재로 인식했던 곳임을 입증해 주는 예가 이곳의 첫 번째 지명인 '매홀買忽'이다. '매홀'은 한자의 소리와 의미를 재료로 해서 어휘를 축조해 사용하는 차자표기법借字表記法으로 이두吏讀를 기록수단으로 이용했다. 삼국시대 때 백제가 이곳을 관할하던 때의 이름으로, 이것은 후에 '몽골'이라는 순우리말로 고쳐 사용되다 다시 한자식으로 환원시켜 정착되었는데, 이것이 물줄기의 뿌리로서 '근원'의 의미를 지니게 된 '수원水原'이 됐다.

인간의 생존에 있어 절대적 자원인 물은 반드시 필요하다. 물은 포유류에 속하는 생명체에게 절대적으로 필요한 생명수다. 이 절대가치의 생명수를 '수원'에 비유했으니 이곳이 얼마나 중요한 곳인가.

수원의 힘은 화려함 때문만이 아닌 치열함에 있다. 이를 입증하는 것은 전국적으로 수원을 상업도시로 인식하는 것에서 볼 수 있다. 장사를 잘 하기 위해선 물품에 흠이 없어야 하듯, 인성이나 정신이 떳떳치 못한 구석이 있으면 거래 자체가 이루어질 수 없다.

일부에서는 수원사람을 '깍쟁이'라고도 한다. 그것은 부정적 의미가 아니라 그 지역 사람들이 빈틈없고, 경우가 밝으며 계산이 정확하다는 의미이다. 일 처리가 정확하고 도덕적으로 명확하지 않으면 도태되는 것이 이익을 남기기 위해 물건을 사고파는 '장사'라고 할 수 있다.

수원은 어느 지역에서도 찾아볼 수 없는 수원만의 고유한 정서가 존재

한다. 언제 어디서든 호락호락 넘어가는 법이 없는 명확함이다. 이것은 스스로를 결박해 방치하는 일임을 수원시민은 잘 알고 있다. 이런 현실 때문에 '수원사람은 벌거벗고 30리를 뛴다'는 말이 회자되기도 한다. 깊이 생각하지 않으면 흉을 보는 말일 수도 있지만, 그것은 경우가 밝고 계산이 정확하다는 의미이다.

수원은 한양 땅을 오고 가는 중심에 있어 철저하게 무장하지 않으면 빈털터리가 된다는 이야기도 있다. 다른 지역 사람들이 잠을 자고 끼니를 해결한 후 값을 치르지 않고 도망치는 사람이 많은데 비해, 수원 사람은 계산과 관리에 명백하다 보니 '깍쟁이'라는 이야기도 듣게 됐다. 이것은 수원시민의 '효심과 정신'을 대변하는 말이기도 하다.

수원은 정조에 대한 역사가 숨 쉬는 곳이기도 하다. 조선조 22대 임금 정조의 효심으로 유명한 지역이다. 아버지 사도세자는 1762년 영조 38년에 김한구, 홍계희, 윤급에게 모함을 받아 폐세자가 되었다. 뒤주에 갇혀 8일 만에 아사餓死한 아들에게 '사도死悼'라는 시호를 건넨 아버지 영조英祖와, 그 손자인 정조의 사연이 얽힌 곳이다.

가슴 아픈 일이긴 하지만, 정조는 아버지 사도세자를 장조莊祖로 추존했으니, 그 효심은 아름다운 이야기로 남을 수밖에 없다. 조상의 얼이 깊게 새겨져 있는 수원 땅에는 지금도 깊은 효심이 흐르고 있다.

윤재천

『현대문학』 등단(1969년), 중앙대학교 대학원 졸업, 중앙대 교수, 국제펜 한국본부이사
중앙대학교 문인 회장 역임, 한국수필가협회 이사 역임, 현대수필학회 회장, 현)『현대수필』 발행인
수상 : 한국수필문학상, 노산문학상, 국제펜 문학상
저서 : 『수필문학론』, 『수필작품론』, 『현대수필작가론』, 『여류수필작가론』, 『여류수필작품론』, 『수필문학 산책』, 『운정의 수필론』, 『명수필 바로알기』, 『윤재천 수필문학전집』 외 다수

수원 화성 80리길, 기억하다

이경담

서울에서 수원 화성까지는 얼마나 멀까. 조선시대에 왕
릉은 한양 4대문에서 80리 안에 두어야 한다는 법이 있다. 정조가 사도세
자의 능을 88리 떨어진 수원으로 이장하려 하자, 대신들은 장지葬地가 멀다
고 반대하였다. 이에 정조는 "이제부터 수원을 80리라고 명하노라."라고 하
였다는 일화가 전한다. 정조는 아버지의 묘소를 참배하기 위해 먼 길을 마다
하지 않았다. 창덕궁을 떠난 왕은 한강을 건너고 노량진을 지나 과천, 안양
을 거쳐 수원에 도달했다. 11년 동안에 13차례나 능행陵幸을 했다니 얼마나
자주 오갔는지 가늠하며 '능행반차도陵幸班次圖'에 그려진 장엄하고 성대한 행
차行次를 떠올렸다.

서울 사당동에서 버스를 타고 1시간여를 가서 수원 행궁行宮에 도착했
다. 아직 오전 시간인데도 7월의 태양이 쏟아내는 열기는 차에서 내리자마
자 몸을 숨길 그늘을 찾아 두리번거리게 만들었다. 행궁의 정문 신풍루新豊

^樓 앞마당에 수백 년 풍상^{風霜}을 견딘 느티나무 세 그루가 위풍당당한 자태를 뽐내고 서 있다. 나무의 나이 350년이다. 행궁보다도, 행궁의 주인공인 정조 (1777-1800 재위)보다도 더 오래 전부터 자리를 지켜왔다. 옛 인걸^{人傑}은 간데없어도 여전히 푸르러 싱그러움을 뿜어내고 있는 거목들 앞에서 잠시 걸음이 머뭇거렸다. 건재하는 느티나무는 긴 세월의 흔적들을 다 삭여냈는지 묵묵부답이다.

파란 하늘을 우러르며 눈부신 하얀 햇살에 손차양을 드리우고 궁 안으로 들어섰다. 세월을 이기지 못하고 저 너머로 사라진 사람들의 이야기는 곳곳에 남아 있다. 정조대왕이 어머니 혜경궁 홍씨의 회갑연을 열었던 봉수당^{奉壽堂}, 무예^{武藝}에 뛰어났던 왕이 활을 쏘아 모두 명중했다는 득중정^{得中亭}, 행궁 건물 가운데 유일하게 있는 그대로 보존되었다는 고풍스런 낙남헌^{落南軒}, 왕위에서 물러나 어머니를 모시고 노후를 보낸다는 바람을 가지고 지었다는 고즈넉한 노래당^{老來堂}···. 하지만 왕이 갑자기 죽음을 맞고 어머니는 홀로 여생을 보냈다. 뜻대로 이루어졌더라면 하는 안타까움을 가지고 행궁의 여기저기를 둘러보았다.

문득 행궁 한 켠에 방치된 듯 놓여 있는 뒤주 하나가 눈에 띄었다. 아, 뒤주에 갇혀 죽은 사도세자! 1762년 윤오월 폭염 속에 초목조차 숨죽인 창경궁 문정전 앞뜰에는 무서운 정적^{靜寂}만 흐르고 있었을까. 궁궐 마당에 놓인 뒤주 안으로 걸어 들어간 건장한 청년 사도세자는 8일 동안 고통하다 숨을 거두었다. 지존한 세자의 신분인데 어찌 해서 뒤주에 갇혔으며, 어떻게 해서라도 뛰쳐나오지는 못했는지, 가족과 신하들은 왜 막지 못했는지, 모든 일이 이해가 안 되고 무겁게 가슴을 짓눌렀다. 당시 9살 소년 왕세손은 '하늘이 무너지던' 그 날의 비극을 어떻게 감당했을까.

"과인은 사도세자의 아들이다." 즉위식을 마친 정조는 곧바로 자신이 사도세자의 아들임을 천명하였다. 정조는 수원 화성과 행궁을 짓고 사도세자의 묘소인 현륭원顯隆園을 자주 찾았다. 왕에게 아버지의 능陵은 무슨 의미였을지, 능행의 발걸음은 무슨 의미였을지 나는 미처 헤아리지 못한다. 한恨을 안고 자랐을 왕은 그 어떤 왕들보다 많은 업적을 남겼다. 내편 네편 가리기보다는 인재를 두루두루 불러 나랏일에 봉사하도록 했다. 사도세자의 원통함을 풀고자 했던가, 혹은 젊은 아버지가 못 이룬 꿈을 대신 이루고자 했던가. …. 후세에 우리는 그를 기리어 대왕이라 부른다.

비운의 아버지에 대한 기억은 어린 세손에게 큰 상처를 주었겠지만 오히려 아픔을 딛고 일어나 고인의 넋을 위로하고, 확고한 신념을 품고 뜻을 펼친 강한 군주가 되지 않았을까 생각해 본다. 천 번을 아파야 꿈을 이룬다고 했다. 꿋꿋하게 일어설 때까지 수없이 가슴앓이를 했을 고독한 왕에게 연민이 일었다.

화성의 성곽과 행궁은 200년이 넘는 세월에 일제 강점기와 한국전쟁을 겪으며 부서지고 무너졌다. 이제 비록 대부분이 보수되고 새로 축조되긴 했어도 기록에 의거해 재현되어 당시의 위용은 물론 숨결마저도 스민 듯 느껴졌다. 무엇보다도 아픔과 슬픔의 기억을 희망과 도전의 강인함으로 바꾼 조선 제22대 왕, 정조의 얼이 여전히 그곳을 맴돌고 있는 듯 여겨져 숙연해졌다. 고난을 극복하고 꿈을 편 정조의 높은 기상氣像을 생각하면 행궁 한 켠에 오두마니 놓여있는 뒤주를 바라보는 마음에 조금이나마 위로가 되었다.

뙤약볕에 관람을 마치고 나오자 신풍루 앞마당에는 무예인들이 펼치는 정조대왕 시대의 무술 공연이 눈길을 끌었다. 나무 그늘을 찾아 먼발치에서 구경을 했다. 하늘 높이 치솟은 느티나무를 뒤덮은 무성한 잎들이 바람결에 살랑이며 무더위를 날려 보냈다. 오래 살아온 늠름한 나무들, 옛 모습을 간직한 채 온전한 건축물들, 7월의 태양 아래 수원 화성은 예스러우면서도 새로운 모습으로 건재하고 있었다.

이경담

2009년 《선수필》로 등단
수필집 《아침 산책길》, 동인지 《자작나무 숲에서》, 《오수의 꿈》 등

수원과 서울의 함수관계

이경선

서울에서만 살던 사람은 시골의 정서를 전혀 몰라 조금만 아래지역으로 내려가도 여행의 느낌을 받는다. 결혼 전, 또래 처자들에게 데이트장소로 인천과 수원 둘 중 하나를 고르라면 누구나 '수원'이라고 답했다. 물론 이것은 다분히 주관적일 수도 있지만 실상 내 주변에선 그랬다. 인천은 바다가 있지만 왠지 안정되어있지 않은 분주한 도시일 것 같은 느낌이 들었고, 수원은 명칭에서부터 끌어당기는 요소가 물 수水자가 들어있어 같은 물이라도 천川과는 엄연히 달랐다. 단 한 번도 가보지 않았던 수원에 대한 막연한 기대감은 어쩌면 내겐 운명인지 모른다.

올해 '제14회 수필의 날' 행사가 수원으로 지정되었다고 하여 수원시민으로 무척 반가운 일이었다. 그동안 타지를 방문하여 그곳의 정취를 얻어왔다면 이번에는 각 도시에 계신 수필가들께 계획도시인 수원을 구석구석 보여드리고 싶은 자신감이 있었기 때문이다. 수원으로 시집가고 싶다고 했을 때 하나뿐인 딸을 멀리 보내고 싶지 않았던 부모님의 내려앉은 얼굴을 정작 내 딸을 통영으로 혼인시키며 그대로 전달받았다. 그러나 그 후에 친정은 수원으로 이사를 왔고 급속도로 수원은 수도권에서 가장 손꼽히는 완벽한 도시가 되어있다.

동창들도 서울에서 정기모임을 갔다 이젠 수원으로 내려온다. 우선 서울의 축소판인 남문, 북문, 동문, 서문을 보곤 놀라며 신기해하는 모습이 오래 전 나와 똑같아 보는 나도 즐기는 것 같다. 완벽하게 '서울'의 닮은꼴인 수원이란 도시. 팔달산에서 출발하는 화성열차까지 타면 중년여인들의 주름이 다림질을 하듯 쫙 펴지면서 바로 여고생이 되어 비명소리가 절로 나온다. 전철을 타고 그리 긴 시간 걸리지 않아 횡재를 만난 듯, 다시 또 오고 싶다고 다음 모임도 수원으로 하자고 한다. 이번 행사에 참여하신 수필가들께서도 공감하셨으리라.

행사 첫날은 화성행궁 탐방으로 무더운 날씨였지만 역사의 현장을 돌아보는 곳엔 서글픈 통증이 따라온다. '사도세자' 이야기를 하면 '혜경궁 홍씨'를 떠올리게 된다. '한중록'으로 실제를 알리려는 아내이자 어미로서의 애절한 심중에 머물자 가슴뼈가 시리다. 남편 사도세자로 인해 중전이 되었어야 하는 당대 최고의 명문 집 여식이 한을 누르며 살아야 했던 사연은 이백여 년이 지났지만 '홍씨'로 역사에 남아 한 남자의 여인으로, 모성애로 버틴 질긴 삶의 애증을 느껴본다. 그래서 그날도 하늘이 펄펄 끓고 만 것 같다.

이튿날 일정은 용주사와 융건 능이었다. 용주사는 우리나라 불교 조계종의 본가라고 하면 이해가 쉬울 것이다. 심중에 '불자'라고 문신처럼 각인되어 있지만 불량신도인 나는 부처님형상 앞에만 서면 서서히 녹아들어 금세 앉은뱅이가 되어버린다. 매번 친정엄마에게 말하듯 부처님께도 '자주 올게요.'란 공수표만 날리고 달달한 약속에 뒷전이다. 그러나 정신세계에선 벗어나진 않았음을 고백한다. 우리나라 어디든 산수 좋은 곳엔 사찰이 있어 법당 오르는 길에만 들어서도 마음의 평정을 느끼게 된다. 꼭 어머니의 자궁에서 탯줄로 생을 이어가던 그때처럼 내게 버거운 일이 생기면 붙잡고 늘어지는 곳이기에 더더욱 그런지 모르겠다.

융건 능엔 사연이 바글거린다. 지금은 입장객이 많아졌지만 결혼 전엔 사람을 만날 수 없는 텅 빈 능이었고 자주 놀러갔다. 왕릉의 석물 위에 올라 앉아 사진도 찍고 노래도 부르고 그림도구를 챙겨가기도 했다. 한나절 있어도 아무도 찾지 않는 곳을 내가 마치 사도세자(융능), 정조(건능)의 효녀가 되어 지키고 있었다. 또한 융건 능 근거리에 있는 '보통리' 저수지에서 모터보트에 몸을 맡기는 것도 흥미로웠다. 저수지 배위에 꾸며진 찻집에서 흔들거리며 차를 마시고 귀에 젖은 음악으로 감성을 배부르게 하던 형형한 눈빛들. 꼭 수원이 아니더라도 있을만한 형태의 장소지만 지금은 거의 개발되어 기억에서만 만질 수 있기에 간혹 차고 넘치면 살비듬처럼 털어내곤 한다.

근래 수원에서 각광받는 곳으론 '광교'가 있다. 예전 '원천저수지'라 불리던 곳이다. 신도시로 조성되며 주변 조경이 국내에서 손꼽히는 서열에 들어 전국 인파로 휴일엔 인산인해다. 하지만 난 예전의 원천저수지가 그립다. 아직도 '샤갈의 눈 내리는 마을'이란 카페를 기억하는 이들이 많다. 당시 분위기 좋은 카페를 찾기가 쉽지 않았고 호수를 빙 둘러 라이브카페가 즐비했는데 대부분 아래층은 카페이고 2층은 모텔이었다. 남녀 한 쌍이 카페에서 2층으로 올라가는 경우는 허다했고 누가 갈 것인지 점찍곤 했다. 놀랍게도 지인의 남편이 다른 여성과 카페에 온 걸 마주치게 되었지만 아직까지 발설하지 않았다. 원천저수지는 각각의 사연을 품고 '광교'로 다시 태어났다.

예전처럼 오고 싶은 수원이란 이미지는 아직도 진행형이라 믿고 싶다. 우리나라 어느 곳이든 역사가 없는 지역은 없다. 다른 것 말고 한양으로 예정되어 있던 도시가 바로 '수원'이라고만 알고 있다면 모두를 안다고 할 수 있다. 소도시에서 120만의 인구로 되었듯 앞으로 더 늘어 날 것으로 유추된다. 서울의 작은 집으로 그때나 지금이나 '수원'은 타 지역을 다녀오며 표지판만 봐도 심사가 평온해지는 진정제 같은 곳. 이제 나만 그런 건 아닌 것 같다.

이경선
「한국문인」 수필 부문 신인상 당선 등단
한국문인협회 수원지부 회원, 경기수필가협회 사무국장, 경기여류문학인 협회 회원
동남문학회 회원, 문파문학회 운영이사
저서 : 수필집 「하얀비」, 「겹겹 기억속에」

서호천의 꿈   이규봉

    제14회 수필의 날 행사가 전국의 수필가가 모인 가운데 정조대왕이 개혁정치의 뼈대로 삼은 호호부실戶戶富實 인인화락人人和樂의 도시 수원에서 한여름에 개최되었다. 첫 행사는 수필가들이 행궁을 관람하는 거였다. 오랜 만에 다시 찾은 봉수당은 정조대왕의 지극한 효심을 다시 떠올리게 했다. 행궁 광장 건너편엔 도심을 흐르면서도 생태계가 온전히 살아있는 수원천이 흐른다. 지금은 내가 수원을 떠났지만 수원은 내 중요한 시기에 십년을 살았던 곳이다. 여기서 내 문학의 싹이 트고 성장하고 꽃을 피웠다. 내가 살던 집 앞에는 서호천이 흘렀다. 매일같이 서호천을 걸어 서호를 한 바퀴 돌아오는 코스는 나를 바라보는 성찰의 장소이자 내 문학의 산실 이었다. 또한 '물이 생명의 원천이라'는 평범한 진실을 깨우쳐 준 곳이다.

    금년 초에는 생명을 위협하는 미세 먼지가 참 많았다. 봄에는 황사도 만만치 않았다. 사막지대에서 바람을 타고 날아 오는 달갑지 않은 손님들이다.

물이 없기 때문이다. 이 우주의 수억 개 별 중에서 물이 있는 곳으로 밝혀진 곳은 우리가 살고 있는 지구밖에 없다. 지구 중에서도 사막지역이 오분의 일을 차지한다. 생각해보면 사계절 내내 맑은 물이 개천에 철철 흐르는 땅에서 살고 있는 우리는 얼마나 행복한가.

집 앞을 흐르는 서호천, 한때는 공장폐수와 생활하수가 흘러들어 죽음의 하천으로 전락되었다. 태생이 시골인 나는 학교 다녀오는 길에 친구들과 발가벗고 목욕을 하던 봇도랑을 잊을 수 없다. 중타리 피라미들 여유롭게 놀고 돌 들썩이면 웅크렸던 가재가 놀라 뒷걸음질 쳐 도망치는 그런 개천을 늘 동경해왔다. 시민들이 개천을 살리겠다는 의지로 팔을 걷고 나서자 개천은 서서히 살아나기 시작했다. 천변에 억새가 돋아나고 두루미와 백로가 찾아오며 겨울철엔 청둥 오리가 와서 놀다가기도 했다. 천변으로 산책로가 만들어지고 꽃밭도 만들어 졌다. 징검다리가 노여지고 한 여름 장마로 물이 불어나면 개구쟁이 아이들이 개천에 들어가 텀벙대며 물놀이를 하기도 했다.

맑은 물이 있는 곳에는 뭇 생명들이 어우러진다. 물가에 있는 풀들은 힘이 있다. 물가에 핀 꽃은 색깔이 더 선명하다. 물속에 거꾸로 서 있는 반영은 실제 보다도 더 아름답다. 어미오리가 새끼오리들을 거느리고 물위를 유영하는 모습은 여유롭고 평화스럽다.

아비는 어디로 가고 어미혼자 새끼들을 거느리고 다니는지 원천적으로 생물은 모계사회의 산물인가. 징검다리를 건너는 이들의 손을 덥석 잡아주고 싶고, 한때 악취로 가득하던 개천에 들어가 개구리라도 잡는 듯 씩씩하게 노는 개구쟁이 소년들에게 사탕이라도 한 봉지씩 나누어주고 싶었다.

어느 겨울 날 천변을 걷다가 누가 갖다 놓았는지 개천 가 바위에 놓여 있는 돼지머리를 만났다. 죽어서 목만 달랑 내놓고 있으면서도 뭐가 그리 좋은지 싱긋 웃는 얼굴이었다. 개천 건너 고층아파트를 바라보면서 현대 문명을 비웃는 웃음일지 모른다. 자연의 원상회복을 꿈꾸는 몸짓인지 모른다. '돼지머리라고 깔보지마라. 너는 저 돼지머리처럼 기분 좋게 한번 싱긋 웃어 본적 있었느냐'는 어느 시인의 목소리가 들리는 듯하다.

물이 있는 곳에는 생명이 있다. 우리 선대들은 물이 있는 곳에 생활의 터전을 잡았고 물을 즐기며 살았다. 물이 그득한 곳엔 마음이 넉넉하고 평화롭다. 공자는 "지혜로운 사람은 물을 좋아하고(知者樂水) 어진사람은 산을 좋아한다(仁者樂山)고 했다. 어떤 이유에서라도 물이 상처를 받아서는 안 된다. 물이 상처를 받으면 뭇 생명들이 상처를 받고 사람이 상처를 받는다. 내게 문학의 길을 열어준 수원, 세계문화 유산인 화성華城도 중요하지만, 도심을 흐르는 하천이 쉬리가 노닐 만큼 깨끗한 하천으로 거듭나는 것 또한 내 꿈이기도 하다.

이규봉

충북 제천 출생, 한양대 대학원 졸업, 「한국문인」시 부문 신인상 당선 등단
한국문인협회 윤리위원, 동남문학회 회장 역임, 경기시인협회 회원, 문파문학회 운영이사, 사진예술 회원,
수원교구 가톨릭사진가회 교육위원
수상 : 제6회 동남문학상   저서 : 시집 「울림소리」

성곽의 美 gallery
수원화성

화홍문

이번에 화성에서 개최된 '수필의 날' 행사 문학기행 길에 용주사龍珠寺를 찾게 되었다. 용주사는 조선조 22대 정조대왕이 억울하게 숨진 사도세자의 명복을 빌기 위해 세운 절이다. 28세로 짧은 생을 마감한 아버지 사도세자의 넋을 기리는 정조대왕에 관한 일화가 전해진다.

정조대왕이 능을 화산으로 옮긴 후, 어느 날 길을 가는데 문득 송충이가 솔잎을 갉아 먹는 것이 눈에 띄었다. 순간 대왕의 눈에 파란불이 일었고 온몸에 소름이 끼쳐왔다. 송충이를 잡아든 정조는 비통한 마음으로 탄식하며 "네가 아무리 미물인 곤충이라 하지만, 이리도 무엄할 수 있단 말이냐!" 하고 송충이를 이빨로 깨물어 죽여 버렸다. 왕의 돌발적인 행동에 동행했던 시종들은 당황해 하다가 달려들어 송충이를 모두 없애버렸다. 이후부터 현재까지도 사도세자의 능 주변에는 송충이를 찾아볼 수 없게 되었다 한다.

정조는 슬픈 역사의 주인공이 된 아버지가 가엽고 서러워 절절한 그리움에 아버지를 이곳 용주사에 모셨다. 아버지 사도세자를 모시던 날, 정조는 용이 여의주를 물고 하늘로 승천하는 꿈을 꾼다, 그래서 절 이름을 용주사라

명명했다. 이곳 용주사에서 전해지는 지극한 정조의 효심은 아직까지도 불심과 효심이 많은 사람들의 마음을 채워주고 있다.

융릉과 건릉은 2009년 세계 문화유산으로 등재된 아름다운, 〈화성 8경〉 중에서도 제일로 꼽는 경치 좋은 곳이고, 효심 깊은 역사의 향기가 가득하여 산책로도 유명하다. 용주사에 얽힌 이야기를 듣다 보니 사도세자의 이야기- 한중록이 떠오른다. 한중록은 사도세자비인 혜경궁 홍씨가 엮은 회고록이이다. 서가에 꽂힌 한중록을 끄집어내 펼쳐보았다.

한중록에는 혜경궁 홍씨가 자신의 인생 역정과 부친 홍봉한, 정적政敵 김구주 일파에 대한 이야기 등 다양한 내용이 담겨 있지만, 그 가운데 중심이 되는 것은 역시 사도세자의 죽음에 관련된 부분이다. 혜경궁 홍씨는 영조 때 나이 볼과 9세에 세자빈으로 간택되었다. 세자빈이 되었는데 세자는 말이 적고 행동이 느려 영조를 늘 답답하고 화나게 만들었으며, 영조의 기대를 저버렸다. 영조는 세자를 따뜻하게 대하기보다 여러 사람이 보는 앞에서 꾸중하거나 흉을 보기까지 하였다. 혜경궁 홍씨는 세자가 이렇게 잘못된 방향으로 나아가게 된 것은 어린 아기를 어미가 키우지 않고 일찍 부모 품에서 떼어 내 나인들 손에 맡겼기 때문이라고 지적하였다.

영조의 사랑이 부족하고 질책이 심해지면서 사도세자는 부왕에 대해 큰 공포심을 갖게 되었고, 어느 순간부터는 주색에 탐닉하는 등 노골적인 반발을 하게 되었다. 세자는 영조가 국가에 내린 금주령을 비웃기라도 하듯이 술

이병수

을 마셨으며, 여자를 데리고 살림을 차린 일도 있었다. 영조의 질책에 우물로 뛰어드는 극단적인 방법으로 맞서기도 하였으니 점점 더 사이가 벌어졌다. 결국엔 세자가 20세를 넘기면서 〈정신 이상〉 증세까지 나타나게 되었다. 세자 스스로 심화가 나면 사람을 죽이거나 짐승을 죽이거나 하여야 마음이 풀린다고 영조에게 고백할 정도로 심각한 상태에 이르렀다. 여러 명의 나인과 내관들이 세자의 손에 목숨을 잃기도 하였다.

때마침 나경언羅景彦이 세자가 역모를 꾸미고 있다고 투서를 하고 아울러 세자의 비행을 10여 종목에 걸쳐 나열한 고변 사건이 터졌다. 이런 사건으로 드디어 영조는 사도세자에게 모종의 처분을 내리기로 결심을 굳히고 이를 실행에 옮기게 되었다.

세자의 병세가 악화되어 정상적인 생활을 못하게 되자, 영조에게는 자신의 사후가 가장 큰 고민거리로 대두되었다. 사도세자의 국왕 등극은 대단히 불안한 일일 수밖에 없었다. 홍봉한은 이런 상황에서도 사위인 세자를 적극적으로 보호하고 감싸 돌았다. 하지만 홍봉한을 어렵게 만든 것은 세자의 병세가 점점 악화되는 일이었다. 홍봉한은 마음을 바꿀 수밖에 없었다. 더 이상 세자를 붙들다가는 자칫하면 세손(후일의 정조)의 지위마저 위태로울 수 있었으며, 그렇게 되면 그의 집안은 결정적 타격을 입을 것이 뻔했기 때문이다. 결국 홍봉한은 세자를 포기하게 되었다. 사도세자가 죽고 난 후에는 영조에게 "이번 일은 전하가 아니셨으면 어떻게 처치하였겠습니까? 필경에는 결판을 지어 혈기가 왕성할 때나 다름이 없었으니 신은 흠앙하여 마지않았습니다."라며 사도세자에 대한 처분이 마땅하였음을 고하기도 하였다.

결국 홍봉한은 사도세자의 죽음에 대한 방관자였던 셈이다. 세자의 생모 영빈은 방관자 아닌 방관자였다. 영빈은 혜경궁 홍씨에게 글을 보내, 종사와 세손을 위하여 세자를 포기할 수밖에 없다고 자신의 심정을 밝혔다. 홍씨 또한 방관자 아닌 방관자였다. 세자가 끌려 들어간 휘령전 담 밑으로 사람을 보내 소식을 듣고, 세자의 운명을 직감한 홍씨는 칼을 들어 자결하려 했지만, 주위의 말류로 실패하고 말았다. 휘령전으로 통하는 건복문 밑으로 달려간 그녀가 들을 수 있었던 것은 "아버님, 아버님, 잘못하였습니다. 이제는 하랍시라는 대로 하고 글도 읽고 말씀도 잘 들을 것이니 이리 마소서"라며 울부짖는 남편의 처절한 외침뿐이었다. 결국 그녀가 할 수 있는 것이라고는 담벼락에 기대어 통곡하는 일밖에 없었다.

여기에서 나는 〈역사적 사도세자의 비극〉의 원인에 대하여 살펴보고 싶어진다. 영조와 세자 부자간의 갈등 시초는 성격 차이에서 비롯되었다고 생각된다. 사도세자는 어릴 적부터 공부에는 관심이 없고 칼싸움이나 말타기 같은 놀이에만 열중해 영조의 기대에 어긋남으로써 미움을 사기 시작했다. 그리하여 영조는 세자가 무슨 일을 제멋대로 처리한 것을 흠잡아 크게 노하고 홍역에 걸린 세자를 눈 속에 꿇어앉아 3일간이나 벌을 받게 했다. 또 날이 가물거나 천재지변이 있어도 모두가 세자의 덕이 부족해서 그렇다고 푸

넘을 하였으므로, 세자는 날이 흐리기만 해도 또 꾸중할까봐 걱정할 정도였으니 완전 상극관계였다.

이처럼 부자간의 갈등이 들어서 결국, 훗날 사도세자의 비극을 낳게 되었다고 할 수 있다. 오늘날에도 부모 자식 간에 상극관계로 말미암아 서로가 살상행위까지 범하게 되는 것을 흔히 볼 수 있으니, 화합은 상생을 낳고 불화는 상극을 낳는다는 오행서五行書에서의 상생지리相生之理는 고금을 통해서 살아있다고 해야 하겠다.

이병수

경남 산청 출생. 아호 : 현봉. 월간 「수필문학」 추천. 수필문학추천작가회 및 부산수필문학협회 회장 역임, 한국수필문학가협회 부회장. 저서 : 수필집 《나의 인생 나의 문학》 등 10권. 올해의 수필인상(2013) 등 수상

수필이 나를 부르기에 -제14회 수필의 날 참관기-

이수홍

2014년 7월 11일 경기도 수원시에서 열린 제14회 수필의 날 행사에 참석했다. 내가 수원을 가 본 것은 2010년 겨울이었다. 아내와 함께 권선구에 있는 권선성당에서 있었던 손녀(형님 아들의 딸)결혼식에 폐백음식을 만들어 가지고 갔었다. 그때는 수원시나 수원 화성관광은 생각할 여유가 없었다. 추운 겨울이고 결혼식에 신경을 써야만 했기 때문이었다. 이번에 수필의 날 행사에 참석하여 수원이란 곳이 대단한 도시라는 것을 알았다. 경기도청이 수원에 있는 것도 있을만한 사연이 있어서라는 것을 알았다.

전북 행촌수필문학회에서 수필의 날 행사에 참석한 33명은 우선 점심식사부터 했다. 방화수류정訪花隨柳亭 옆에 있는 연포갈비 집이었다. 갈비탕을 먹었는데 갈비가 크고 맛이 있어서 '마파람에 게 눈 감추듯' 먹었다. 갈비탕 말고 갈비구이를 먹는 사람도 있을 텐데, 이런 정도 갈비탕을 해 내려면 하루에 소1마리 이상을 잡아야 될 것이라는 생각이 들었다. 우리 말고 다른 단체 손님도 방을 차지했고, 개별적으로 온 손님들은 홀에 앉아서 먹고 있었다.

우리는 사전에 예약을 해서 불편 없이 방에서 먹을 수 있었다. 수원의 대표적인 음식이 갈비로 알고, 많은 갈비집이 있다. 특별히 수원이 소 목축업이 유명한 것도 아니고, 옛날에 갈비를 즐겨 먹던 곳도 아니었다. 고 박정희 대통령이 수원에서 모내기를 끝내고 갈비를 맛보고 격찬 한데서부터 수원 갈비가 유명해 졌다. 14시부터 경기중소기업지원센터에서 행사가 있어서 우선 수원화성을 관광했다. 방화수류정을 지나 성곽 길을 올라 창용문 성 밖으로 갔다. 그곳에는 활을 쏘는 사장射場이 있고 화성 관광 안내소가 있었다.

수원하면 한국의 농업을 대표하는 곳으로 알려져 있다. 서울대학교 농과대학이 수원에 위치해 있었다. 지금은 서울 관악산 아래 서울대 본부로 이전 했지만, 서울대 농대가 실습지와 함께 넓게 자리했었다. 일제강점기부터 수원 농업 고등학교가 전국의 농고農高를 대표했고, 한국 농업의 대표적인 도시로 성장했다. 박정희 대통령이 권농일 모내기를 주로 했던 곳도 수원이었고, 금년에 전라북도로 이전하기 전까지는 농촌진흥청도 수원에 있었다. 농촌 진흥청 말고도 농업에 관한 각종 연구소와 농업 작물 시험장이 즐비하다. 서울 근교의 다른 도시와 달리 논밭이 도시의 근간이 되어 사람 밀집 도시로 성장하지 못했다고 한다. 그래도 인구 100만이 넘어, 광역시가 아닌 도시로는 우리나라 최대 도시다.

외국 손님이 우리나라 산업을 시찰하면 꼭 들르는 곳이 수원에 있는 삼성전자고, 그 본 공장이 수원에 있다. 우리나라를 대표하는 삼성전자가 수원 경제의 핵심인데, 삼성전자 벨트가 용인, 화성으로 형성되어 있다. 경부고속도로 기흥 IC가 바로 삼성전자 관문인 셈이다. 삼성전자가 수원에서 더 확장을 중지하고 경남으로 이전한다지만 기존의 삼성 전자 단지는 존속할거라고 한다.

미 공군이 주둔한 오산 비행장이 오산에만 있는 것이 아니라 수원에도 중심 부대가 있고, 수원 오산 간에 활주로가 거대하다. 공군 부대가 수원에 있어 비행기 소음으로 개발이 제한되기도 했다. 수원에 고층빌딩이 없는 것도 비행기의 이착륙으로 고도 제한을 했었다. 현재는 이런 문제가 선거 쟁점이 되어 많은 해결을 보았다고 하나 여전히 진행 중이다. 수원에는 국립보훈원이 있고 보훈 가족을 위한 주거 단지도 있다. 국립 중앙 행정 연수원이 있어 공무원이 연수를 받는 곳이기도 하다.

수원의 행정구역은 네 구가 있는데 팔달구, 장안구, 권선구, 영통구로 국회의원도 넷이다. 월드컵 경기장이 수원에도 있다. 박지성이 수원출신이고 삼성 축구팀이 수원이다. 지난번 야구 10구단 창단이 전주와 경합해 수원에 창단 된 것은 관람객 수가 변수였던 것 같다. 한국 근대 여류화가 나혜석羅蕙錫이 수원 출신이고 보니 나혜석거리가 있다. 수원의 문화 가운데 빼 놓을 수 없는 것이 화장실 문화다. 점잖은 체면에 화장실 이야기를 안 하는 것이 우리네 교양이건만, 화장실은 가장 청결해야 하는 곳으로 1990년대 수원 시장이었던 고 심재덕 씨가 세계화장실 문화 회장으로 향기 나는 화장실을 주창해서 도처에 청결하고 즐거운 화장실 문화를 세계에 알렸다.

무엇보다 수원은 한국의 대표적인 효孝의 도시다. 조선의 대표적인 개혁 군주인 정조의 효성에서 비롯된 효의 유적이 수원의 핵심이다. 도처에 효가 붙은 문화를 볼 수 있다. 한 예로 효원孝園고등학교도 있다. 영조는 아들 사도 세자를 뒤주에 가두고 못질을 해서 굶어 죽게 했다. 정조는 사도 세자의 아들로 영조의 뒤를 이어 왕위에 올랐고, 조선의 대표적인 개혁 군주로 애민 정신과 실학정신의 표상이었다. 그 아버지의 무참한 죽음을 목도目睹한 어린 정조의 심정이 어떠했고, 극심한 당쟁의 회오리 속에서 시아버지에게 남편과 친정아버지를 비롯해서 친정이 무참히 죽임을 당한 사도세자 비 혜경궁 홍씨는 그 한이 어떠했을까. 아들이 왕위에 오르기 까지나 정조의 이야기가 현대에 와서 수많은 소설이나 드라마와 영화화가 되었고, 혜경궁 홍씨의 자전적 이야기『한중록』은 우리나라 내간체 수필문학의 백미로 꼽히고 있다.

역적의 아들이 역적이 되는 것은 조선왕조의 당연한 이치이건만 역적으로 죽임을 당한 사도 세자의 아들 또한 역적이 되어야 하는데, 정조의 할아버지 영조는 손자 정조를 큰 아들인 효장 세자의 아들로 입적했다. 그가 효장세자의 아들이 아니라는 사실은 누구나 알고 있었지만, 조선 역사의 아이러니이다. 많은 고초 끝에 왕위에 오른 정조의 즉위 첫 마디가 "과인은 사도세자의 아들이다"라고 했단다.

　역적의 아들이 국왕이 되었다고 하는 것은 명분상 맞지 않아 정조는 이를 해결하기 위해 아버지 사도세자의 호칭을 장헌세자로 고치고 양주 배봉산에 있던 무덤을 수원에 옮기고 현륭원顯隆園이라 했다. 후대에 장헌세자와 혜경궁 홍씨를 합장한 융릉과, 정조와 그 비를 합장한 건릉이 있는데 융건릉隆健陵이라 부른다.

　정조가 재위 중에 개혁 구상의 핵심이 바로 화성 건설이었고, 화성성역의궤에 화성 건설은 현륭원을 보호하고 화성 행궁을 호위하기 위함이다. 조선 사회의 변혁의 근거지이었고 그 표본의 도시로 만들고자 했던 곳이 수원이다. 일제 강점기에 지은 경찰서와 의료원과 우체국 민가를 허물어뜨리고 그 주변을 정리하여 화성 행궁을 복원했고 수원의 화성은 1997년 유네스코에 세계문화유산으로 등록되었다. 우리가 점심식사를 하고 관람한 북수문(화홍문)은 7개의 수문이 있다. 북수문과 용연 위에 있는 누각은 방화수류정이라고 한다. 방화수류정은 주변의 경개도 뛰어나고 인공호와 호수 안의 섬도 그윽한 운치를 자아낸다. 그리고 북수문 가까이 수원 화성박물관을 세워 화성의 역사와 자취를 보전하고 있다. 수원화성은 우리나라 사람이 관광지로 찾는 일이 근래 일이다. 그러나 중국이나 일본의 단체 관광객을 많이 보게 되는데 방화수류정에 오르면 중국말과 일본말을 자주 듣는다. 제14회 수필의 날 행사를 수원에서 갖게 된 것은 우리 것을 먼저 알고 사랑하자는 뜻

에서 참 의미가 컸다. 행사를 짜임새 있게 잘 했던 것도 이렇게 유명한 수원

이었기에 더 빛이 났다고 생각한다.

이수홍

한국문인협회, 전북문인협회, 영호남수필문학회, 행촌수필문학회 회원
대한문학작가회 회장 역임

수원 여행의 백미
이순자

수필의 날 행사의 일환으로 수원 화성 행궁과 융
건릉, 용주사를 둘러보았다. 차 5대가 서울에서 출발하는데 일찍 입금했기
에 1호차나 2호차에 배정 받지 않을까 했는데 5호차로 배정받았다. 아는 사
람이 없어 좀 낯설었다. 다행히 권 주간의 배려로 3호차에 탑승해서 아는 문
우들과 합류했다. 수원은 아들이 4년 간 살았던 곳인데도 그곳을 가보지 못
해 아쉬워하던 곳이다.

수원 화성 행궁은 정조가 현륭원에 행차할 때마다 임시 거처로 사용하
던 곳으로 1794년부터 1796년 까지 화성이 축성될 당시에 함께 건축한 건
물이다. 평소에는 부사나 유수가 집무하던 곳으로 활용되던 곳이다. 이 건물
은 657칸이나 되고 국내 최대이다. 이곳에는 정조의 어진을 모신 회령전도
있다. 정조는 이곳을 13차례난 방문하시면서 참배기간 동안에는 이곳 화성
행궁에 머무셨다고 한다. 행궁이란 임금께서 이동 중에 머무시는 궁이란 의
미다.

화성은 1789년(정조13)에 정조는 아버지 장현세자(사도세자)의 묘소를 양주에서 수원 화산으로 이장하고 화산에 있던 읍지를 팔달산 밑으로 옮겼으며, 또 94년(정조18)에 화성 성역을 착공하여 96년(정조20)에 완공하였다.

정조는 아버지 장현세자(사도세자)가 참화를 당한 후 왕세손에 책봉되어 영조의 뒤를 이어 즉위 했으며, 선왕의 뜻을 이어 탕평정치를 하였다. 그러나 정치에 뜻이 없어 홍국영에 정치를 맡기고 오직 학문에만 열중하였다. 왕실연구기관인 규장각을 두어 국내의 학자들을 모아 경사를 토론케 하고 서적을 간행케 했다.

정조대왕은 아버지의 억울한 참화를 못 잊어 수원에다 새로 성을 쌓고 소경小京으로 승격시키고 내왕하였다. 수원 화성행궁은 전통적인 축성 방식에 정약용의 과학적인 치밀함과 견고함으로 설계되었으며 최초로 기중기가 사용되어 축성된 성이다.

사도세자와 혜경궁 홍씨를 위해 효심으로 지은 성이기도 하지만 정조의 꿈, 그 꿈을 위해 쌓은 수원 화성이기도 해서 정조가 처음 완공된 수원 화성을 찾을 때의 위엄과 권위를 톡톡히 보여 주었다. 화성 행궁을 둘러보는데 아이들이 '뒤주'를 보며 "이거 너무 한 것 아니야."한다. 이들에게 역사 이야기를 들려주고 싶다.

장현세자는 1749년(영조25)부터 왕을 대신하여 정치를 보살피던 중 갑

자기 악질로 인해 발작적인 광행을 보여주어 왕의 총회 문숙의 등이 대신들과 상의하고 왕께 소를 올려 그 광행을 보고하니 왕은 장현세자를 뒤주에 가두어 굶겨 죽였다. 영조는 뒤에 이를 후회하고 사도라는 시호를 내렸고 아들 정조가 즉위하자 생부인 사도세자를 장현세자로 개칭하였다.

정조대왕능행차 행렬은 지금도 정조대왕능행차도로 남아 있어 오늘까지도 수원 화성에서는 정조대왕능행차 행사를 매년 가을에 재현하고 있다. 올해로 꼭 50주년 맞이한 수원 화성 문화제가 얼마 전 수원에서 성대히 치러졌는데 운 좋게도 그 장면을 화면으로나마 볼 수 있어서 정말 좋았다. 조선 시대 의상과 소품들을 착용하고 최대한 그때의 모습 그대로 재현한다는 것이 멋지고 정말 볼만한 행사였다.

점심 식사를 할 만한 곳이 없어 간단하게 먹었다. 잠깐 휴식을 취하러 누각에 올랐다. 7월의 더위를 잊기에 안성맞춤이었다. 이동하고 싶은 생각이 나지 않았다. 한여름의 문학기행이 힘들다는 생각이 들었다.

세계문화유산이자 조선 왕릉인 화성 융건릉을 산책했다. 효심 어린 영원한 사부곡을 느낄 수 있는 곳이다. 융건릉은 장현세자(사도세자)와 혜경궁 홍씨가 합장된 융릉과 정조와 효의 황후가 합장된 건릉의 줄임말이다. 그곳은 깊은 숲속을 산책하는 듯, 울창한 나무들이 만들어 주는 자연 그늘에서 시원한 바람을 맞으며 힐링할 수 있었다.

아버지에 대한 그리움으로 만든 절 용주사로 갔다. 사천왕문을 지나 용주사 경내로 들어가는 길 양 옆으로 선돌이 줄지어 세워져 있다. 용주사는 비운의 죽음을 맞은 사도세자의 아들인 정조 임금에 의해 중수가 이루어진 원찰이다. 용주사는 신라 문성왕 때 창건되었으나 병자호란 때 소실된 후 폐사되었다. 조선 정조대왕이 아버지 사도세자의 능을 화산으로 옮기면서 절을 다시 일으켜 원찰을 삼은 것이다. 오늘의 문학기행은 역사를 다시 공부할 수 있는 유익한 기회였다.

이순자

「수필과 비평」 등단(1999년), 1941년 중국 베이징 출생,
수상 : 동포 문학상, 한국수필 문학상, 국민훈장 석류장
저서 : 『고운 여자』, 『둥지를 떠날 때』, 『웃음 꽃』 외 공저 다수

이흥수

화성행궁, 효심에 젖다

무르익어 가는 여름 푸름도 한창이다. 수필의 날 행사로 전국에서 모인 수필가들과 함께 수원 화성행궁을 탐방하게 되었다. 대학시절 수업 중에 '한중록'을 공부하면서 조선 후기 왕실의 안타깝고 믿어지지 않는 통한痛恨의 기록들이 늘 마음속 한편에 자리하고 있었다. 몇 해 전 서울서 수지로 이사를 온 후 가끔 북수원 성당을 가면서 먼빛으로만 화성행궁을 바라볼 수 있었다. 정조 임금의 효심이 가득서린 이곳에 꼭 한번 와 보고 싶었다. 화성행궁은 1997년 유네스코 세계유산으로 지정된 수원화성의 중심축이며 사적(478호)이다. 조선22대 정조 임금이 1789년(정조13년) 수원 신읍치 건설 후 팔달산 동쪽 기슭에 수원부 관아와 행궁으로 사용하기위해 세워졌다. 화성행궁은 임금이 궁 밖으로 행차할 때 임시로 머무는 별궁으로 567칸의 정궁正宮을 축소한 형태를 갖추고 있는 국내 최대의 규모로 아름답고 웅장함이 깃들어 있다.

이 행궁은 정조가 부친인 장헌세자(사도세자)가 1762년 영조(38년) 임호화변으로 뒤주 속에서 비극적인 삶을 마감하여 양주 배봉산(현재의 동대문구 휘경동)에 있던 무덤을 당시 최고의 명당이라 평가받던 수원의 화산으로 옮기면서 조성되었다. 1789년(정조13년)에서 1800년(정조24년)까지 11년간 12차례 능행을 거행하며 각종 행사를 치룬 곳이라 한다.

화성행궁의 첫 관문인 신풍루를 지나 유창한 해설가의 설명을 들으며 좌익문과 중앙문을 통과하니 화성 행궁의 정전正殿인 봉수당에 이르렀다. 정면에 보이는 용상과 일월오봉도 병풍이 정조가 거쳐했다는 말에 실감이 났다. 이곳은 정조가 1795년에 어머니 혜경궁홍씨의 회갑연을 베풀었던 효의 상징적인 공간이다. 정조는 어머니의 장수長壽를 기원하며 '만년의 수壽를 받들어 빈다'는 뜻인 봉수당 이라는 당호를 내렸다.

진찬례는 왕실의 종친과 신하들 외에도 많은 일반 백성들까지 참여 시켜 성대하고도 따뜻한 마음을 나누는 자리였다고 한다. 봉수당 뒤편 벽에는 정조대왕의 유명한 행궁 능행반차도가 길고도 자세하게 그려져 있었다. 그 당시의 화려하고도 어마어마한 규모의 행렬에 놀라움을 금치 못했다. 백성들의 생활에 불편함을 배려하여 행차를 꼭 농한기인 1월, 2월에만 거행하였다고 한다.

봉수당 북쪽에 위치한 낙남헌은 정조가 부왕의 능침인 화산 능을 참배하고 돌아가는 길에 휴식을 취하던 곳이다. 정면5칸 측면3칸의 익공계 팔작지붕 건물(경기도 기념물 제65호)이다. 일제 강점기에 화성행궁이 철거될 당시 훼손되지 않고 남아있는 유일한 건축물이다. 넓은 마당을 만들어 여기서 정조는 혜경궁홍씨의 회갑 년을 기념하여 각종행사를 치렀다.

양노연을 베풀어 참석한 노인들에게 각각 비단 한 필씩을 하사 하였으며 노인들의 잔을 올려 장수를 빌었다. 또 이 지방 사람들에게 특별 과거 시험의 기회도 주어 문과 5명 무과 56명 급제자에게 합격증을 수여하였다. 돌이켜보면 화성은 정조에게 선택된 행운의 땅이 아닌가 싶다.

정조임금의 행궁 행차 시 혜경궁 홍씨의 침전으로 사용하던 장락당을 지나니 노래老來당이 나왔다. 정조임금이 늙은 뒤에 돌아오겠다는 의지가 담긴 건물이다. 정조가 장차 순조에게 왕위를 양위하고 노후에 화성에 내려와 어머니를 극진히 모시고 아버지 사도세자의 능침도 참배하며 보내겠다는 생각으로 지어진 건물이다. 아쉽게도 정조는 어머니의 회갑연을 베푼 지 5년 후인 49세의 나이로 어머니 앞에 먼저 가는 불효를 저질렀다는 해설사의 설명을 듣고 어찌나 가슴이 먹먹하던지 한참 동안 감정을 수습하느라 나름대로 애를 먹었다. 행궁 주위에 말없는 고목은 그때의 참담함을 고스란히 지켜보았으리라. 정조가 승하한 후에도 혜경궁홍씨는 효심이 지극했던 정조를 그리워하며 굴곡 많은 궁중생활을 글쓰기로 승화 시킨 '한중록'은 우리국문학사의 중요한 고증이 되고 있다.

정조는 세손 시절부터 신변에 대한 두려움으로 생전에 한 번도 깊은 잠을 청하지 못하였다고 한다. 밤새워 책을 읽으며 학문을 쌓고 마음을 다스렸다. 봄을 지키기 위하여 종일 무예를 익히며 성군이 되기 위해 피눈물 나는 노력을 하였다. 그 보람으로 어머니의 회갑이 되던 해에야 어머니를 모시고 사도세자가 돌아가신 지 32년 만에 현능원에 행차를 하였다. 그 순간 만감이 교차했을 모자母子의 심정을 생각하니 울컥 눈물이 앞을 가렸다. 무엇보다 천륜을 중시하던 조선 시대에 있을 수 없는 고통을 겪으며 살아온 그들은 당 파싸움의 희생양이었다. 과연 우리에게 권력이란 무엇인가? 이백여 년이 지난 지금도 여전히 정치꾼들은 국가와 국민의 이익을 팽개치고 오로지 자기들의 당黨과 자기들의 입장만 주장하며 권모술수를 일삼고 있다. 인류의 영원한 과제일까? 씁쓰레한 마음이 답답해 온다.

일제 강점기의 횡포는 화성행궁도 예외는 아니었다. 행궁의 주 건축물인 봉수당에 의료기관인 자혜의원이 들어서면서 낙남헌 외에는 모든 건물이 훼손되는 아픔을 겪었다. 1975년 화성 복원 결정과 함께 행궁 복원 필요성이 대두되면서 1996년에 화성 축성 200주년을 맞았다.

수원시가 역사 바로 세우기 일환으로 복원 공사를 시작하여 2003년 7월 말 482칸을 복원하여 1단계 공사가 끝났다고 한다. 이어서 10월 9일 화성행궁 21개 건물 중 18개 건물과 정조 영전인 화령전을 복원하여 일반인에게 공개 하고있다.

사방을 둘러보니 풍수를 전혀 모르는 사람이라도 병풍처럼 에워싼 양지

바른 산자락에 고즈넉이 자리 잡은 화성행궁은 명당이 아닐 수 없다. 규모는 정궁보다 작지만 꼭 필요한 건물들이 여러 채 자리 잡고 있어 정조의 세심한 효심의 손길이 구석구석 배어있었다.

　30도를 웃도는 날씨에도 해설가의 설명을 듣느라 많은 인원임에도 주위가 조용하기만 하다. 잠시 타임머신을 타고 조선후기 정조의 마음으로 돌아가 효심에 흠뻑 젖어본 보람 있는 날이었다. 한 자락 시원한 바람과 함께 돌아 나오며 보이는 행궁은 어떤 시련이 닥쳐도 꿋꿋하게 버텨내는 힘을 가진 우리 역사의 산증인이요 효의 본산이다.

이흥수

경북 김천 출생, 동국대학교 국문학과졸업
「문파문학」 수필부문 신인상 당선 등단, 중등학교 교사역임
시계문학회 회원, 문파문인협회 회원

궁이 깨어난다   임금희

조용히 잠들어 있던 궁이 깨어난다. 수원행궁은 전국에서 모인 수필가들의 방문으로 부산스럽다. 입구에서부터 사람들은 눈인사를 나누거나 삼삼오오 모여 시끌벅적하게 주고받는 대화로 활기가 넘친다. 달뜬 마음으로 하루를 시작한다.

오늘 행사는 전국 각지의 수필가들이 만나서 역사탐방과 함께 미래수필문학에 대한 발전을 위해 마련된 '수필의 날'이다. 400명 정도가 모이는 이날, 공식행사에 앞서 행궁을 먼저 들렀다. 그 옛날 조선시대 정조 대왕이 수원을 행차하면서 머물던 곳으로 아버지를 그리는 애틋한 정이 떠올라 마음이 무겁다.

정문 현판에는 '신풍루'라고 쓰여 있는데 커다란 대문이 어서 오라고 두 팔 벌려 맞이하는 듯 눈부시게 환하다. 신풍루는 '국왕의 새로운 고향'이란 뜻으로 정조대왕의 수원 사랑을 여실히 보여주고 있다. 행궁을 들어서니 멀리 팔달산이 보이고 깃발이 화려하다. 저 팔달산을 보며 정조는 자신이 좋아했던 이곳 새로운 고향에서 수많은 계획을 세웠을 것이다.

산을 보며 거닐었고 달을 보며 자신이 꿈꾸는 조선을 그렸을 것이다. 수원화성은 우리의 소중하고 아름다운 문화재이며 유네스코에 등록된 세계문화유산이기도 하다. 행궁을 가운데 두고 넓게 두른 성곽이 소나무 숲 사이로 나지막이 보인다. 예스럽게 단장한 궁이 뜨거운 태양아래 지나간 날의 이야기를 전해준다.

효성이 지극했던 정조는 사도세자의 능인 현륭원을 찾으면서 참배 기간 동안 이곳에서 유숙하였으며 건립당시에는 정궁형태를 이루며 가장 규모가 크고 아름다운 행궁이었다고 한다. 일본 지배 때 민족문화말살정책으로 거의 사라졌다가 백여 년 만에 다시 일부가 복원되었으니 그나마 참으로 다행이다.

화성행궁을 거닐며 고뇌했을 정조를 생각한다. 살얼음판 같은 어린 시절과 아버지의 비참한 죽음을 지켜보아야 했고 왕이 되어서도 신하들의 압박을 견뎌야 했던 아픈 시대의 아쉬움이 가슴에 저려온다. 아직도 정조의 죽음은 많은 의구심을 남겨놓고 있다.

정조의 거중기는 개혁의 상징이었다. 사방이 장벽으로 막혀 있었지만 지혜와 영민함으로 용기를 내어 시작하고 싶었으리라. 새롭고 시대를 앞서가는 개혁을 꿈꾸었지만 사대부들은 그를 넘어뜨렸다. 그는 국력이 강해질 수 있는 꿈을 이루지 못하고 쓰러졌고 우리는 그렇게 후일 일본에 점거당하고 불운한 시기를 거쳤다. 그때 시대를 앞서가는 신문물을 받아들였다면…….

정조는 이곳에 서서 저리도 푸른 하늘을 올려다보며 무수히 많은 생각을 하며 어지러운 정세에 마음 아파하고 자신에게 다가오는 어두운 그림자에 잠 못 이루었을 것이다.

삼백여년이 지난 지금의 세상 속에서 정조를 생각하며 머리 숙여 '황은이 망극하나이다.' 하고 아뢰고 싶다. 어느 때나 개혁은 필요하듯이 나의 개혁은 무엇일까 짚어 본다. 아마도 문학의 길로 들어선 것이리라.

수필의 날 선언문에도 우리는 수필을 통해 다시 태어날 수 있고 가슴에 불꽃을 피울 수 있으며 강과 바다를 찬란히 여울지게 할 수 있다고 했다. 나의 거중기는 글쓰기인가. 높디높은 탑을 세우든 궁궐을 짓든 나는 진화된 거중기를 사용해서 그 무언가를 이룰 수도 있고 녹이 슬고 낡아가게 그냥 방치할 수도 있을 것이다.

수원행궁 누각에 서서 정조를 생각하며 머리를 일깨운다. 수원 화성이 소중한 문화재로 지금처럼 남아 있듯이 과거를 올바르게 기억한다면 정조의 꿈은 현재진행형이 아닐까…….

임금희

『한국수필』신인상 수필부문당선, 한국수필가협회회원, 미래수필회원

호반에 달은 뜨고

전영순

　　　　수원 나들이가 설렌다. 제14회 '수필의 날' 행사가 열리는 곳이 수원이다. 수필가들이 모인 자리에선 향이 나오리란 기대로 간밤 잠을 설쳤다. 화성행궁에 도착한다. 세미나가 열리기 전, 일행은 역사 속으로 발을 옮긴다.

　　국왕의 새로운 고향이라는 뜻의 신풍루를 들어서니 수원을 사랑한 정조의 마음이 흐르고, 무더위는 호기심 뒤로 물러선다. 열 살 되는 해 아버지를 여읜 정조가 사도세자와 어머니 혜경궁 홍씨에 대한 지극한 효심으로 축성된 곳으로 성곽건축의 백미로 꼽는다.

　　건립 시 567칸으로 정궁형태를 이뤄, 규모와 아름다운 면에서 최고라 하였으나 일제의 역사 말살 정책으로 사라졌던 것을 1단계 복원으로 모습을 갖추었다. 아버지 능을 13차례 참배하며 그 기간 동안 이 행궁에서 머문다. 1789년 조선 정조 13년에 건립한 행궁은 1997년에 세계유산에 등재되어 수원의 커다란 보배다. 벽에 그려진 정조대왕 능 행차에 시간이 멈춘다. 숨을 죽이며 행차를 따른다.

화령전의 정조대왕 초상화는 평생 세 차례 그려졌다는데 융복(군복)입은 초상화는 마당에서 시연되는 24기 무예를 내려다보고 있다. 어머니 혜경궁 홍씨의 진찬연을 열던 봉수당의 쪽 바람에 효심이 실리어 온다.

융릉의 원찰인 용주사는 1790년, 팔도에서 시주한 800섬으로 지었는데, 대웅보전낙성식 전날 밤 정조대왕 꿈에 용이 여의주를 물고 승천했다하여 용주사龍珠寺라 했다. 탑에 새겨진 「부모은중경」은 읽는 이의 가슴으로 다시 새겨진다. 석탑 앞마당에 수국은 후세의 정성으로 탐스럽게 핀다.

융릉으로 들어서는데 길가에 곧게 뻗은 소나무 기개가 하늘을 찌르고, 솔 향은 더위로 젖은 옷섶을 말린다. 홍살문을 지나 정자각으로 향하는데 저 멀리 한낮에도 서늘한 융릉이 보인다. 바람 한줄기는 사도세자의 영혼인가.

건릉에 누운 정조는 오늘 아침도 아버지를 뵈러 홍살문을 지났을 게다. 재수 49, 재위 25년동안 만든 규장각, 탕평책, 실학중시로 조선역사의 문예부흥기를 맞는다. 뒤주에 갇힌 아버지의 절규를 감내하며 효성으로 치적을 승화시킨 정조의 뜻을 고스란히 품은 수원은 대학민국 역사의 커다란 축이다. 자족도시로 만들려는 정조의 의지가 녹아있는 선택된 도시 수원이다.

'수필의 날' 세미나가 열리는 영통의 '중소기업지원센타'에 도착한다. 아담하고 잘 다듬어진 건물 안에서, 준비로 분주한 수원 분들의 노고에 고개가 숙여진다. 사람과 사람을 잇는 미래수필의 발전과 방향을 토론하는 자리는 목마른 초보에겐 단비였다. 내 서툰 길을 재촉하는 동안, 성악가와 통키타 그룹 '소리공간'의 화음이 한여름 청량수가 된다. 저녁을 마련한 지하식당의 손님대접은 정갈하고 친절하다.

신선한 포만감을 안고 광교호수로 가는데, 원천저수지가 가슴으로 달려온다. 어린 시절. 먼지 일던 흙길을 탈탈대며 걸었다. 엄마 따라 용인 이모네 갔다가 놀러간 곳이 원천저수지다. 한손엔 주전자를 들고 걷던 길은 얼마나 멀던지. 저수지 풀숲에 솥을 걸어놓고 옹심이를 빚었다. 내 키보다 큰 풀이 간지러워 눕던 뚝방, 물가에서 놓쳐버린 고무신 한 짝이 아슴아슴하다.

세월을 감고 감아 만난 저수지. 옛 모습은 그저 찰박대는 물뿐인데, 광교 신도시를 품은 아름다운 호수공원이 나그네를 반긴다. 어둔 호숫가로 별빛 같은 등이 밝혀지고, 제 몸으로 씻은 바람을 내주는 광교호수의 밤은 황홀하다.

호반 위로 보름달이 휘영청 뜬다. "아하! 오늘이 보름이지" 탄성이 나오는 저마다의 가슴에도 달 하나씩이 안긴다. 우리는 어느 수필가의 별나라 얘기를 들으며 잊지 못할 밤을 가슴으로 쓴다. 왕이 사랑한 수원은, 돌아가는 내게 잃어버린 고무신 한 짝을 슬며시 내민다. 그 밤, 난 천천히 아주 천천히 달을 보냈다.

전영순
현대수필문인회회원

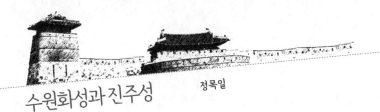

수원화성과 진주성

정목일

우리나라엔 역사유물로서 많은 성城들이 있지만, 한 도시의 상징물이 되고 있는 대표적인 것으로는 수원화성과 진주성을 들 수 있다. 나는 진주 사람으로 진주성을 가슴에 안고 살아왔다. 진주 사람들은 고향을 떠나도, 집안에 진주성과 촉석루 그림이나 사진을 붙여놓고 있음을 본다. 그만큼 태어난 도시의 역사와 영혼에 맥락이 닿아있음을 느낀다.

성城의 이미지는 무엇일까. 전쟁과 평화의 경계선에 놓여있는 공간이다. 생명을 담보로 죽음과 직면해 있는 곳이다. 흥망의 역사와 표정이 생생히 남겨진 곳이다. 결사항전의 처절한 방어와 필사의 공격이 맞부딪치는 전쟁터이다. 평화와 생존을 위한 보호막인 동시에 물러설 수 없는 최후의 보루이기도 하다. 수원화성과 진주성은 역사적인 이미지가 판이하다. 수원화성은 조선조의 부흥기였던 정조시대의 국력을 보여주는 거대한 성곽이다. 당시의 토목기술과 과학으로 이룬 문화의 꽃일 듯싶다.

수원화성은 조선왕조 제22대 정조대왕이 선왕인 영조의 둘째 왕자로 세자에 책봉되었으나 당쟁에 휘말려 왕위에 오르지 못하고 뒤주 속에서 생을 마감한 아버지 사도세자의 능침을 양주 배봉산에서 조선 최대의 명당인 수원의 화산으로 천봉하고 화산부근에 있던 읍치를 수원의 팔달산 아래 지금의 위치로 옮기면서 축성되었다. 수원화성은 정조의 효심이 축성의 근본이 되었을 뿐만 아니라 당쟁에 의한 당파정치 근절과 강력한 왕도정치의 실현을 위한 원대한 정치적 포부가 담긴 정치구상의 중심지로 지어졌다. 수도 남쪽의 국방 요새로 활용하기 위한 것이었다.

수원화성은 규장각 문신 정약용이 동서양의 기술서를 참고하여 만든 성화주략(1793년)을 지침서로 하여, 재상을 지낸 영중추부사 채제공의 총괄 아래 1794년 1월에 착공에 들어가 1796년 9월에 완공되었다. 축성시에 거중기, 녹로 등 신 기재를 특수하게 고안·사용하여 장대한 석재 등을 옮기며 쌓는 데 이용하였다.

중국, 일본 등지에서 찾아볼 수 없는 평산성의 형태로 군사적 방어기능과 상업적 기능을 함께 보유하고 있다. 시설의 기능이 가장 과학적이고 합리적이며, 실용적인 구조로 축성된 동양 성곽의 백미라 할 수 있다.

내가 처음으로 수원화성에 가보고 느낀 감회는 진주에서 태어나 진주성을 보고 자란 탓인지 몰라도, 성城에 대한 상반된 인상으로 다가온다. 수원화성은 조선의 부흥기였던 정조대왕의 효성과 국력의 과시를 보여주는 당당함과 기술력을 드러내고 있다.

진주성은 임진왜란의 참혹한 전쟁터로서 성의 함락으로 말미암아 성 안에서 싸우던, 군軍, 관官, 민民 7만여 명이 몰사沒死한 비극의 현장이다. 수원화성은 조선시대 전성기의 한 상징물로 정조대왕의 효성과 꿈이 깃든 역사의 현장이라면, 진주성은 조선시대 가장 참혹한 전투의 모습을 상기시키는 비극의 현장이다.

수원화성은 임금의 행궁이기도 해서 호화스러움이 느껴지고, 정조대왕의 효성과 당대의 건축술을 통해 국력과 안정감을 보는 듯하다. 진주성은 세계 역사상 유례를 찾아볼 수 없이 한 성의 함락으로 7만의 사람들이 한꺼번에 목숨을 잃은 아픔을 간직한 곳이다. 1593년 유월, 진주 남강은 온통 붉은 피로 물든 강물이 울면서 흘러갔으리라. 진주 시민들은 선조들의 넋을 기리고 그 일을 잊지 않기 위해 해마다 10월이면 남강에 유등을 띄우는 행사를 봉행한다. 수원은 화성을 두고 역사를 논할 수가 없으며, 진주는 진주성을 두고 다른 얘기를 꺼낼 수 없다. 한 도시의 상징적인 역사물, 문화재 정도로만 생각되는 게 아니라, 시민의 정신과 영혼에 닿아있기 때문이다.

수원화성의 주인공이라면 단연 정조대왕일 것이며, 그 행차는 화려하고 성대하였다. 조선의 국력을 과시하는 성과 행궁지로서 손색이 없이 기품과 아름다움이 깃들어 있다. 진주성의 주인공이라면 누구일까. 임진왜란이 일어났던 1592년(선조 25)에는 진주성에서 왜군을 크게 격파했다. 진주는 아군 군량의 보급지라 할 수 있는 전라도로 가는 길목이므로 이곳을 빼앗기게 되면 전라도지방을 방어할 수 없었다. 진주성민은 굳게 뭉쳐 왜군과 치열한 공방전을 벌이며 성을 지켰다. 제1차 진주전투는 임진왜란 3대첩의 하나로 평가되고 있다. 왜군의 제1차 진주성 공방전에서 왜군을 물리친 김시민 장군이 떠오른다.

1593년 6월 제2차 싸움에서 성의 함락으로 끝까지 싸우던 7만의 장병과 백성들이 생명을 잃은 이후, 왜장을 얼싸안고 남강에 몸을 던져 순국한 논개論介가 있다. 7만의 백성들이 흘린 핏자국이 있다. 진주성은 비극의 상징으로만 남아 있는 게 아니다. 한국의 3대 누각인 촉석루의 풍취는 고고하고 절묘한 풍경을 이룬다. 남강 가의 바위 절벽 위 우뚝 선 촉석루는 늠름하고 미려하다. 자연미의 출중함은, 수원화성의 기교미를 넘어선다. 무엇보다 대밭과 진주성 촉석루를 곁에 두고 흐르는 남강의 자태는 자연미의 절정을 느끼게 한다.

옛 성에 오면 민족의 역사와 고난의 세월이 보인다. 물러설 수 없는 경계 선상에 성벽이 쌓여 있다. 수원 화성은 반듯하고 당당한 아름다움을 과시하면서 여유, 휴식, 평온을 느끼게 하지만, 진주성에선 벼랑 끝에서 나라를 위해 죽음을 택했던 7만 백성들의 함성이 들려오는 듯하다. 성城을 보면 전쟁과 평화, 삶과 죽음이 함께 있음을 느낀다. 역사유적으로 남아 있는 성城들은 평화와 자유를 수호하는 상징물이 되어 역사의 교훈을 가르쳐주고 있다.

정목일

1975년 「월간문학」 수필 등단, 1976년 「현대문학」 수필 천료
한국수필가협회이사장, 한국문인협회 부이사장, 연세대학미래교육원 수필 지도교수
롯데백화점 본점 수필 지도교수, 한국문인협회 수필교실 지도교수
수상 : 한국문학상, 조경희문학상, 원종린문학상, 흑구문학상, 남촌수필문학상 등
저서 : 수필 「남강부근의 겨울나무」, 「한국의 영혼」, 「별이 되어 풀꽃이 되어」, 「달빛고요」 등 20여 권
E-mail : namuhae@hanmail.net

정일상

전설이 깃든 효원孝園인 수원과 그 유적

전설의 華城과 孝園의 고장이야기 1

나는 수원 가는 길에 차를 세우고 지지대遲遲臺고개에서 가끔 커피 한 잔을 마시고 간다. 오늘도 또 들렀다. 며칠 전 한국문인협회 지연희 수필분과회장님께서 『수필의 날』행사로 수원 다녀 온 수필 한편을 써 달라는 청탁을 받고 골돌이 생각하는 시간을 가질 수 있었다. 수원은 옛날부터의 여러 전설들이 깃든 사건들과 이 길에 서린 글을 한편 쓰자고 무릎을 치며 일어섰다. 그리고 핸들을 잡고 목적지로 향해 달리면서 생각한다. 역사가 깃든 이 고개를 넘으면서 수원과 화성지역에 깃든 전설과 실화를 떠 올려본다.

수원시내에 들려면 지지대遲遲臺고개와 수원성곽 등을 꼭 지나야 한다. 그래서 수원의 성곽이나 지지대에서 쉬었다 오거나 수원 언저리의 유적들을 자주 들려보고 유적들의 모양과 그에 서린 역사와 풍물을 자주 대하곤 했는데 그 중에서도 자기 아버지를 기리는 역사유물과 유적으로 이름난 지지대와 옛날 華城(지금은 水原이라 함)이 변천한 사실에 생각이 머물게 되었다. 옛날 화성을 '꽃뫼'라 불리었고 한자로 華山 또는 花山이었으며, 그 이후 변화된 이름이 華城(화성)이다. 이 옛 華山에 얽힌 전설로써 이곳에 어느 한 어부가 살았다고 한다.

일찍이 홀아비가 된 어부가 외롭게 살아가다 어느 날 바다에 나갔다가 물에 빠져 허우적거리는 여인을 구출했다. 어부가 구해 준 여인은 놀랍게도 이 지상의 온갖 꽃을 주관하는 선녀라는 고백을 받았다. 이 선녀는 바닷가 벼랑 끝에 매달려서 시들어 가는 꽃나무들을 살리려다 그만 실족해 낭떠러지에서 떨어져 죽음 직전에 선녀를 구조한 것이 그 어부와 만나게 된 동기이었다. 외로운 홀아비에게 기회의 여신이 안겨 준 축복이요 행운이었다. 선녀는 그 은혜에 보답하기 위해 어부와 딱 일 년 동안 동거하기로 약속하고 화산 중턱에 새로운 보금자리를 마련한 후 꿈같은 신혼의 세월을 보냈다.

꽃을 관장하는 선녀이기에 그들이 사는 집 주변과 산야는 온갖 기화요초琪花瑤草로 변했을 뿐 아니라 일 년 내내 꽃을 피우고 있었다. 그렇게 사는 동안 어머니를 꼭 빼닮은 화심花心이라는 딸이 태어나 무럭무럭 자라고 있었고 1년이란 약속기간이 되자 선녀는 하늘로 날아 올라가버렸다.

그 후 어부는 오로지 딸 화심만을 의지해 살고 있었으나 딸이 성장해 출가할 나이가 되자 미모의 딸을 탐하여 구혼자들이 줄을 이었으나 화심은 지극히 사랑하고 존경하는 병든 아버지를 두고 시집을 갈 수 없었다. 그 때 구혼자 중에는 고을의 부사府使도 끼어 있었는데 그가 구혼했으나 거절당하자 앙심을 품고 부사가 그 죄를 물어 화심은 부사에 끌려가 참수당하는 신세가 되고 말았다.

하늘에서 화심을 낳은 선녀가 내려다 봤을까? 화심을 처형하는 장면은 여느 사형수와는 완전히 다른 광경이 펼쳐졌다. 망나니의 칼이 화심의 목을 치는 순간 화심의 몸뚱이는 하늘로 치솟았고, 그 순간 그녀는 목청껏 '아버지'라 외쳐 불렀다. 효녀의 절규였다. 그녀의 절규는 마디마디 피가 꽃이 되어 튀었고, 그 피들은 그대로 새빨간 꽃비가 되어 땅 위로 흩어졌다. 이처럼 화심이 칼을 맞을 때 그녀의 몸은 선녀 어머니가 승천할 때처럼 하늘로 솟아 올라갔는데 지상에 흩어진 꽃비는 그 옛날 아버지가 선녀 어머니를 구할 때 그녀의 머리에 꽂혀 있던 바로 그 꽃이라 했다. 참으로 불가사의한 조화였다.

딸이 처형됐다는 소식을 들은 아비가 딸의 시신을 수습하러 갔으나 시체는 찾을 수 없고 오로지 시신대신 흩어진 꽃잎들을 수습하여 그의 오두막집 옆에 고이 묻어 주었다. 그리고 언제나 무덤에는 그 빨간 꽃이 늘 피어났고 그 꽃비가 쌓여 만들어진 무덤, 그 꽃 뫼를 후세 사람들은 화산花山이라 일컬었다.

花와 華는 서로 통하는 글자이고, 훗날 이 지역의 인구가 늘어 이 화산에 나라임금 정조가 성城을 쌓으니 물골 수원의 본고장인 지금의 華城이 되었다는 이야기다.

그런가하면 이 화산에는 아버지를 부르던 절규가 꽃비가 되고 그 꽃비가 쌓여 이루어진 꽃 뫼 외에 또 하나의 아버지를 못 잊어 몸부림치던 흔적을 또 찾을 수 있다. 아버지를 기리고 섬김 역사의 끈이 이어내리는 대역사가 아닐 수 없다. 그 역사役事는 바로 아버지를 못 잊고 기리기 위해 이룬 그 흔적은 정조가 이뤄놓은 화성성곽이고 행궁이며 그 외 여러 흔적과 유적들이다.

正祖의 孝行과 孝園의 흔적 2

조선조 정조대왕正祖大王과 사도세자思悼世子의 두 왕릉이 수원에서 병점을 거쳐 발안으로 향하는 화산 중턱에 사도세자의 내외를 합장한 융릉隆陵과 그의 아들인 정조부부를 합장한 건릉健陵이 나란히 조성돼 있다. 꽃다운 27살의 나이에 뒤주 속에서 굶어 죽어 간 아버지의 최후를 불과 나이 12살 때 이를 지켜본 정조는 즉위하자마자 선친인 사도세자의 묘墓를 이 화산으로 옮기고 해마다 능참陵參 길에 오르곤 했다는 기록과 이 갸륵한 아버지에 대한 효심을 표출했던 일을 기려 지금도 수원시에서는 해마다 수원화성문화축제를 열어 정조대왕 능 행차 행사를 문화행사로 시연하고 있다.

수필문학행사의 첫째 날은 서울에서 단체로 출발한 버스로 수원에 도착하자마자 화성華城 성곽城郭을 두루 살피고 오후엔 수필에 관한 깊이와 수필이란 글을 어떻게 쓰고 어떤 마음자세로 글을 쓰며 미래 수필문학의 방향성에 대한 진솔한 세미나를 개최했는데 참으로 유익한 시간들이었다. 그리고 밤에는 여흥도 곁들여져 전국에서 모인 수필가들의 사교장이 되었음은 두고두고 기억에 남을 금자탑이었다고 지적하고 싶다.

둘째 날, 아침나절부터 수원의 명승지요 부덕父德과 패덕悖德의 현장을 가르치는 정조대왕이 조성해 둔 유적지로 행했다. 이곳은 보통 부왕을 기리는 효원孝園으로 알려지고 있으며 그와 동시에 정조의 할아버지인 영조의 그늘도 자연히 부각되는 곳이다. 하여간 그곳은 화성행궁이었고 곧 이어 융건릉을 참배했다. 내 경우는 두 번 가본적이 있었지만 그땐 크게 관심을 두지 않고 그저 관광만 했던 기억이 났지만 이번만은 좀 더 그 세워지고 조성한 뜻들을 마음에 새기면서 가능한 한 하나하나 뜯어보는 기회가 되어 좋았다.

정조는 아버지의 무덤인 융릉 주변을 온통 꽃으로 장식하였는데 그 뜻은 아버지의 영혼을 달래기 위함이고 생시에 누리지 못한 한을 달래고 내세의 평안을 기원하는 마음에서이었다 하니 정조의 아버지에 대한 효심을 알만도 하다. 결코 이 고장의 이름인 華城(화성)이나 花山(화산)과 무관치 않은 정조의 행동양식으로 보인다. 그리고 왕궁에서 능행길에 꼭 넘어야 했던 지지대遲遲臺고개의 지명이 생긴 유래도 이 정조의 아버지 능참해사로 인해 붙여진 이름이고, 고개 밑 노송지대에서의 일화는 아버지를 위하는 정조의 효심을 잘 대변해 주고 있다. 즉 지금도 노송들이 남아 있기도 하지만 한때 소나무 숲에 송충이 들끓었을 때 정조는 그 중 한 마리를 잡아 씹으면서 이렇게 진노했다고 한다.

"네 놈들이 아무리 미물이라고 하나 어버이를 위하는 과인의 충정을 이다지도 좀 먹고 모른단 말인가!" 그 이후 이 나랏님의 효심에 하늘과 땅 위 나는 짐승이 감동했음인지 이 같은 임금의 송충벌레 잡아먹은 일이 있고 난 뒤 난

데없이 까마귀 떼가 몰려와 송충이 떼를 모조리 잡아먹어 능행길은 눈물겨운 효행 길이었다고 전하고 있다.

어디 그 뿐이 아니라 능참 행사에 나서 시흥을 지나 화산이 보이는 고개에 이르면 정조는 일러 말하기를 "걸음이 왜 이다지 더디냐?"라며 행군을 재촉했고 또 환궁할 때는 "제발 좀 천천히 가자"며 수십 번이나 선친의 유택을 되돌아보곤 했다는 곳이 바로 그 곳이 지금의 遲遲臺이다. 그리고 선친의 내세 평안을 기원한다는 만안교萬安橋도 정조의 효행길이 남긴 흔적들이다. 역사의 흔적으로 아버지를 기려 전설과 실화가 남긴 효행사적이 된 이 지역에 '아버지'를 주제로 오늘을 살아가는 우리들에게 커다란 교훈을 던져주어 영원히 기리고 싶은 것들이다. 아무튼 수원이라는 도시는 孝園(효원)의 성곽 도시로 전설과 아름다운 사실을 간직하면서 이 시대에 사는 젊은이들이 아버지의 존재를 한 번 더 되새겨보게 했으면 한다.

正祖가 造成한 行宮과 遺跡 3

행궁은 왕이 궁궐을 벗어나 머무는 곳인데 화성행궁은 여러 행궁 중에서도 그 규모가 가장 크다. 이 행궁은 화성의 부속물로 1786년 정조 20년에 576칸으로 건립하였다. 정조가 부왕 장조(莊祖-思悼世子)의 능을 참배키 위해 오고 갈 때 쉬어갔던 곳으로 매년 선왕의 묘를 참배하면서 스스로는 정치적 이상을 재정비하고, 한편 자신만의 꿈을 다짐하였던 곳이라 생각된다. 이 정조의 행궁은 백성들 위에 군림한 공간이 아니라 백성들과 함께 했던 공간의 의미가 더욱 커 그가 꿈을 꾸었으며 어떤 일들을 실천했는가가 더욱 중요하다 하겠다.

이 행궁 입구에 신풍루新豐樓가 대문 역할을 한다. 이 풍루 현판의 의미는 '새로운 황제의 시대를 여는 곳'이라는 뜻으로 이름을 지었다고 한다. 사대주의에 젖어있던 조선 역사에서 가장 주체적이면서 가장 당당하게 조선만의 역사를 이룩하고자 했던 의지와 스스로 황제라 칭하며 중국과 대등하고자 했던 뜻을 이곳 입구에서부터 그 의미를 찾아볼 수 있다. 그리고 신풍루 입구의 넓은 공간은 정조왕이 수원에 도착하면 반드시 행했던 일은 이 지역 백성들을 대상으로 한 문무文武과 별시別試를 거행하여 서인들까지 등용의 문을 열어주었다는 것은 민주정신의 효시라 아니할 수 없다.

또한 어려운 백성들에게 직접 구호미를 나누어 주는 장소이었다 한다. 임금의 얼굴을 직접 대면하면서 쌀을 받아 가면서 감격했을 그 때의 백성들의 웃음 띤 얼굴이 환하게 떠오른다. 때로는 죽을 끓여 나누어주기도 했는데 이 때는 반드시 직접 먼저 드셔보았다고 한다. 혹시 관원들이 대충 맛없는 죽을 끓일까 염려하여 직접 먹어보고 난 후 백성들에게 나눠 주라고 명을 내릴 정도였다고 하니 그 배려심이야말로 진정한 왕으로서 손수 실천한 지도자의 진솔한 덕목을 엿볼 수 있다. 이곳을 방문한 그날, 정조의 따뜻한 마음이 느껴지는 이 넓은 공간 뜰에선 전통무예의 시범연기가 진행되고 있었다. 나는 이 순간들의 기예를 카메라에 열심히 담았다.

내원 깊숙이 들어가니 대장금 드라마를 찍고 주인공들의 사진과 나인들의 의상을 입은 채 전시되어 있는 곳엔 정조의 이상보다 더 많은 관심과 조명을 받았던 드라마의 힘을 느낄 수 있었다. 그리고 정조의 능참 행렬을 그린 그림이 붙여져 있는데 이를 본 우리는 이 광경을 보고 놀라움을 감추지 못했다. 너무나 당당하고 엄청난 규모이기도 하지만 그 당시의 왕권王權의 권위와 위세가 얼마나 컸는지를 가늠하고도 남을 행렬이었다. 감탄사가 절로 터져 나온다.

　　봉수당奉壽堂건물이 위용 당당히 서 있는 문에 든다. 이곳은 정조가 어머니인 혜경궁을 위해 잔치를 열었던 곳이다. 그 당시만 해도 남녀가 유별하여 결코 남녀가 같은 공간 한자리에선 함께 먹고 잔치 같은 것은 꿈에도 꿀 수 없던 시절이었음에도 불구하고 혜경궁의 환갑잔치를 이곳에서 치렀는데 조선왕조가 탄생한 이후 처음으로 남녀가 모두 모인 한자리에서 잔치를 베풀었다고 하는 역사적 의미는 비로소 새로운 변화가 시작되는 근대의 시작과 의식 변화를 창출한 공간이었다는 생각이 든다. 새로운 개명開明의 역사를 이루어 나간 첫 발걸음으로 간주된다. 그리고 그 잔치에서는 악기나 음악이나 그 어떤 놀이에서도 중국의 색깔이 드러나는 것을 엄격하게 금지하였다고 하니 이 또한 정조의 철저한 자주의지를 읽을 수 있다. 그리고 퇴위 후 수원에서의 노후를 꿈꾸며 행궁안에 노래당老來堂을 지었으나 갑작스러운 죽음으로 뜻을 이루지 못했던 아쉬움 또한 전하고 있다.

　　여러 건물마다 현판이 걸려 있는데 그 중에서도 득중정得中亭에 눈길이 새

삼스러이 간다. 정조임금이 활쏘기를 즐겨해 이 행궁에까지 활 쏘는 장소를 만들었다 함은 그 당시의 강군 계획실행에 골몰했고 힘을 기르려는 대단했던 왕의 솔선의지가 엿보인다. 사실 정조임금은 정치는 물론 풍수지리, 문화, 무예, 예술, 학문, 백성을 아우르는 이해심과 아끼는 마음 등 그 어느 것 하나 부족하거나 모자람이 없었던 완벽한 리더십을 가진 강건한 왕이었음을 증명해 보이고 있다.

하나의 에피소드로서 활을 쏠 때 49발을 쏜 후 한발을 남겼던 속내를 읽어 보면 진정 대단한 자부심까지 지닌 진정한 대왕이었다는 생각이 더욱 마음에 여운을 남긴다. 황제는 하늘에서 인정한 존재라는 뜻으로 활을 쏠 때 한발만은 이미 빼 놓고 49발만을 쏘는 것이 황제의 관례였다 하니 아마도 그러한 자부심이 드러나 보인다. 또한 정조는 시가문장에도 능해 자신의 문집인 홍재전서弘齋全書도 완성해 됐다고 하니 놀랍고, 명색이 문인으로서 언젠가는 이 문집을 접해보고자 하는 간절한 마음이 인다. 겸하여 혜경궁 홍씨가 쓴 한중록閑中錄 또한 뒤져보고 싶다.

정조께서는 아버지 사도세자의 묘소를 현륭원(現 융,건릉)으로 이장하면서 신도시를 건설하고 성곽을 축조했으며 1790년에서 1795년(정조 1419년)에 이르기까지 서울에서 수원에 이르는 중요 경유지에 과천행궁, 안양행궁, 사근참행궁, 시흥행궁, 안산행궁, 화성행궁 등을 설치하였다하니 놀랍고 지금은 그 흔적들은 거의 없어지고 일부 남아있거나 다만 표지판만 서 있을 뿐이며 온전히 남은 것은 이 화성행궁 뿐이다.

정조는 비명에 죽은 아버지에 대한 복수와 예우문제에도 고심하였음을 알 수 있다. 외조부 홍봉한이 노론 세도가로서 아버지의 죽음과 깊이 관련되었지만, 홀로 된 어머니를 생각해 사면해야 하는 갈등을 겪었다. 따라서 극도로 갈등을 겪었던 당쟁을 없애기 위해 탕평책을 씀으로써 정치적 통합을 이뤄 민심을 수습하고, 그 밖에 규장각奎章閣을 세워 서얼출신도 채용하였다. 아버지를 장헌세자莊獻世子로 추존하였고, 양주 배봉산 아래에 있던 장헌세자의 묘를 수원 화산 아래로 이장해 현륭원이라 했다가 다시 융릉으로 격을 높였고, 용주사를 세워 원찰로 삼았다.

정조는 아버지 사도세자의 복권을 위해 노력하면서 화성의 성곽과 도시의 조성은 정조의 효심과 정치적 전술, 경제적 성장 동력을 위한 국가적 프로젝트였음은 그의 치적 중에서 간과해서는 안 될 것으로 여긴다. 우리나라 성곽건축의 백미라 할 수 있는 이 성은 세계문화유산으로 1997년에 등재되었다. 위대한 문화유산이다.

우리 일행은 이곳들을 두루 살피고 수필의 날 행사와 관광의 일정을 마무리 했다. "수필의 역사를 짓다"란 슬로건하에 참여한 그날들의 일정들은 참으로 유익한 시간들이었다. 내년에는 바라건대 보다 더 유익한 시간들과 짜임새로 참여할 기회를 가졌으면 하고 희망해 본다.

靑岩 정일상

재정경제부(전경제기획원) 근무. 배화여자대학교·성균관대학교 교수. 민족화합 민주화운동본부 사무총장,(사)한국환경·야생동물보전협회 회장,대구세계애견산업엑스포 조직위원회 조직위원장,국제경제전략연구소 상임고문(현), (사)한국문인협회 회원(현),남북문화교류위원(현),한하운기념사업회(문학회) 이사장(현),문학회 계간지 『보리피리』 발행인(현),한맥문학회, 신문예문학회, 불교문학회 등 참여(현),2013년 서울스포츠신문 이노베이션 대상수상,동아일보 글로벌리더 문학부문 대상수상(2014),나라사랑 국가보훈문학상 최우수상수상(2014),신문예문학상, 허균·허난설헌문학상, 매월당문학상, 불교문학상 외 다수

방화수류정

한 그리움의 가닥
최원현

사람들은 이상스레 지나간 것들에 목마름 같은 향수를 느낀다. 내게 수원은 그런 향수의 한 가닥 그리움이다. 그러니까 1978년 내가 근무하던 회사가 수원 근교로 이전하면서 나도 따라 내려갈 수밖에 없었다. 나는 생각잖게 수원시민이 되었다. 거기서 5년을 살면서 작은아이가 태어났다. 83년 그곳을 떠나기까지 큰아이는 초등학생이 되었지만 우리 가족은 그곳에서 상당히 어려운 시기를 지냈다. 우선 집 문제가 송사에 걸려 큰 어려움을 겪었고 전체적인 경제 불황으로 몇 달을 월급 대신 생산된 제품을 받기도 했다. 그런데 그 때 같이 살았던 이웃들이 지금에도 생각난다.

사람은 행복하다고 생각했던 때보다도 어려웠던 때가 더 오래 기억에 남는다고 하더니 그런 것 같다. 바로 옆집의 시범네, 동수 형, 정아네도 생각난다. 아주 작은 새로운 것이 생겨도 문을 두드리며 나누던 때, 그래서인지 많은 세월이 흘렀음에도 그들이 잊어지지 않는다.

직장을 옮겨 한 1년여를 수원에서 서울로 출퇴근을 했었다. 그리 먼 거리가 아니련만 서울과 수원은 많이 달랐다. 수원 깍쟁이란 말이 그냥 있는 것이 아니었다. 소비도시인 때문이었다. 수원에 내려갔던 첫해 우린 김장을 못했다. 서울에서처럼 아무 때라도 김장감을 어디서든 살 수 있을 것으로 생각했는데 수원은 서울과 달리 중간 기착지가 되어 모든 게 서울로 올라가기 때문에 그 중간인 수원엔 잠깐 얼마씩 김장시장이 열렸다. 그때를 맞춰 김장을 해야 했는데 서울보다 비싸기도 하여 머뭇머뭇 하는 사이에 그 때를 놓치고 만 것이다. 결국 그 해는 여러 집 김장독을 축내는 수밖에 없었다.

수원시 세류동, 내가 수원에 살았던 곳이다. 집을 나서 통근버스로 출근을 했던 수원생활은 거의 대부분의 삶을 서울에서 살았던 내게 유일하게 서울 아닌 곳의 삶의 정착지였다. 그래서인지 완전한 정착지가 되지 못했음에도 집을 나서며 오르내리던 언덕길이며 골목길 그리고 시장통 길들이 아직도 눈에 선하다. 얼마 전 마침 수원을 지나갈 일이 생겨 그때의 기억을 찾아 그곳엘 가보았다. 헌데 내 기억은 이미 아무런 정보도 될 수가 없었다. 이쯤일 것이라고 생각되는 곳엔 전혀 그렇지 않다고 도리질을 치고 있는 아이의 모습으로 생경함 그 자체였다.

돌아 나오면서 안타까움에 자꾸 뒤가 돌아다봐졌지만 기억은 거기까지였다. 하지만 난 그 기억을 오래도록 놓치지 않을 것이다. 어쩌면 내 인생에서 가장 힘들었을 때였을지도 모를 그때 그곳을 오르내리고 오고가던 나의 발자국이 어디에건 남아 있을 것 같기 때문이다. 나보다도 아내의 인생에 가장 힘들었던 때이기도 했을 그곳을 결코 잊을 수 없다. 그래도 아이와 함께 화서공원에서 백일장에 참석했던 일이며 팔달산에 올라 시내를 내려다보던 일이며 함께 살다 헤어진 이웃들까지 유난히 기억이 선명한 수원생활은 그래서 그리움의 자락이 되고 있다.

1997년 세계문화유산으로 지정된 수원화성(사적3호)을 비롯 동장대 연무대. 행궁 등 수원은 이제 세계인들이 주목하는 곳이 되었다. 도청 소재지가 있는 곳일 뿐 아니라 수원시향 등 문화의 꽃이 활짝 피어 예술적 품위가 느껴지는 곳이다. 중간 기착지가 아니라 통해야만 하는 곳으로의 수원은 사람과 사람, 문화와 문화, 삶과 삶을 이어가는 교두보의 도시가 되었다. 그러나 그런 좋아짐 속에서도 난 어려웠던 때의 수원이 그립다. 사람이 그립고 그 사람들의 냄새가 그립고 그때의 골목이 그립고 그때의 삶이 그립다. 어려웠던 한 때, 그러나 내 인생에 새로운 출발과 다짐을 갖지 않을 수 없게 했던 수원, 그래서 지금도 그리움 가득 수원을 생각하게 된다. 수원은 나에겐 내 삶의 그리움 한 자락이다.

최원현

《한국수필》에 수필 《조선문학》으로 문학평론 등단. 한국수필창작문예원장. 강남문인협회 회장. 사)한국문인협회·사)국제펜한국본부 이사. 사)한국수필가협회 감사. 한국수필문학상·동포문학상대상·현대수필문학상·구름카페문학상 수상, 수필집 《날마다 좋은 날》, 《오렌지색 모자를 쓴 도시》 등 13권. 중학교 교과서 《국어1》《도덕2》및 여러 교재에 수필 작품이 실려 있다

14회 수필의 날, 첫 나들이

한기정

수필 공부를 시작한 지 5년 만에 '수필의 날' 행사에 참석했다. 조금 게으르다. 매년 이러저러한 일이 겹쳐 참석치 못했다. 변명일 수도 있다. 대절 버스 다섯 대를 보는 순간 준비위원들의 노고가 한 눈에 보인다. 해는 정수리를 쪼고 양산도 부채도 허망하다. 차려입은 블라우스는 땀에 전다. 날씨는 저 혼자 즐거워 우리들 편이 아니다.

버스 창으로 깔끔한 도시가 스쳐 지나고 오랜 유적지들을 수박 겉핥기로 보는 것이 아쉽다. 예전에 들렀던 수원은 다른 도시였던 듯싶고 선선한 젊은 시장까지 마음에 든다. 음식점을 찾아 서성이며 70년대 일본 관광객처럼 우르르 몰려다니는 우리가 촌스럽지만 다수 속에서 무명자無名者로 숨어 지내는 것도 재미있다. 나무그늘에 서서 무술연기를 보는 것도 즐겁고 낯선 곳에서 글벗들과 수다 떠는 것도 특별하다.

아무래도 다 좋다. 오랜만의 나들이니까. 세미나에 대한 기대가 컸다. 문

한기정

243

학 전공자가 아니라서 더 기대가 컸는지도 모른다. 수필에 관한 체계적 지식을 얻는 계기가 되고 앞으로 쓸 작품의 방향에 고민을 던져줄 수 있기를 바랐다.

미흡했다. '토론'이라는 형식을 빌렸지만 살아있는 토론이 되지 못한다. 형식을 갖추기 위해 각본을 짜 맞춘 퍼포먼스를 보는 듯하다. 단상은 진짜배기가 아니고 단하에는 뜨거운 피가 없다. 그나마 단상에서는 문제제기를 촉구하는데 단하의 회원들은 뜨악하다.

절실하지가 않다. 보여주기 식 구성보다는 차라리 고전적 방식을 선택, 강의를 듣고 청중의 질의를 받으면 어땠을까. 함께 미래의 수필과 수필가들의 진지한 자기연마를 유도하는 시간이면 어땠을까. 진지함을 양식 삼았으면 어땠을까. 급작스러운 수필가의 양적팽창은 오히려 좋은 작품을 만나기 어렵고 아이러니하게도 수필가라고 자신을 소개하기가 조심스럽다. 단지 희소가치가 떨어져서가 아니라 타인들의 평가가 더 솔직하다는데 동의하기 때문이다.

타인의 시선에서 자유롭지 못한 소심함이 문제인가. 작가적 자기 확신이 부족 탓인가. 문학계나 대중에게 나아갈 방향에 고민하지 않는 수필계의 안일을 솔직히 들여다보는 계기가 되었으면 하는 것은 지나친 기대인가. 업수이 여긴다고 분개할 것이 아니라 업수이 여김을 받지 않도록 자기무장을 해야 한다는 것은 발칙한가. 나만의 굿판, 나만의 도취를 경계해야한다고 말하는 것이 자기최면의 상태를 뒤흔드는 반역인가.

어느 시대나 아방가르드는 존재하고 소수의 예언자들이 시대를 주도하며 또 다른 아방가르드를 낳는 법이다. 그것이 역사의 생리다. 그리고 방향성이다. 아방가르드를 표방하는 것이 아니라 작품에 대한 성찰과 새로운 세상으로의 목마름이 수필계의 진정한 아방가르드를 이루지 않겠는가, 자연스럽게 아방가르드해지지 않겠는가.

'수필의 날'에 대한 색깔을 잘못 이해한 탓인가.

'수필의 날'의 취지가 수필가라는 이름으로 불리는 사람들의 친목임을 모르는 탓인가. 친목이란 그저 웃고 떠드는 것인가. 이 불평들이 지루하고 과도한 진지함 때문에 벌어진 것인가. 동의할 수 없다면 어리석은 열정으로 보고, 깊은 용서를 구한다. 또한 좋은 수필에 대한, 호의적 시선으로 대접받는 수필가에 대한 욕망에서 비롯된 애정으로 읽어주기 바란다. 뭐라 해도 여러 분들께 감사하는 마음은 변할 수 없다. 내게 「수필가」라는 꽃 같은 이름을 주었으므로.

한기정

한국문인협회회원, 2011년 현대수필 신인문학상 당선 등단, 이화여자대학교 특수교육과 졸업(문학사)/이화여자대학교 대학원 교육학과 졸업(문학석사)/단국대학교 대학원 교육학과 졸업(교육학 박사), 이화여자대학교 이화문학회 수필부장/서초수필문학회 회원/현대수필문학회 회원
수상 : 2009년 송파문인협회 제 1회 한성백제 백일장금상
저서 : 수필집 「어찌 지내십니까」

역사가 숨 쉬는 문화예술의 도시   한향순

　　　수원 하면 제일 먼저 유네스코 세계문화유산으로 지정된 화성華城이 떠오른다. 조선시대 정조의 역작이라고 할 수 있는 수원 화성은 우리 건축문화의 자랑이자 자부심이다. 수원 화성에는 정조가 아버지 사도세자를 기리기 위해 건립한 묘인 현륭원에 행차할 때 임시 거처로 사용하던 화성행궁이 있다.

　　그 어느 행궁보다 크고 웅장했던 화성행궁은 이제 수원을 찾는 관광객들의 중심이 되었고, 정조대왕의 개혁사상과 실학정신이 배어 있는 곳이다. 그리고 수원은 무엇보다 문화가 꽃피우는 예술의 도시이다. 10여 년 전, 우리 집이 수원의 접경지역인 용인 수지로 이사를 오면서 수원과는 뗄 수 없는 가까운 인연을 맺게 되었다.

　　쇼핑센터나 전시장, 공연장을 갈 때 행정기관이 있는 용인 구 시가지로 가는 것보다 훨씬 가까운 수원으로 가서 이용하기 때문이었다. 그러다가 오륙년 전부터 사진공부를 하면서 화성행궁이나 방화수류정, 장안문과 연무대 등으로 자주 촬영을 다니게 되었다. 계절이 바뀔 때마다 역사의 숨결이 배어있는 화성의 풍경들을 촬영하다보니 그만큼 익숙해지고 아는 만큼 보인다는 말처럼 화성과 정이 들게 되었다.

더구나 해마다 10월이 되면 열리는 수원화성문화제는 전국적으로 잘 알려진 유명한 축제가 되었다. 210여 년 전 정조대왕께서 개혁정신과 당대 과학기술을 집대성하여 축성한 세계문화유산인 수원화성의 역사적 의미와 우수성을 널리 알리기 위해 다양한 문화행사 프로그램을 마련하여 내방객과 함께 한바탕 축제의 장을 펼친다.

수원화성문화제는 정조대왕이 수원성을 축조하고, 아버지 사도세자의 묘인 융건릉을 찾으면서 벌어지는 문화행사와 시민축제로 나뉘어서 진행된다. 문화행사는 화성을 중심으로, 정조대왕을 맞으며 벌이는 궁중다례의식을 시작으로 정조대왕 능 행차, 혜경궁 홍씨 진찬연, 정조대왕 친림 과거시험 및 야간군사훈련과 깃발전 등을 연다. 그밖에도 시민과 어린이를 위한 다양한 체험행사와 문화행사가 있다.

수원에는 사진 찍기 좋은 명소가 많은데, 화성행궁을 등지고 섰을 때 왼쪽 편에 행궁동 벽화마을이 있다. 행궁동은 사실 수원의 대표적인 낙후지역이었다. 전에는 번화가였다고 하지만 문화재 보호정책으로 개발이 제한되면서 허름한 옛 모습을 그대로 간직한 채 살아가야 했다. 마을의 이러한 분위기를 개선하고자 마을 주민들과 미술가들은 합심하여 대안 공간 프로젝트를 시작하였고, 낡은 마을은 예술을 통해 문화적 가치를 덧입혀 그 생기를 되찾기 시작했다. 이 행궁동 예술마을 만들기 프로젝트는 2011년 대한민국 공간문화대상 대통령상을 받았다고 한다.

벽화마을의 테마는 '행궁동 사람들'이다. 마을에 있는 오래된 여관과 집들의 분위기를 그대로 살려 현대의 삶을 보여준다. 〈사랑하다 길〉과 〈처음 아침 길〉, 〈로맨스 길〉 등 3갈래의 골목이 벽화마을 메인스트리트이다. 골목 초입에는 각 벽화에 대한 소개와 참여한 작가들을 소개한 지도가 붙어 있으니 헤매지 않고 벽화마을을 구경할 수 있다.

울창한 숲 속을 거니는 듯 빽빽한 나무와 산새, 그 사이로 다정한 연인이 보이기도 하고, 어릴 적 누구나 한 번쯤 꿈꿔 보았을 하늘을 나는 소년과 소녀. 햇살 드는 골목길에 피어난 노란 해바라기, 실내포차 벽에서는 문어가 꿈틀댄다. 연인들의 소망을 담은 담장 길 하트네트에는 주렁주렁 사랑의 자물쇠가 걸려 있기도 하다.

수원의 또 다른 명소로는 광교호수공원이 있다. 요즘에는 집에서 가까운 광교호수공원으로 자주 산책을 나가는데 수원시민들의 건강을 다지는 좋은 산책길이 되고 있다. 호수에 밤이 오면 호수 주변으로 색색의 조명등을 설치해 놓아 물에 비치는 화려한 반영은 어느 외국도시에서나 볼 수 있는 아름다운 풍경이다. 그래서인지 광교호수공원은 국토부가 선정한 올해 가장 아름다운 경관으로 뽑히기도 했는데 그 면적만도 62만 평이나 되는 어마어마한 크기의 아름다운 공원이다.

광교호수공원에는 환경관리와 수질관리를 철저히 하여 저수지에서는 물고기가 많이 살고 있어 어린이들에게 인기가 많다. 원천호수와 신대호수 사이에는 작은 동산이 오작교처럼 연결을 해주고 있어 제대로 한 바퀴를 돌려면 적지 않은 시간이 소요된다. 또한 공원에는 시원한 물줄기를 뿜어내는 분수대와 가족들을 위한 오토캠핑장도 있고 암벽등반 훈련을 할 수 있는 인공암장도 있어 가족들과 휴일을 보내기에 아주 적합한 장소이기도 하다.

수원에서 무엇보다 의미 있었던 행사는 〈수필, 역사를 짓다〉라는 제목으로 수필의 날 행사를 열게 된 것이다. 지난여름 광교에 있는 경기중소기업 지원센터에서 전국의 수필인들이 한자리에 모여 우의도 다지고 미래 수필 발전의 방향을 모색하는 세미나도 가졌다. 전국에서 올라오신 수필문인들이 아름다운 화성의 경관도 관람하고 일박을 하며 융건릉도 답사를 하였다. 지면으로만 뵙던 선후배 수필인들이 전국에서 모여 훈훈한 대화의 장을 열게 후원해준 수원시와 수원시장님, 문인협회수원지부에도 머리 숙여 감사를 드린다.

한향순

1994년 에세이 문학으로 등단. 한국문인협회, 산영문학회, 에세이문학 작가회, 계간수필 회원
현 〈에세이 21〉 기획위원, 〈에세이 문학〉 상임이사, 한국문인협회 용인지부 감사.
저서 : 2007년 수필집 〈불씨〉, 2012년 사진수필집 〈 한줄기 빛을 찾아서 〉
2013년 사진집 〈삶의 여정 喜, 怒, 哀, 樂〉

서남포사

제14회 수필세미나

미래수필문학
발전 방향 모색

실험수필 아방가르드 표현관점 - 질의 오치숙(수필가) = 응답 임헌영선생님

실험수필 아방가르드 구성관점 - 질의 김지헌(수필가) = 응답 임헌영선생님

미래수필의 주제와 소재잡기 - 질의 박영수(수필가) = 응답 박양근선생님

미래수필의 문장표현 취약점 - 질의 홍억선(수필가) = 응답 박양근선생님

정보화 시대의 아방가르드

임헌영(문학평론가)

1. 에세이 시대에 밀려난 수필

〈뜨는 에세이 지는 소설〉 -- 2012년도 출판계 결산 기사(《아시아경제》 이상미 기자)제목이다. 교보문고의 〈2012년 연간 도서판매 동향 및 베스트셀러 분석〉은 에세이 부문 판매부수가 전년 대비 16.9%, 판매액은 19.1% 급증했다고 밝힌다. 수필이 떴다는데 아무리 둘러봐도 주변에서는 글로 돈 벌었다는 작가는 전혀 보이지 않는다. 대체 누가 에세이의 명의를 도용해서 치부하고 있을까?

그 주역은 혜민스님(《멈추면 비로소 보이는 것들》, 130만부)을 비롯해 법륜스님, 정목스님 등과 김난도 교수(《아프니까 청춘이다》, 《천 번은 흔들려야 어른이 된다》), 정신과 전문의 정혜신 박사 등 치유의 글쓰기 작가들이다. 이런 트라우마 에세이는 급상승세가 이어지고 있을 뿐만 아니라 세월호 참사 때문에 앞으로도 여전히 그 상승세가 계속될 전망이다.

문학예술은 어느 시대나 그 시대의 트라우마에 대한 분석과 치유를 담당해 왔다는 점에서 베스트셀러란 어차피 한 시대의 아픔의 증언이라는 사실은 불변일 것이다. 한국의 현대 에세이 변천사도 여기서 예외가 아닌데, 21세기 이후에는 다른 한 흐름이 추가된다.

바로 지극히 현실적인 실용주의적인 분야의 작품들이 트라우마 에세이와 쌍벽을 이루게 되었다는 사실이다. 김은주(《《1cm》》 등), 박웅현(《《여덟 단어》》 등), 정철(《《머리를 9하라》》) 등은 영상매체 시대의 첨단적인 문장을 다루는 광고업계 경력이라는 공통성을 지니고 있다. 직설과 상징이 불협화음처럼 어우러져 독자의 감각을 신선하게 자극하는 문장법으로 이 일련의 에세이들은 우리 시대의 삶의 지혜 찾기를 제시하면서 독자층을 사로잡은 경우이다.

실용주의 글쓰기의 다른 한 전형을 보여준 예로 박찬일의 《《지중해 태양의 요리사》》도 거론된다. 기자 출신의 이 작가는 3년간 이탈리아에서 와인과 요리를 현장 실습, 귀국 후 유수한 레스토랑에서 이탈리아 음식을 담당했던 경험을 그대로 글로 써서 일약 베스트셀러에 올랐다.

《《인생이 허기질 때 바다로 가라》》는 작가 한창훈의 산문집인데 소설보다 오히려 더 호평을 받는다. 고향 거문도로 돌아가 직접 고기를 낚아올린 경험을 바탕삼아 해산물 29종을 탐사했기 때문이다. 특정 분야를 천착하여 에세이로 승화시킨 예는 현대수필의 중요한 한 흐름을 형성하고 있다.

한국만 이런 게 아니다. 마이클 샌델의 《《정의란 무엇인가》》는 미국적인 트라우마에 대한 치유의 글쓰기의 예이다.

움베르토 에코의 《《세상의 바보들에게 웃으면서 화내는 방법》》이나, 무라카미 하루키의 엄청난 산문들은 '작가'라는 전문직을 벗어나 보통시민으로서의 삶을 엮어내어 폭 넓은 공감대를 얻어낸 실용 에세이의 예에 속한다.

세계적인 에세이스트 알랭 드 보통의 거의 모든 작품은 한국에서도 베스트셀러인데, 그의 작품은 위의 두 가지 현상, 치유의 기능과 실용주의를 겸하고 있다.

2. 전위주의란 무엇인가

왜 수필 세미나에서 이런 장황한 예를 들고 있을까. 침체한 한국수필의 진로 모색을 위해 여러 대안과 이정표가 제시될 수 있는데, 문제는 수필의 문학성과 대중성을 동시에 담보해 낼 수 있어야 한다는 점을 전제로 삼고 싶기 때문이다. 냉철하게 말하면 한국 현대수필 문학사는 법정. 피천득, 목성균 이후 백가쟁명의 춘추전국시대라 할 수 있다. 안타깝게도 법정 수필의 정신이나 기법은 계승자가 아직은 없고, 피천득의 기법은 최민지에게서 상당부분 되살아나고 있으며, 목성균의 정서는 사라질 위기이나 그 기법은 여러 작가들이 따르려 하고 있다. 통칭 3천여 수필가 시대에 다양한 잡지까지 거느린 에세이 문단임에도 불구하고 범국민적인 수필가를 성장시키지 못한 것은 우리 모두의 연대책임일 것이다. 여러 대안들이 있을 수 있는데, 그 어느 것도 오류는 아닐 것이지만 한편 만능처방도 못 될 것이다. 문학예술에는 공식이 없기 때문이다.

그러나 세계문학사가 보여주는 교훈으로 보자면 어느 시대나 전위주의Avant-gardism가 그 시대를 견인하여 새로운 사조를 탄생시킨다는 지극히 상식적인 명제는 여전히 유효할 것이다. 전위란 무엇인가. 좁은 의미로는 20세기 초 특히 제1차대전 중 유럽에서 전개되었던 입체파, 표현주의, 다다이즘, 초현실주의 등 일련의 기성체제의 가치관과 기교를 거부한 예술운동이다. 따라서 이런 전위주의는 전쟁에서의 정찰임무처럼 특수한 역할이 끝나면 이내 해체되기 마련이라 취리히의 카페 볼테

르에서 다다이즘을 주도했던 후고 발Hugo Ball은 불과 2년 만에 낙향했고, 그 외의 거의 모든 전위운동도 10년을 넘기지 못했다. 그러나 전투에서 정찰대의 역할이 승패를 가늠하듯이 전위주의 예술도 한 시대의 새로운 창작혼을 잉태, 유산시키느냐 순산 혹은 난산시키느냐를 결정한다.

그래서 광의의 전위주의 개념은 어느 시대 어디에서나 일어날 수 있는(또는 일어나야 하는) 새로운 문예운동의 총칭으로 볼 수 있다. 전위의식이 투철하여 한 작가가 세계인을 감동시킬 작품을 창출하게 되면 그것은 가히 고전적인 가치로 승화될 수 있다.

프란츠 카프카는 그 성공 예에 속한다. 그의 소설은 널리 알려져 있으니 수필을 살펴보자.

인디언이 된다면 언제나 달리는 말에 올라타고, 비스듬히 바람을 가르며 진동하는 대지 위에서 짧은 전율을 느끼면서, 마침내는 박차도 내던지고, 왜냐하면 박차 따윈 있지도 않았으니까, 또 말고삐도 내던지고, 왜냐하면 말 고삐 같은 것은 있지도 않았으니까, 드디어는 대지가 매끈하게 깎아놓은 황야처럼 보이자마자 말의 목덜미도 말의 머리도 보이지 않으리라(사라져 버리리라).

– 카프카 〈인디언이 되고 싶은 욕망〉

가히 충격적인 내용에 감각적인 표현법이다. 그가 인디언이 되고자 하는 바람은 야생마를 타고 광야를 달리는 장면에서였으리라. 말이 달리는 모습은 박차─말고삐에서 마침내 말의 목덜미와 머리조차 보이지 않을 정도로 달리기에만 열중하는 이 집념.

이런 표현은 시대를 초월할 것이다. 이런 기법을 흉내 내어보면 어떨까. 예를 들어 제주도엘 가고 싶을 때 여러 이유를 대면서 가고 싶다고 할 수도 있지만 "사람들 사이에 섬이 있다. / 그 섬에 가고 싶다"(정현종 시〈섬〉)는 식으로 접근하면 독자의 입맛을 당기게 하지 않을까(이 발상은 《작가는 왜 쓰는가》의 역자 이종인에서 인용). 물론 정현종 시인이 의미하는 건 제주도가 아니나 표현의 혁명이란 변형 활용도 가능하다는 뜻이다.

카프카에게는 물론 난해한 수필도 있다.

우리들은 눈 속에 서 있는 나무와 같다. 겉보기로는 그냥 미끈하게 늘어 서 있기에 조금만 밀어도 없어지게 할 수 있을 것 같다. 그러나 그렇지가 않다. 그 나무들은 대지와 굳건히 묶여져 있기 때문이다. 그러나 보라. 그것은 단지 그렇게 보일 뿐이 아닌가.

                                                           - 카프카 〈나무들〉

사실 Fact은 분명한데 정작 작가가 어떤 취지로 이런 풍경을 제시했는지에 대해서는 논란이 분분할 것이다. 난해시처럼 난해수필도 가능하다는 것, 길이에 상관없이 단상식, 점묘파 식으로 써도 얼마든지 에세이가 성립한다는 걸 카프카는 전위운동으로 입증해주고 있다. 그래서 수필이란 있는 그대로, 자신의 이야기만을 써야 한다, 원고지 15매 분량 전후는 채워야 한다는 식의 따분한 공식에서 훨훨 탈출할 수 있는 명분을 능히 주리라. 잔혹하게 말하면 요즘 우리나라 수필은 깡그리 전체 분량의 반 정도를 줄였으면 좋겠다는 생각이 굴뚝같다. 원고료와도 상관없는데 이 스피드 시대에 왜들 그리도 한가하게 문장을 늘어트릴까. 전위주의 운동이 한국 수필을 진일보하는데 앞장 서주기를 간절히 바란다.

현대 독자들은 트위터나 페이스북 등 여러 소셜 미디어Social Media에 너무나 익숙해져서 기존의 문어체 위주의 난삽한 문체에는 둔감해져 가고 있다. 활자매체 자체가 이미 소셜미디어에 뒤지는 현상이 뚜렷한 상황인데도 문학은 여전히 활자매체 시대의 문장법에서 헤어나지 못하고 있다.

뿐만 아니라 수필 형식이나 주제 설정에서도 다른 문학 장르에 비해서 거의 한 세대는 뒤쳐져 있다. 예를 들면 소설계는 '장르소설'이 일반화되어 있다. 장르소설이란 특정 소재와 주제에 따른 독자층의 형성을 유도하는 것으로 추리소설, 스릴러 소설, 공포소설, 판타지소설, 무협소설, 게임소설, 로맨스 소설 등등 다양화, 대중화되어 본격소설을 압도하고 있다. 이게 바람직한 현상이냐 아니냐는 문제는 별도의 논의가 필요하겠으나 이미 사회현상이 그렇게 변모해버린 건 부인할 수 없으리라. 이런 지경인데도 수필은 마치 독자를 기피하기 위한 경쟁에 열을 올리는 건 아닌지 의아할 때도 있다.

3. 인문주의의 결여

그런데 전위주의란 예술의 형식만이 아니라 그 사상과 정신까지도 전위적일 때라야 새롭게 자리매김할 수 있다. 한국 수필이 직면하고 있는 가장 큰 과제는 인문주의의 결핍일 것이다. 글이 진실해야 한다는 건 동서고금 불변의 철칙인데, 루쉰은 이를 산문 〈헛, 허허허허!〉에서 멋지게 형상화시켜 준다.

어느 밤 꿈에 "글을 쓰려고, 선생님께 내 자신의 견해를 어떻게 세워야 하는지를 여쭈었다." 선생은 어렵다면서 옛 이야기 한 토막을 들려준다. 어느 집에 귀한 아들이 생겨 한 달 만에 잔치가 열렸는데 참석자들에게 아이의 덕담을 듣고 싶어 했다. 부자가 되겠다느니, 높은 벼슬을 하겠다고 하자 좋아하던 주인에게 어느 정직한 손님이 "이 아이는 분명 죽을 겁니다"고 하자 그를 죽도록 때렸다. 이치로 따지자면 모든 사람은 죽는다는 건 진실이고, 벼슬이나 치부 여부는 미지수인데 정직으로 매를 번 것이다. 그러자 작가는 묻고 선생은 답한다.

"선생님, 저는 거짓말도 하기 싫고, 얻어맞기도 싫어요. 그러면 어떻게 말해야 하지요?"

"그래, 그럼 이렇게 하려므나, 우와--! 이 아이는 정말! 이걸 보세요! 얼마나‥어이구! 하하! 허허허허 헛, 허허허허!"

— 루쉰, 〈헛, 허허허허!〉

가히 촌철살인의 경지다. 여기서 정말로 루쉰이 그런 꿈을 꿨느냐를 물을 필요는 없다. 그 정도의 허구는 가능한 게 수필이다. 그의 산문 〈나폴레옹과 제너〉는 늘 환자에게 공격당하는 의사가 "칭찬이나 듣자면 사람을 죽이는 편이 제일 좋은 방법"이라며 그 이유를 들이댄다. 나폴레옹은 물론 "우리들 조상이 몽골 사람들에게 노예로 된 적이 있으면서도, 우리는 징기스칸을 공경한다." 그러나 천연두로부터 무수한 생명을 구해준 "종두를 발명한 제너의 이름을 기억하는 사람은 몇이나 되는가?"고물으며 이렇게 결론짓는다.

그리고 대포 밥으로 죽어갈 신세인 사람들조차도 살인자를 공경하고 있다.

나는 생각한다. 만일 이와 같은 생각이 고쳐지지 않는다면 세계는 그냥 이렇게 파괴될 것이며, 사람들은 여전히 고통을 받게 되리라.

― 루쉰, 〈나폴레옹과 제너〉

인문주의의 결여로 인한 어색함은 우리 수필계의 정상의 한 분인 목성균조차도 치명적인 약점으로 드러남을 부인할 수 없다. 대표작의 하나인 〈세한도〉가 "아버지의 높은 자존심이 이 수필의 소재"(주제)라고했는데, 만약 이를 그냥 소재로만 차용해서 주제를 아버지의 아량으로잡았으면 훨씬 더 감동적일 수 있을 것이다. 〈커피에 관한 추억〉에서는"5.16군사혁명이 나고 얼마 안 되어서 혁명 1등공신의 한 사람인 육군대령"을 통하여 "커피 마시는 예절의 모범"을 보았다는 장면이 나오는데,

어딘지 궁합이 안 맞다.

　인문주의적 관점으로 점검하면 피천득 수필에도 많은 문제점이 발견되는데, 이런 원인은 흔히들 수필문학을 서정성 원칙만 강조한 데서 부수되는 것으로 볼 수 있다.

　21세기의 산문문학(뿐이 아니라 모든 학문)은 정보가 가장 소중한 것임을 명심할 필요가 있다. 위에 든 베스트셀러의 공통점은 정보의 정확성과 전위성이다. 정보의 보물창고는 인문학적인 소양 위에서라야 체득 가능한 것이기에 인문학이야말로 우리 수필문학이 당면한 중요한 미래의 자산이 될 것이다.

임헌영

경북의성 출생. 중앙대학교 국문과 및 동 대학원 졸업
1966년 현대문학 등단. 문학평론가, 교수
민족문제연구소 소장역임
2010년 제15회 현대불교문학상 평론부문 수상
서울디지털대학교 문예창작학과 교수

미래수필의 발전 방향과 제언

박양근 (문학평론가, 부경대교수)

중년문화담론으로서 오늘의 수필은 호경기를 맞이하고 있다. 인터넷과 SNS의 보급, 각종 잡지의 증간으로 수필의 공간이 넓어지고 있지만 수필잡지가 관광버스에서 나누어주는 수건처럼 여겨지고 수필독자들이 피천득 이후의 한국수필에 무지를 드러내고 있는 점도 사실이다. 이것은 수필이 진정한 시민담론이 되지 못한 데 연유한다. 그 점에 관하여 수필 관련자들의 각성이 필요하지만 학계와 문단 권력자들의 책임도 적지 않다. 호경기가 수필가들만의 6070 축제가 아닌가 우려스럽다. 그렇다면 오늘의 수필은 어떤 것이며 내일의 수필은 무엇이어야 하는가라는 진단과 처방이 무엇보다 요청된다.

수필가는 자신의 욕망과 시대의 요구를 결합하여 수필이라는 텍스트를 만드는 주체이다. 제1 작중인물로서 작가의 사고와 행동은 작품에 고스란히 드러난다. 시간과 공간에서 직조되는 수필이라는 장르 또한 개인성과 문학성 사이에서 출렁인다. 당연히 가변성과 불변성 사이에서 펼쳐지는 수필시학의 변증법을 이해하는 것이 바람직하다.

지금까지 수필은 "추억의 힘"에 진한 매력을 느껴왔다. 시골 배경을 깔고 있는 추억은 농경사회가 산업사회로 바뀌었음에도 여전히 중요한 모티프로 작용한다. 이런 현상은 어느 정도 불가피하지만 오늘의 작가는 시공에 대하여 올바른 인식을 가질 필요가 있다. 향수와 추억이 과거의 산물이 아니라 자아가 미래로 나아가도록 도와주는 동력이라는 것이다. 개인상의 비중이 크면 자전수필로 나아가고 현실을 개량하려는 동기가 강하면 사회수필을 지향한다. 체험 영역이 다르면 작품의 형식과 내용이 달라진다. 수필이 "실험한다"는 "essai"에서 유래된 어원이 그 가능성을 보증한다. 당연히 미래지향적 수필에서는 내용과 형식의 변용을 더 많이 추구하게 된다.

미래수필은 개인과 사회의 현실을 진단하고 해결책을 제시하는 할 필요가 있다. 1920년대에 등장한 미래파Futurism는 '기계 시대의 도래'를 강조하였다. "경주용 자동차가 여신보다 더 아름답다"고 선언한 미래파에게 속도는 도덕적 기준이면서 사회적 행동의 지침이었다. 21세기도 그때와 비슷한 현상을 보여준다. 사이버공간은 4차원 삶을 가능하게 하고 인터넷과 아스팔트 고속도로에서 이루어지는 속도에 의하여 현대인은 네오 노마드가 되면서 모순적 욕망과 전염성을 지닌 상처를 입고 있다. 그 점에서 현대는 기계시대이면서 야만의 시대이다.

상처받은 인간성을 치유할 수 있는 방법이 더 절실해진다. 그 방법 중의 하나가 문학이다. 20세기 초기에는 미래시가 역할을 담당하였다면 디지털 네트워크로 이루어진 21세기의 공동체는 수필, 칼럼, 서사시, 소설 같은 산문을 요청한다. 미래수필을 설명하는 아이콘으로 소통, 공유, 힐링, 통섭, 노마드, 개성, 다문화 등을 들 수 있다. 수필환경이 상전벽해인 만큼 아이콘도 다양할 수밖에 없다.

미래수필이 건강하게 나아가려면 시대의 상처 치유, 소재의 지평 넓히기, 일상어의 수필어로의 진화, 전全세대간의 소통과 통섭이 필요하다. 이것은 참으로 진지한 작가정신을 요청한다. 많은 신인 등단자의 배출과 30종에 가까운 수필잡지의 발간은 질적 저하와 양적 확장, 발행인의 패권주의와 편집의 다양성이라는 장단점을 함께 빚어낸다는 점에서 참된 해결책이 아니다. 그러므로 한국수필이 나아가야할 방향은 수필가 개개인의 성숙 외에 수필계의 구조와 수필의 패러다임을 변화시키는 것이다. 주제와 문체에만 매달리는 구태의연한 작법, 자성과 반추를 산문정신으로 간주하는 것, 감상주의적 "자학의 글"을 스토리텔링 하는 것, 이런 것들은 미래수필의 진로에 도움이 되지 않는다.

아방가르드 실험수필도 '새로움'에 대한 강박관념을 경계할 필요가 있다. 실험의 기본정신은 기존 건물을 전면적으로 파괴하는 것이 아니라 재건축처럼 미적 변용을 일으키는 것이다. 지금까지 실험수필은 통사론적 언어의 해체, 이질적인 이미지의 조합, 그로테스크한 구성을 통해 한국수필의 저변을 넓혀 시민독자가 원하는 속도와 새로움을 충족시켰다. 그러나 구성과 구조의 낯설기에 치중하여 내부적으로는 형식의 모방과 표절이라는 문제점을 낳고 외부적으로는 시대의 상처를 고치는 처방을 제시하는 것을 소홀히 하였다.

미래수필과 실험수필이 건강하게 발전하고 상생하려면 시대상황이라는 컨텍스트를 수필이라는 콘텐츠에 내장시키는 것이 필요하다. 수필쓰기를 "디자인-공정-마케팅"이라는 공학적이며 인문학적 과정으로 보면 어떨까. 디자인은 작가적 체험에 소비자의 글 읽기 욕구를 결합하는 설계이며, 공정은 주제와 소재와 구성과 문장을 병합하여 미래성을 지닌 수필을 만드는 것이며, 마케팅은 독자수용과 가독성을 중시하는 것이다. 윤오영 선생도 "글이 감격과 정서를 주지 못하고 새로운 문제를 제기하지 않으면 무의미한 잡문이다."고 일찍이 말하였다. 이런 점을 의식한 문화기행수필, 테마수필, 생태수필, 칙릿여성수필 등이 낙관적인 전망을 높여주고 있다.

　미래수필의 주제와 소재는 개인성과 사회성을 함께 고려해나가는 것이 바람직스럽다. 개인성은 영적 행복과 정신적 성장을 추구하고 출신 계보를 벗어나 작가적 독립을 이루는 것이다. 사회성이란 동시대의 문제를 육화할 수 있는 원심력을 갖추는 것이다. 예를 들면, 묵은 가족사를 다루는 가문수필보다 힐링과 비전으로 현대를 살아가는 도시적 자아를 탐색하는 입문수필이 그것이다. 중산층 독자를 포섭해나가는 칼럼도 현실의 실상을 지성과 감성이 균형을 이룬 문장으로 시대문제를 제시하고 있다. 무릇 수필의 진솔성은 개인의 정직성보다는 사회현상에 대한 투명한 의식의 표현이라고 하겠다.

　미래수필의 소통은 표현력과 구사력이 좌우한다. 시가 일반 언어를 사용하여 시어를 만든다면 수필도 일상어를 은유로 의미화하면 수필어가 생성한다. 하지만 이것이 지나치면 주제가 모호해지므로 주의할 필요가 있다. 문장의 진의는 사전적 의미가 아니라 머리와 가슴에서 우러나온다. 미래수필이 사용하는 언어는 자연 묘사보다는 삶과 직결된 사물에서 찾는 것이 바람직하다. 관념어보다는 퐁티가 말한 몸말과 생활어를 확대하면 수필의 리얼리즘을 더욱 높일 수 있다. 유머와 풍자는 사회 모순을 고발하는 어법이므로 시대정신을 아우르는 에세이를 부활시키면 보다 활성화될 것이다. 이러한 언어적 실험이 다양할수록 미래수필의 폭은 넓혀질 것이다.

실험수필과 미래수필은 상호보완적 위치에 있고 있어야 한다. 미래수필은 실험수필에 문학이 구현하는 정신을 끊임없이 불어넣어야하며 실험수필은 폴리스 라인에 갇힌 소재를 해금하고 음악과 미술 같은 타예술 기법을 계발하여 그 응용력을 미래수필에 전달하도록 한다. 현대 독자는 신선한 수필에 구매 욕구를 느끼므로 방법론적이든 목적론적이든 소통과 교감을 높이려는 자가발전이 필요하다. 이런 방안이 이루어지면 현대 독자와의 진지한 소통은 더욱 원활해질 것이다.

열역학 제1법칙은 "우주의 에너지는 일정하다."이다. 에너지는 소멸하는 것이 아니라 변형될 뿐이다. 문학 역시 사라지는 것이 아니라, 변화할 따름이다. 내일의 수필은 사회성과 실험성이라는 원심력, 그리고 주체성과 문학성이라는 구심력으로 무장한 수필가를 기대한다. 미래수필을 말하기 위해 굳이 정치용어인 보수와 진보라는 담론을 빌려야 하는가. 그것은 문제해결의 전적인 담론일 수가 없다. 시대의 정체를 승화된 언어로 말하려는 작가의식과 문인으로서의 주체의식이 미래수필의 문을 활짝 연다.

수필작가가 되어야 한다. 수필작가란 수필가에 대한 경어가 아니고, 수필집을 발간한 수필가를 지칭하는 이름도 아니다. 글이란 생각과 언어의 변증법적 통합으로 공정되므로 형식에서는 "미"를, 내용에서는 "진"을, 작가의식에서는 "선"을 구현할 때 수필작가라 부를 만하다. 시대정신을 지닌 작가는 뒤를 거울삼아 멈춤 없이 앞으로 나아간다.

박양근

부경대 영문과 교수, 수필가, 문학평론가
영남수필학회장, 국제펜 한국본부부이사장, 부산문인협회부회장
저서 : 〈현대수필창작론〉 〈한국산문학〉, 〈사이버리즘과 수필미학〉,
〈좋은 수필 창작론〉 〈손이 작은 남자〉 등

실험수필

1.아방가르드 표현관점에 관한(질의)

오차숙

아방가르드의 의미는 예술을 혁신하는 데 있다고 알고 있습니다.

이 경향은 역사적 아방가르드로서 20세기 초 프랑스와 독일을 중심으로 자연주의와 고전주의에 대항하던 예술운동으로 예술에서의 아방가르드, 특히 문학에서의 아방가르드, 그 역사의 흐름은 어떤 경로를 거쳐 오고 있으며, 이 시대에는 그 사조가 어떤 영향을 주고 있는지 교수님의 말씀 듣고 싶습니다.

수필도 그 중심부로 다가서기 위해 잠재되어 있는 미의식을 끌어내어 창조적 작품으로 전환시켜 가야 하므로, 예술에서의 진보도 대중과 함께 가는 것이 아니라 대중의 의식까지도 창조하는 데 있다고 생각됩니다. 교수님의 좋은 말씀 부탁드립니다.

이 시대 수필은 아방가르드적 표현이 중요한 시점이라 작가가 의식의 개혁을 중요시 여기고 영혼의 연골이 굳어지지 않도록 관리하며 춤

놀이를 할 때 문학적 매력이 발산된다고 생각됩니다. 교수님의 말씀 부탁드립니다.

수필은 작가의 청사진이라 그 특성은 일상의 소재와 주제가 핵을 이루는 실정이라 진부함에 매몰될 위험이 있다고 생각됩니다. 그러므로 작가는 획기적인 문장표현을 하며 사물과 사물사이 – '살아있는 자와 죽은 자의 영매역할'을 해야 할 것 같습니다. 의식과 무의식의 통로를 개방시켜 행간을 읽게 하고 추임새를 도입시켜 문학적 매력을 발산해야 할 것 같은데 교수님의 고견은 어떠신지요?

광대를 보면서 느낍니다. 그들은 밧줄위에서 불안한 춤놀이를 하면서도 그만이 펼쳐나갈 수 있는 제스처와 예술적 표정으로 관객의 영혼을 몰입시키지 않습니까. 저가 쓰는 아방가르드 수필도 반≠ 추상적인 글을 쓰고 있어 퍼즐 맞추기를 하며 메시지를 찾아가야 하는 어려움이 있습니다. 앞으로 바람직한 아방가르드적 글쓰기, 그 문학적 표현방법은 어떤 방향으로 진행해 나가야 될지 교수님 그 정점을 간단하게 제시해 주셨으면 감사하겠습니다.

오차숙

국제 펜 이사, 한국 문인협회 회원
현, 현대수필 편집장
수상 : 구름카페 문학상/에세이포레 문학상
작품집 : 〈가면축제〉〈수필문학의 르네상스〉〈장르를 뛰어넘어〉
〈음음음음 음음음〉〈실험수필 코드읽기〉외 다수

실험수필

2. 아방가르드 구성 관점(질의)

김지헌

한 작가의 작품에서 드러나는 개성은 대중성이든 예술성이든 작가로서의 자질에 해당한다. 또한 작가는 새로움을 갈망하고 변모를 꿈꾸는 존재인데, 작품의 형식을 새롭게 한다는 것은 기존의 구조와 문체 등의 틀을 다르게 탈바꿈한다는 의미이다. 예술, 문학에서 *아방가르드 Avant-garde는 이제까지의 예술 개념을 일변시킬 수 있는 혁명적인 예술 경향, 혹은 그 운동을 의미한다.

아방가르드적 예술세계를 수필문학에 이입시키면, 수필이 처한 현실의 곤궁함을 거부하고 그로부터 벗어나 결국에는 수필문학 자체의 가치, 절대적인 아름다움을 주장하면서 그러한 현실과의 화해가 불가능함을 선언하게 된다. 작가는 다른 가치들보다는 미적인 것을 높이 설정하고

---

*아방가르드 : 아방가르드는 미래를 향해 새로운 가능성의 문을 열었지만 예술가들은 성급하게 아이디어를 탕진하여 고갈시켜 변혁운동의 학파(입체파, 미래파)와 주의(다다이즘, 초현실주의)를 지나치게 증식시켜 그만그만한 것으로 전락시켜 지금은 그 생명을 다했다는 일반적 견해가 있다(놀라운 일이 아닌 전통이 되다시피 한). 반면 하나의 문예사조로 보지 않고, 끊임없이 새로움을 추구하는 하나의 예술정신으로 파악한다면 여전히 유효하다고 볼 수 있다.

삶을 시화_{詩化}하여 궁극적으로 삶과 예술 사이의 갈등을 극복하려는 노력을 하게 되며, 이러한 노력이 삶과 예술 사이의 경계를 파괴하는 결과를 가져온다. 작가의 체험을 가장 중요하게 여기는 수필문학의 특성으로 볼 때, 작품은 물론이고 그의 삶조차 예술이 될 수 있다. 감히, 꿈꾸는 삶이다.

a.

수필은 짧은 분량의 산문이기에 그만큼 미적 울림을 정교하게 생성할 수 있도록 구조화 하는 노력이 필요하다. 극적인 분위기와 이야기의 맛은 그 구조가 만들어내는 역동적인 울림의 메커니즘으로부터 온다. 이미지를 형상화 하는데 성공해도 그 에피소드들을 독자에게 전달하는 수렴구조가 있어야 그 울림이 독자에게 스며들어 공명작용을 하는 것이다. 그런 맥락에서 아방가르드 수필 구성법은 기존의 수필 구조와 어떤 변별력으로 확장될 수 있을까?

b.

신선한 언어가 감동을 유발하고 상상력을 작동시키는 열린 언어라고 한다면 그 구성의 낯설음은 미학을 발생시킨다. 미학은 작품의 소재에 대한 깊이 있는 통찰과 그것을 미적으로 배열하는 구조화 방법, 개성 있는 수사 전략을 통해서 탄생된다. 이를테면 반전은 작품에 대한 미적

질서를 생성하는데, 이는 독자에게 감상여백을 넓혀 감동의 밀도를 높여주고 지적 인식까지 확장시켜 준다. 그렇다면 비교적 짧은 길이의 수필 창작에서 아방가르드적 신선한 파격 구성은 어떻게 가능할까?

김지헌

전북 부안 출생. 1993년 『수필과 비평』, 1996년 『월간문학』으로 수필활동을 시작
2002년 〈전북일보〉신춘문예 소설부문 당선
현 조선대학교에서 강의
수상 : 수비문학상, 신곡문학상, 국제문화예술상(소설부문), 광주문학상
작품 : 수필집 『울 수 있는 행복』, 『표면적 줄이기』, 『그는 누구일까』
소설집 『새들 날아오르다』, 저서 『현대소설의 어머니 연구』 등

실험수필

3.미래수필의 주제와 소재 잡기-유머, 해학수필(질의)

박영수

　문학인구 저변확대에 수필이 효자 노릇을 하고 있다. 아직 한국문인 협회는 시인이 다소 많은 편이나 필자가 속한 청주문인협회의 경우, 전 체회원 중 수필가가 절반을 넘고 있다. 아마도 전국 각 지역이 비슷한 추 세일 것이다. 수필의 시대가 성큼 다가서는 듯하다.

　일찍이 '21세기는 수필의 세기'란 주장을 내놓은 이는 이어령이다. 한국수필 심포지엄(2001)의 〈수필문학의 새로운 세기〉란 주제발표에 서 '수필이란 위胃의 문학이다. 나와 다른 문화를 끊임없이 통합해서 새 롭게 창조해 내는 '위'다. 20세기 산업사회가 눈과 귀의 시대였다면 21 세기는 위의 시대, 즉 수필의 시대가 될 것'이라며, '수필적인 감각, 통합 력, 상상력이 21세기적的'임을 갈파한 그의 탁견을 경청하며, 필자는 크 게 공감한 바 있다.

　이후 문단에서 개성의 존중과 새로운 독자층 확보, 인터넷시대에 맞는 글쓰기 등 수필의 시대에 부응하는 다양한 발전방향이 모색되고 있으나, 우리 문학의 전통적 특질로 맥을 이어 오던 '유머, 해학'은 논외에 머물고 있다. 이에 주제, 소재 잡기와 연관하여 '웃음(유머)수필'의 자리 찾기를 제안해 본다.

요즈음 날로 웃음을 잃어가는 삭막한 세상이기에, 유머와 해학수필이 '하늘에서 내리는 단비처럼' 새롭게 인식되고 있다. 더구나 익살, 풍자문학의 원조 연암 박지원의 '일신수필'에 연유된 '수필의 날'이 아닌가.

어느 날 "해학이 무엇이냐"는 물음에 "'해해' 웃다가 '학' 나가떨어지는 것"이라고 답한 이가 있었다. 그 익살 속에 '해학'의 참 뜻이 담겨져 있었음에랴. 수필의 유머는 그냥 웃기기만 하는 코미디가 아니다. 웃음 속에 정신이 번쩍 들게 하는 삶의 의미가 들어 있어야 한다. 수필이 너무도 감성, 서정에 젖어 있다는 지적도 있다.

흔히 '팥소(앙꼬)없는 찐빵'에 견주어 글의 중심사상인 주제를 강조하지만, 웃음수필은 소재(제재)에도 팥소의 맛이 느껴진다. 소재가 중요하다. 해학은 주제 전달의 효과적 방법의 하나일 뿐이란 주장도 있고, 빙그레 웃게 만드는 문장의 힘이 강조되기도 한다.

평소 유머수필에 매력을 느껴, 유머수필 58선 〈바보들의 천국〉(박

연구 편), 해학 수필선 〈춤추는 수필〉(정호경 외), 〈이 풍진 세상을 살자 니〉(김진악) 등 몇 권을 즐겨 읽긴 했으나, 전문적 식견이 없는 필자로 서 다만, 유머수필이 '수필의 세기'를 심화키기를 바라는 뜻에서 부족한 대로 소견을 밝히는 우를 범했다. 앞으로 수필 단체 특히 각 문예지들이 이 문제에 대한 연구와, 지속적인 기획 특집 자리를 할애하는 해학문학 에 대한 애정어린 관심과, 배려가 있어야 하겠다.

박영수

〈수필과 비평〉으로 등단.
청주문화원장, 수필과비평작가회의 회장 역임
시전문 계간지 〈딩아돌하〉 발행인, 법인 이사장.
수상 : 신곡문학상, 남촌문학상, 충북문학상, 충북수필문학상 외
작품 : 수필집 〈산에서 여는 아침〉, 〈망초꽃 핀 언덕〉 외

실험수필

4.미래수필 표현의 취약성 극복(질의)

홍억선

수필을 이루는 세 가지 요소는 주제, 구성, 문체이다. 이에 따라 수필 창작 과정은 대개 내용 생성하기와 조직하기, 그리고 표현하기의 절차를 거친다. 내용 생성하기는 창의적인 사고활동을 통하여 글의 중심 내용이나 세부 내용을 만들어 내는 과정이며, 조직하기는 생성된 내용을 구성의 원리, 전개의 원리에 따라 배열하는 과정이다. 표현하기는 적합한 어휘와 문장구조, 그리고 의미의 덩어리인 문단을 여러 가지 표현 기법에 따라 직접 써 가는 과정이다.

이 세 가지 활동 중에 가장 섬세한 작업은 당연히 표현이다. 수필에서 표현은 비유하건데 골조 공사를 끝낸 건축물의 외장 인테리어 작업 같은 것이다. 혹은 외출을 위해 거울 앞에서 마지막 손질을 하는 여자의 화장 같은 것이다. 이 표현 기교에 의해 수필은 읽는 맛과 품격이 생겨난다.

수필의 표현 도구는 언어다. 미술이 색깔, 음악이 가락, 무용이 동작의 놀이라고 한다면 수필은 언어를 조몰락거리며 즐기는 유희다. 따라서 수필가에게는 언어가 밑천이다. 천 개의 낱말을 가지고 노는 수필가와 만 개의 낱말을 가지고 노는 수필가는 넓이와 폭이 다르게 마련이다. 그럼에도 우리 수필가들은 언어 밑천이 얕고, 기교에 취약하다. 이에 비해 시인들은 자기들만의 언어인 '시어詩語'를 만들어 그들의 격을 만들어 내고 있다. 수필은 일상어를 표현 매개체로 삼는다고 하지만 수필에서의 '나무'와 '바람'이 일상의 '나무'와 '바람'과는 달라야 하지 않겠는가.

재미없는 수필을 극복하기 위해서는 그 도구인 '어휘의 선정'에서부터 이를 조합한 '문장 쓰기', 그리고 화소를 담아내는 '문단의 구조'부터 점검해 보아야 한다. 아울러 화장법에 기초화장과 색조화장이 있듯이, 건물의 인테리어에도 돌을 붙이거나 패널로 마감을 하듯이 수필에서는 화소를 실어 나르는 대표적 기교로 설명과 묘사가 있다.

수필이 체험의 문학이라고 해서 냅다 설명으로 나가는 것도 읽기 지겨워지고 또한 서정을 살린다고 묘사를 남발하다가는 주제가 실종

될 때의 묘안을 말씀해 주시고, 설명과 묘사의 정확한 설명서를 구체적인 사례를 들어 점검해보면서 표현의 취약성을 극복하는 한 방안을 제시해 주었으면 한다.

홍억선

계간 수필세계 주간, 대구수필창작아카데미 원장,
대구수필가협회장 역임, 에세이포럼 회장